「……久々に人と一緒に眠れるのは、嬉しいですよ。
師匠が亡くなってから、ずっと一人で寂しかったですから」
マルブールの赤目鳥と
滅びの宝飾師
～天才宝飾師と平民出身強欲商人の成り上がり傾国譚～
宮之森大悟　ill／星らすく

サラ・ダリュー
貧民街出身の成功者。アルベリクとは旧知の仲。
リュファス・ボーマルシェ
ボーマルシェ宝石店の主。女好きを装っているが、実際は女より宝飾品の方を愛している。
ナタリー・ルルー
天才宝飾技師。あるトラウマを抱えながらも、山小屋で制作を続ける。

CHARACTERS
ジルベール・ガロア
裏稼業者も集まる大衆酒場でアルベリクが出会った謎の男。
ルイーズ・ド・ブランシャール
アルベリクの婚約者。商才と社交性に優れている。
アルベリク・ド・ブランシャール
マルブールの赤目鳥と呼ばれる宝飾商人。ある野望のために邁進する。

「……それは、最初の指輪です」
赤い視界の向こうに、ナタリーの声が聞こえる。
「私は、貴方のために、三つの指輪を作ります。それらを一つ、また一つと手にするうちに、貴方はきっと、貴方自身の魂を取り戻してゆくことでしょう」
澄み切った瞳が、アルベリクを見つめ返していた。屈託のないその表情は、世の摂理をまるで知らぬ、少女のようにすら見えた。

マルブールの赤目鳥と滅びの宝飾師
～天才宝飾師と平民出身強欲商人の成り上がり傾国譚～
1
宮之森大悟
Daigo Miyanomori
ill／星らすく

Marbourg's Red-Eyed Crow and the Ruined Jeweler
The story of the rise of a genius jeweler and a greedy commoner merchant

I N D E X

前書き

アルベリク・ブランシャールは、皇紀三世紀末に生きた宝石商である。

半島三十年戦争の引き金を引いたとされる人物でありながら、皇国芸術教育の父とも称され、こんにちに至るまで毀誉褒貶《きよほうへん》に事欠くことがない。彼が優れた研究対象であることに異を唱える歴史家は少ないであろう。

また、歴史家でなくとも、宝飾ブランド『リアーヌ』や『ジロ』の名は、現代の人間であれば誰もが知るところのはずだ。言うまでもなく、これらはブランシャール宝石店が世界に誇るブランドである。有名芸能人や一流の財界人などが、著名なイベント会場で着用し誇示する様《さま》を、メディアでご覧になった向きも多いかと思う。

近年、工業都市マルブールにある一軒の借家の壁の裏から、ブランシャール直筆の手記が発見された。魔商と称される男がその手で綴《つづ》った記録であり、無論のことながら、第一級の歴史資料である。

発見された状況から、当初は偽書の疑いも掛けられたが、筆跡や紙質、使用されているインクやペンを分析した結果、真筆であることが明らかとなった。

その内容について調査した我々は、これを現代語訳した上で『ブランシャールの手記』として出版し、学閥向けに配布した。本書は、この日記の内容を基にして書かれた小説である。

元は舞台用の台本形式であったものを、このたび、小説の形式にして本にまとめ、一般向けに出版することとあいなった。機会を与えてくださった皇国出版の方々にはこの場で謝意を示したい。

現代風の仮名遣いで書かれた本書は、一般の方々にも読みやすいものになっていることと思う。諸氏におかれては、是非この機会に本書を手にとり、このアルベリク・ブランシャールという男の真実の姿に触れてみてほしい。そして、彼の人生の陰に生きた一人の女性の存在を、光降り注ぐ舞台に引き出していただきたい。

——その女性の名は、ナタリー・ルルー。本書出版時点では、全く無名の宝飾技師である。

第一章　藍より滴る深蒼

垂れ込める暗雲の下、鉛色の雪原が、いかにも不機嫌な面持ちで横たわっていた。遠く青々とそびえる山脈の足元まで、不動の大地が重く広がっている。

この広大な雪原の上に、一台のちっぽけな馬車が、二本の轍《わだち》を細く刻んでゆく。

絢爛《けんらん》たる箱型屋根付きの馬車である。黒い車体の四隅が銀の意匠で縁取られており、これがことさら見事だった。二頭立てであることや、御者の身なりからしても、貴族向けの馬車に相違《そうい》なかった。

車の中に見える姿は一人。黒の山高帽と、同色の外套《がいとう》を着込んだ黒髪の男である。おまけに顎髭《あごひげ》も黒い。帽子のつばの奥から覗《のぞ》く瞳だけが、黒尽くしの中にあって唯一、柘榴石《ざくろいし》の如《ごと》き猩々緋色《しょうじょうひいろ》に光っている。

この男こそ、若き日の宝石商アルベリク・ブランシャールその人だった。

アルベリクは車窓の外に落ち降る雪などに目もくれず、身を乗り出し、御者に向かって怒鳴った。

「急げ。アルバールの馬の脚はこの程度の雪では折れん」

「若旦那様、馬は馬屋に任せてくださいよ」

「では、これで急いでいるつもりなのか？　これでは駅馬車の方がよっぽど速い」

「馬車が重すぎるんです……！」

御者の言は正しかった。馬車に施《ほどこ》された銀の装飾で車体の重量がかさみ、それが馬の歩みに少なからぬ負担を強いていた。小さな起伏を越すだけで鼻息荒く汗かく二頭の牡馬《ぼば》の姿は、いかにも哀れだった。その上、街道の上に打ち粉された雪は、量こそ多くないものの、たびたび馬と車の足を滑らせた。

アルベリクは心の中で密《ひそ》かに舌打ちしていた。御者や馬に対してではなく、己自身に対してである。この馬車を選び、この経路を指図したのは他ならぬ彼自身だった。約五年ぶりの帰郷に際し、貧相な馬車を使いたくなかったのだ。

(間抜けな話だ。皇都に慣れすぎてヤキが回ったか)

荒い鼻息を吐きつつ、アルベリクは天鵞絨《ビロウド》張りの座椅子に身を沈めた。

平原に延びる街道は、彼らがゆくこの一本のみである。この道を辿《たど》ってゆけば、やがてアルバール公領の領都マルブールまで行き着く。この都マルブールこそ、アルベリクの故郷であり、古馴染《ふるなじ》みの仕入先の一つでもあったのだ。

平原を越え、森林地帯を迂回《うかい》しきると、一気に視界がひらける。すると、この一帯の最高峰であるアルバール山の威容が眼前いっぱいに飛び込んできた。

目指すマルブールは、アルバール山の長い裾野の端に額《ぬか》ずくようにしてその身を横たえていた。黒々とした玄武岩を城壁として巡らせるその街の姿は、なんとも無骨でいかめしい。国境の要地に位置するこの街は、要害としての役割も担っていた。

御者は長大な城壁をその目に収めた途端、安堵《あんど》に頬をほころばせた。一方、馬車の中のアルベリクはというと、相変わらずむっつりとした表情のまま故郷の姿を睨《ね》め据えるばかりだった。

馬車は城門をくぐり抜け、一軒のレンガ造りの建物の前に横付けする。馬車が止まるやいなや、アルベリクは路上に文字通り飛び出した。その足が地についた瞬間、薄雪残る石畳を蹴り、眼前の建物――宝石商組合の屋舎に向かって駆け出していった。

彼が急ぐのには理由があった。とある情報の真偽を確かめる必要に迫られていたのだ。

その情報とは、一人の宝飾技師の訃報である。亡くなったとされる宝飾技師は、アルベリクの古くからの取引先であり、彼を宝飾の道に進ませるきっかけを与えた男でもあった。

組合の分厚い扉を押し開くと、屋内にこもった暖房の熱気が、もうっと顔にかかってくる。

屋内の構造は銀行のそれとほぼ同じだった。やや高い天井の下に長いカウンターが横たわり、それを差し挟んで商人と職員が交渉している。カウンターの向こう側には机が整然と並べられ、その机にへばりついた事務員たちが書類と懸命に格闘していた。

アルベリクは脇目も振らずに建物の奥まで歩み進む。そして、カウンターの一番端で暇そうにしている初老の男の前で立ち止まった。

男の名はテオドールといい、彼もまたアルベリクの古馴染みであった。

彼は客を一瞥《いちべつ》して、それがアルベリクと分かると僅《わず》かに目を細めた。

「来たか、アル。お前を見るのはずいぶん久しぶりな気がするが……」

のんびりとした口調で、テオドールは呟《つぶや》く。対照的に、アルベリクは声音鋭く詰問した。

「テオ、ガストンがくたばったというのは本当か?」

「……ああ……」

アルベリクの第一声は、それまで穏やかだったテオドールの表情を曇らせた。明らかに失望した様子である。しかし、アルベリクは意に介することなく、矢継ぎ早の質問を飛ばす。

「そうか。それで、今の状況は？　遺産はどうなっている？」

「もう葬儀はとっくに済んじまったよ。身寄りがないからなあ。寂しい葬式だった……。やつの弟子と、ワシと、ワシの妻と、それから神父様だけで棺《ひつぎ》を囲んで……」

アルベリクは苛立《いらだ》たしげに唸《うな》りながら、喋《しゃべ》る男の言葉を遮《さえぎ》った。

「遺産はどうなっている？　部下が前金で頼んでいた仕事があったのだが」

「……詳しくは知らんが、やつの弟子が遺産の分配を渋っていると聞いとる。元々身寄りもないし、相続の話には、その弟子と、お前の同業者くらいしか関わっていないだろう」

「チッ……。直接やりあうしかないな。その弟子というのはどんなやつだ？」

「街に住んでた後家の女さ。元々はカッター（宝石のカット職人のこと）だったんだが、装飾もやりたいというので、三年ほど前からやつのところで住み込みになった」

「道理でな。私がやつを最後に訪ねたのは……確か五年以上前のはずだ。その時は弟子など取っていなかった。――女だと言ったな？　そうか、なら一人で行っても大丈夫か……」

黒衣の商人はそう言って思案げに顎髭をさすった。商売柄、この手の金銭トラブルはいかようにも避けて通れない。ときには暴力沙汰刃傷《にんじょう》沙汰《ざた》になることもある。その恐れがある場合は、あらかじめ用心棒を雇うことも考えなくてはならない。だが、少なくとも今回の事案では、その心配は無用のようだった。

そうと判《わか》れば、一刻も無駄にはできない。時間が経《た》てば経つほど、損失のリスクが増してゆくだけなのだから。

簡潔な礼を言い置いて、アルベリクは機敏に身を翻《ひるがえ》す。その背中に向かって、テオドールが慌てて声をかけた。

「墓参りには行かんのか？　埋葬は……」

「どうせ共同墓所だろう？　だが、まずは現物確保だ」

アルベリクは出口に向かって歩きながら、振り返りもせずそう言い放った。

テオドールは暫《しばら》くの間、呆気《あっけ》に取られたように口を開いていた。やがて彼は嘆かわしげに溜息《ためいき》をつき、頭《かぶり》を振った。

「……お前は変わったよ、アルベリク……。昔とはまるっきり別人のようだ。あの頃のお前は……」

入り口の把手《とって》に手を掛けたところで、アルベリクは首だけ僅かに振り返り、男を睥睨《へいげい》した。緋色《ひいろ》の瞳を収めた瞼《まぶた》が、刃《やいば》のように鋭く切れ上がる。

「私は、説教や思い出話を聞くために帰ってきたわけではない」

しんと静まり返った室内に、アルベリクの声が冷たく響く。その声は、しかしすぐ、扉の閉まる音に紛れて消えた。

◇

宝飾技師ガストンの工房は、マルブールより僅かに標高の高い場所にある。

アルバール山は裾野にして既に雪深く、馬車などは到底立ち入ることができない。工房へ向かうには、山岳登山のために訓練された馬の背に乗るか、徒歩かの二択を強いられることになる。

アルベリクは馬術をさほど得意としていなかったため、もっぱら徒歩で登ることを選んだ。

最初に工房を訪れた際、何故《なぜ》このような辺鄙《へんぴ》な場所に建てる必要があったのか、アルベリクは不思議に思ったものだった。この疑問は未《いま》だに解消していない。ガストン亡き今、永遠に謎のままとなるだろう。

——ガストンめ、こんな大事な時にくたばるとは……。

アルベリクは心の中で舌打ちする。

彼の営むブランシャール宝石店は、今まさに盛衰の岐路に立たされていた。皇都屈指の宝飾店という地位は得たものの、それも確固たるものではない。押しも押されもせぬ名店となるには、どうしても達成しなければならない目標があった。

——皇室御用達《ごようたし》。御用商人の地位である。

そして、現在のブランシャールをその地位に押し上げる才覚がある技師は、ガストンをおいて他になかった。

その虎の子のガストンを喪《うしな》ったことは、ブランシャールにとって大いなる痛手だったのである。

林の中の獣道に逸《そ》れ、脚に鞭打《むちう》ち歩みゆく。やがて林が途切れ、小高い丘が目の前に開けた。夏は濃緑色の下生えが広がる清涼な高原であるのだが、今の時期はただ一面、忌々《いまいま》しい鉛色の雪に覆われているばかりである。

丘の中腹に、雪の色を凝《こ》り固めたような石造りの小屋が見える。それが、ガストンの工房だった。

薄い空気を肺いっぱいに吸い込む。雪で思うように動かない己の脚を呪いつつ、アルベリクは残りわずかの道程を踏破した。

玄関前に設けられた吹雪よけの小屋に入り、かんじきを脱ぐ。すぐには扉を叩《たた》かず、しばらくの間、息を整える。小屋の中で一悶着《ひともんちゃく》あるかもしれない。その場合に、みっともない姿を晒《さら》すわけにはいかない。

やっと息も落ち着いてきたところで、アルベリクはおもむろに扉を叩いた。返事がない。呼び鈴を乱暴に鳴らすこと数十秒にして、ようやく家の中から微《かす》かな人の足音が聞こえてきた。

玄関の戸が僅かに開き、隙間から暗い碧色《へきしょく》の瞳が覗く。その目がアルベリクの姿を捉えた瞬間、怯《おび》えきった犬のように歪《ゆが》んだ。

と、唐突に扉が閉まり、直後、扉の向こうから閂《かんぬき》を掛ける乾いた音が聞こえた。アルベリクは眉間に皺《しわ》を寄せ、ぴたりと閉まった扉に向かって怒鳴りあげた。

「おい！　一言もなしに門前払いか。良識はないのか！」

すると、扉の向こうから、か細く、くぐもった声が聞こえてきた。

「…………失礼ですが、どちら様でしょうか……」

女性の声だ。扉越しに怯えが伝わってくる。いまだ怒りの収まらないアルベリクは、ぶっきらぼうに答える。

「ガストンの古馴染みだ」

「……取り立ての方ですか……? すみません、今、持ち合わせが無いのです……」

扉の向こうの声が、いっそう悲痛げにうわずる。

この段になってようやく、アルベリクも冷静さを取り戻してきた。何においても感情的になってしまっては、うまくいかない。交渉事では特にそうだ。自分の感情に負けた方が交渉にも負ける。

黒衣の商人は扉に顔を近づけると、向こうにいる相手に向かって語りかけた。声を一段低くし、一言一言諭すように。

「いや……怒鳴ってすまなかった。どうやら、君は誤解しているらしい。いいかね、私は借金取りではない。私は彼に前金で仕事を頼んだ。その成果物を受け取りに来ただけだ」

二呼吸ほどの間、沈黙が続く。相対する女性の逡巡が、扉越しから容易に想像できた。

アルベリクは震えながら足を踏み鳴らしていた。風防小屋の中とはいえ、高地の底冷えする寒さである。一年通して雪の降らない皇都に慣れきったアルベリクには、この寒さがたいそうこたえた。

一つ大きなくしゃみをする。

すると、このくしゃみの声を憐れに思ったのだろうか。門を上げる乾いた音が聞こえ、次いで扉がゆっくりと開いた。

中から顔が覗く。存外若い女だった。アルベリクは、面食らって言葉を失う。後家と聞いていた

12

ので、もっと年嵩《としかさ》と思い込んでいたのだ。

女は顔を強張《こわば》らせつつも、扉をさらに開いて、アルベリクを家の中に招いた。

「……中でお話ししませんか？　風邪を引いてしまいますから……」

「すまない」

アルベリクは素直に頭を垂れる。結果的にせよ、憐憫《れんびん》の情を誘って扉を開けさせることになったのは、彼にとって不本意なことだった。だが、望む結果は得られたのでよしとすることにした。

扉から身を滑り込ませると、暖気がアルベリクを押し抱いた。薪《まき》ストーブがカンカンに焚《た》かれている。コートと帽子を脱ぐと、背後で待っていた女がそれを引き取ってハンガーに掛けてくれた。

家の中をざっと見回す。ずいぶんとこざっぱりしている。アルベリクが以前訪ねた時は、雑然として足の踏み場に困る有様だったものだ。

さらによく観察すると、いたるところにちょっとした飾り気が見て取れた。台所や階段前の柱などにはドライフラワーや小さな額縁などが飾られているし、今しも席につこうとしている食卓の上にも、深緑色の布地に蔦《つた》の刺繡《ししゅう》をあしらったテーブルクロスが広げられている。おそらく全て、彼女の趣味なのだろう。

しかし、これらの変化を見ても、アルベリクは仏頂面のまま眉のひとつも動かしはしなかった。住む人間が替われば家も変わっていくのが摂理《せつり》だ。

女は白湯《さゆ》の入ったマグカップを、アルベリクに差し出した。その手が小さく震えているのを、アルベリクは見逃さなかった。

「どうぞ……」

「ありがとう」

唇の先で僅かに白湯をすすり、適温だと分かると一気に飲み干す。おかわりを注ごうとする女を手で制し、アルベリクは目で座るように促した。

女は、食卓を挟んでアルベリクと向かい合わせに座った。いかにも居心地が悪そうである。時折もじもじと身をゆすり、視線はあてどなく泳ぐ。その目が時折ちらりとアルベリクの方に向くのだが、視線がかち合った瞬間、磁石で反発でもしたかのようにくるりとよそを向いてしまう。

どうやら相当の人見知りらしい。職人にはよくいる種類だ。

アルベリクは女の挙動不審を気にするそぶりも見せず、居丈高《いたけだか》に尋ねた。

「君がガストンの弟子か?」

「は、はい、おっしゃる通りです……。ナタリー・ルルーと申します……」

女は上目遣いでアルベリクを見上げながら、消え入りそうな声で名乗った。

宝石商組合のテオドールの話では、彼女がガストンの遺産の分配を渋っているという。目の前の気弱そうな女が、そこまでがめつい性根を持っているようには到底見えない。だが、人は見かけによらないものだ。油断はできない。アルベリクはそう判断した。

彼はわずかに身を乗り出し、相手に強い印象を与えるはっきりとした声で自らの名を告げた。

「私はアルベリク・ド・ブランシャール。皇都のブランシャール宝石店で店主をやっている」

先述の通り、ブランシャールといえば、皇都でも指折りの宝飾店である。貴族やブルジョワジーに多くの顧客を持ち、次代の皇室御用達候補として度々名が挙がるほどの名店だった。

業界の人間相手にブランシャールの名前を出せば、大抵の場合、相手は萎縮する。彼は今、まさにそれを狙っていた。

だが、どうもこのナタリーという女には効果が薄いようだった。

それどころか、アルベリクの名を聞いた途端、彼女はその目を輝かせる始末だった。希望にすがるような声で、女が訊《き》いてくる。

「アルベリク……様？　マルブールのアルベリク様ですか？」

「……出身はそうだが。それがどうかしたかね？」

不興《ふきょう》げなアルベリクと対照的に、ナタリーの表情はにわかに明るく輝き始めた。それまでの怯えた様子から一転、人懐っこい笑みが彼女の満面に広がる。その様子の変化には、さしものアルベリクも内心面食らっていた。

彼女は食卓の上に身を乗り出し、興奮気味に語り始めた。

「ああ、貴方《あなた》が……！　よかった、本当にいらしてくださるなんて。実は私、貴方のことをずっとお待ちしていたのです」

「私を？　なぜだ？」

「師匠が末期《まつご》の言葉で、後のことはアルベリクという方に頼れと……」

――あの老いぼれめ！

思わず、アルベリクは心の中で毒づいていた。

これは、まず間違いなく、十中八九、ほぼ確実に、面倒事を背負い込む流れだ。

アルベリクの目的は、納品物の回収、その一事である。それ以外の煩《はん》に堪えない話には、一秒たりとも関わる気がなかった。

それがたとえ、古馴染みの遺言であったとしても、である。

しかも、このナタリーという女は今、借金の取り立てに追われている。そうなれば、相談されるであろう内容など自《おの》ずと知れる。

アルベリクはテーブルを殴りつけたくなる衝動を必死に抑えつつ、話を自分の目的の方に誘導しようと試みはじめた。

「……なるほどな。それで、やつからは他に何か遺言はあったかね？」

「貴方宛に手紙を預かっています。ただ……」

「ただ、何だ？」

「その……手紙を見せる前に、私の作品を見てもらえと、そう師匠が……」

「作品？　君のか？」

「はい」

向かいに座る女は、屈託のない微笑《ほほえ》みと共に頷《うなず》く。彼女は、己の言葉がいかに大それた意味を持つか、全く理解できていないらしかった。天下のブランシャール宝石店の全権を握る人間が、無名の技師の作品をその目で品定めすることなど、余程のことがない限りあり得ない。本来ならば彼女のような輩《やから》は、自ら皇都まで出向き、その手でブランシャールの戸口を叩く必要があるのだ。

忌々しい気持ちを表に出さぬよう意識しつつ、アルベリクは問いを続ける。

「ふむ……それはどこにある？」

「工房です。今、お持ちしましょう」

「待て。……工房にはガストンの作品もあるな？」

女が首肯するのを確認するや、アルベリクは即座に椅子を蹴って立ち上がった。

「なら、私も工房に向かおう。そこの階段を下った半地下だったな」

「えっ、あっ、はい……」

当然ながら、アルベリクには女の作品を見るつもりなど、毛頭なかった。自らの目的だけを最優先で達成し、しかる後、可及的速やかに退散する心算なのである。そうなると、女に作品を持ってこさせては流れが悪い。

女がのんびり立ち上がった頃には、既にアルベリクは足早に部屋を横切り、半地下に向かう階段の手すりを摑んでいた。女があっけにとられている間にも、彼は工房へ続く階段を一気に下ってゆく。

工房に入った瞬間、金属粉と松脂の匂いがアルベリクの鼻腔を刺激した。

広い工房の中は小綺麗に整頓されており、そこに満ちる空気には適度な緊張感が漂っていた。部屋に入って左手には書架が据えられ、古いカタログなどが所狭しと並んでいる。正面に目を向けると、突き当りの壁に沿って作業机が二台据えられているのが見えた。そのうちの一台が、天井の採光窓から差す光によって神々しく照らされている。一瞥すると礼拝堂の如き佇まいである。

振り返った右手には、素材や作品を保管するための引き出しが数台、壁に沿って据え付けられていた。

アルベリクは引き出しの前に立ち、ぐるりと首を巡らせた。引き出しにはラベル一つ貼られておらず、部外者であるアルベリクには、どこに何が収められているか判じ得なかった。

「ガストンの作品はどこだ？」

「師匠の作品は、こちらにまとめています。アルベリク様より頼まれた仕事も、おそらく、この中にあるかと思います」

女が引き出しの一つを開けると、中には保管用のジュエリーケースが収められていた。

ケースの数は都合三枚。そのうちの一枚に『ブランシャール納品物』と書かれた紙片が貼られていた。それを見たアルベリクは「これだ」と小さく呟いた。

傍《かたわ》らのテーブルの上にケースを置き、慎重な手つきで開く。ケースの上蓋が開いた瞬間、アルベリクは反射的に目を細めた。

ケースの中は、別世界のような輝きに満ち満ちていた。色とりどりの宝石が散りばめられた肉厚の金の指輪や、大粒の金剛石を嵌《は》め込んだ銀の指輪……。それらが、天鵞絨張りのベッドの上にその身を横たえている。

デザインの異なる、十二個の指輪。これこそ、ガストンに発注していた品だった。

アルベリクは懐から黒革の手帖《てちょう》と鑑定道具を取り出し、検品にとりかかった。仕様、個数、品質

……。手帖に書かれた内容通りの作りかどうか、ルーペを使って一個一個慎重に検《しら》べてゆく。

やがて彼はふっと一息漏らし、鑑定道具と手帖を懐にしまった。

「……よし、流石《さすが》はガストン。きっちり作って逝ったか」

ジュエリーケースの蓋を閉め、身を翻す。そのまま黙って立ち去ろうとしたが、しかしそうは問屋がおろさない。背後を振り向くと、哀れな見習い技師の女が、身を硬くして立っていた。

アルベリクは女を一瞥すると、極めて事務的な口調で言い放った。

「これさえ手に入れれば、もうここに用はない。邪魔して悪かった」

その言葉を聞くや、ナタリーの眉が今にも泣き出しそうな様子で、八の字に曲がった。

「そんな……私の作品を、見ていただけないのですか……？」

「私も忙しい身でな。皇都の私の店まで来てもらえれば、職人採用試験をやっているからそこで
……？」

アルベリクの唇が、唐突に動きを止める。

彼の目の端に、尋常ならざる『何か』が映っていた。黒髪の商人の赤い目が、すいと動いてその『何か』を正視する。

それはナタリーの両手の中に収まっていた。

黄金のブローチだ。

彼女は両手で椀《わん》をつくり、その上に黄金色のブローチを載せていた。その手を、アルベリクに向かって控えめに差し出していたのだ。

「……君、その手に持っているものは？」

「これが、私の作品です……！」

「……よく見せてくれ」

ブローチは大きさの割に、妙に軽かった。金のような光沢だが、どうやら本物の金ではないらしい。彼はもう一度ルーペを取り出し、作品を仔細《しさい》に観察しはじめた。

「これは……」

その構造をひと目見た瞬間、アルベリクは思わず喉の奥で唸った。

ブローチが軽いのは、それが金に酷似した合金であるからだった。だが、アルベリクが驚いたのは、無論その点ではない。

彼が唸ったのは、ブローチに施された細工の精緻《せいち》さ、複雑さに対してだった。

そのブローチは、大雑把に説明すると、縦半分に切った卵の半球部分の土手っ腹に楕円形《だえんけい》の穴を開けたような形状をしていた。そして、その中央の空洞部分に、大粒の翠玉《すいぎょく》が嵌められている。

まず驚くのは、その翠玉を留める『爪』がどこにも見当たらない点だった。通常、宝石を地金に留めるには、爪などで宝石の縁を押さえる必要がある。だが、この作品の場合、そういった留め金が宝石の周囲に見当たらない。そのため、翠玉はブローチの空洞の内部に、あたかも浮かんでいるように見えるのだ。

おそらく、宝石と地金の死角に何らかの仕掛けをして留めているのだろう。古い時代の宝飾品に似たような技術を用いられているものがあるが、現在は技法が失われており、誰ひとりとして再現できていない。当然、アルベリクも実物を見るのは初めてであった。

そして、もう一つ出色の出来なのが、その彫金の緻密さだった。

彫金は外縁部と楕円形の中空部分、それぞれに施されている。外縁部の月桂樹《げっけいじゅ》の葉を模した透かし彫りは、これはこれで素晴らしい出来栄えである。だが、より目を引くのはやはり中空部分の構成であった。

中空部分を覗き込むと、そこには一つの異空間が待ち構えていた。上代の神殿内を彷彿《ほうふつ》とさせる情景が奥行きをもって表現され、翠玉の御神体に向かって祈りを捧《ささ》げる人々の姿まで彫り込まれているのだ。人々の顔にはそれぞれ表情までついており、至福に笑う者、神を前にして咽《むせ》び泣く者など、悲喜こもごもがはっきりと見て取れる。人々の群れは複数列の層をなしており、その層が中空部分に奥行きと現実感をもたらしている。

しかも、このブローチはどこを見てもつなぎ目が無いため、複数の金属板を貼り合わせて作ったものではなく、全て鋳塊《ちゅうかい》から削り出したものだとわかる。

アルベリクは、しばらくの間没我してこの神業の如き作品を鑑賞していた。しかし、ふと、その黄金造りの神殿の中に魂を引き込まれるような錯覚に襲われ、彼は振り切るようにルーペから瞼《まぶた》を離した。

我に返ったアルベリクは、己の上着が汗でじっとりと濡《ぬ》れていることに気づいた。心臓の音が耳の奥でやけに大きく聞こえていた。

その鼓動をかき消すように、背後から控えめな女の声が聞こえてきた。

「驚かれたでしょう。初見《しょけん》で心に留めていただくには、おそらくその子が一番だろうと思っていました」

アルベリクはゆっくりと振り返り、ここに来て初めて、女の姿を正面から注意深く見据えた。

ぶかぶかのつなぎとシャツを着た身なりは、どこにでもいる宝飾技師のそれである。顔立ちは整っており、化粧をすれば美しく化けそうではあるが、彼女程度の器量の持ち主は、皇都に掃いて捨てるほどいる。

だが長いまつげの奥に収まる碧色の瞳だけは、磨き上げられた裸石《はだかいし》の如く、赫々《かくかく》たる輝きを放っている。

アルベリクの目は、その瞳の奥をまっすぐに覗き込んでいた。先程彼が極微《きょくび》の神殿の内奥《ないおう》に感じたものを、瞳孔の向こう側にも探そうとでもしているかのように。

とはいえ、アルベリクの緋色の瞳に真正面から射すくめられれば、どんな人間とて平静ではいられない。ナタリーも例外ではなく、すっかり怯え切ってしまっていた。彼女の目は所在なげに右往左往した挙げ句、ついにはまるっきり床を向いてしまった。

アルベリクは慌てて自らの視線を引き剝がす。

「……失礼。この目はどうも、光り物に弱くていかん」

などと弁明めいたことをひとしきり口の中で呟いたのち、彼は自らの手の中にあるブローチに話題を戻した。

「ときに君、これをどうやって作った？　これは古代ロートシルト王朝の朝廷装飾で流行した高集積多層彫と中空留めだろう。どちらも失われた技法のはずだが……」

「師匠の蔵書していたカタログの中から、面白そうなものを見繕って、見よう見真似《みまね》で……。どこにも作り方が書かれてなかったので、だいぶん想像で補っています。このような細かい仕事は、師匠の老いた目では難しかったようです」

（いや、盛時《せいじ》のガストンにしても、これほどの作品を作れたかどうか……）

アルベリクは心の中でそう評していた。

彼はナタリーを怯えさせぬよう慎重に視線を配しつつ、努めて穏やかに尋ねた。

「……他にもあるのか？　あるなら見たい」

「ありがとうございます……！　でも、そうなると、少し迷ってしまいますね……。その子のような習作を幾つも見せられても、所詮《しょせん》は人真似《ひとまね》ですし、退屈してしまうでしょう……。……あっ、この子なんてどうかしら！」

（これで習作か……）

アルベリクが己の手の中の小世界に今一度目を奪われていると、その視界を遮るように、ナタリーが手を差し伸べてきた。

その手には、煌《きら》めくブローチがひとつ載っていた。

「最近作った中では、一番自信のある作品です」

女はそう言って、はにかむような笑みを見せた。

そのブローチの出来が尋常でないことを、アルベリクはひと目で見抜いた。

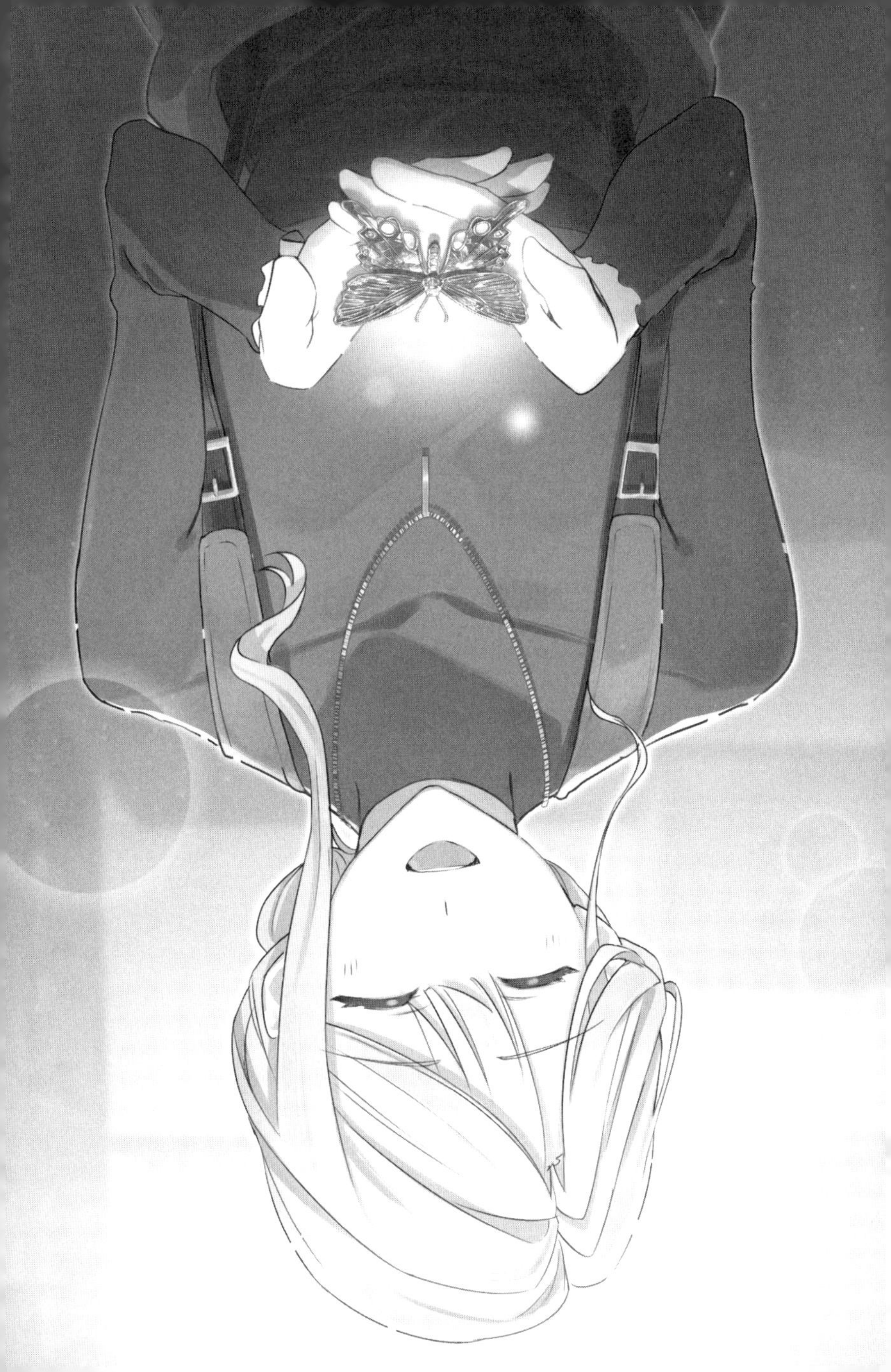

一匹のアゲハ蝶《ちょう》を模した作品だった。標本のように大きく羽根を開いた形。黒蛋白石《ブラックオパール》を削り出して作られた、虹色の光彩を放つ四枚の翅《はね》。胴体と、翅を巡る脈は金の地金。そして、胸部に秘めやかに収まる大粒の蒼玉《そうぎょく》。

特筆すべきは、その質感だった。節の一本、脈の一筋、肌のざらつきに至るまで、精緻に作り込まれている。硬い素材で作られているにもかかわらず、その肢体は今にも羽ばたき出しそうなほどに躍動的な流線を描く。

それを宝飾品と呼ぶのをためらうほどに、あまりに生命的な造形だった。

虹色の翅と黄金の身体《からだ》を持つ、幻想世界の黒アゲハ。いまだかつて、誰一人として見た者のない、世界でただ一匹の――。

アルベリクの喉が、知らず知らずのうちに音を立てる。

この装飾を見てしまっては、現在出回っている王侯貴族向けの旧態依然とした高級宝飾など、真鍮《しんちゅう》のドアノブかイボガエルの背中程度の出来にしか見えなくなってしまう。それほどまでに画期的な出来栄えだった。

その至高の一品を矯《た》めつ眇《すが》めつしている内に、ふと、アルベリクは胸部の蒼玉に不思議な光を認めた。

「……この中央の蒼玉はカットが独特だな」

「流石、よくお気づきですね……！　まさに、おっしゃるとおりなのです。パピリオンのファセットに工夫があって、遠目ではきらびやかに、近くで見ると青の深みを味わえるように細工しています。こういったものは、ただ輝かせれば良いというものでもないと感じたのです」

喜々として語るナタリーに、アルベリクはわずかながら目を瞠《みは》った。どうもこの女は、自作の解説をし始めると、人が変わったように饒舌《じょうぜつ》になるらしい。

しかし、今一度見ればなるほど、ナタリーの語るとおりだった。テーブルの上に置いて遠くから眺めてみると、蝶の胸元は気を引くような輝きを見せる。そして近づいて見てみると、蠱惑的《こわくてき》なほど深い青に吸い込まれそうになる。

人の目を誘引《ゆういん》して離さぬ蝶の姿はまるで、はるか遠く手の届かない何かを、それでもしきりに恋い求めているように見えた。アルベリクは脳の奥に心地よいまでのしびれを感じ、それに呑《の》まれぬよう幾度も首を振る。

青は藍より出《い》でて藍より青し、という諺《ことわざ》がアルベリクの脳裡《のうり》をよぎった。しかし、彼女の技巧はガストンのそれとは次元が異なる。ガストンのやってきたことは、良くも悪くも宝飾工芸に過ぎなかった。しかし、彼女の仕事は、もはや芸術の域すら超えている。人の魂をたぶらかすほどの造形は、魔術や奇術の類《たぐい》と呼んでも良いかもしれない。

赤目の男はしばらくの間、ナタリーと彼女の蝶を交互に見比べていた。次いで、思案げに足元に視線を落とす。

やがて、何らかの決心が固まったか、彼はその目を真《ま》っ直《す》ぐにナタリーに向けた。

「話をしたい。上に戻ろう」

◇

食卓の上に広げられた帳簿や請求書を、アルベリクは一件ずつ丁寧に改めていた。記帳漏れがないか、金額に間違いはないか、期限を過ぎている取引はないか——。

その手元を、ナタリーが落ち着かない様子で見つめている。

彼女はふと、胸元で握っていた拳を開く。その手には、指輪が一つ握られていた。指輪に目を落としたナタリーは、わずかに安堵の表情を浮かべ、ほっと息をついた。

「正直、途方に暮れておりました……。師匠が亡くなってからこのかた、怒り狂った男の人が大勢やってきて、借金の催促といって幾度も脅されました……。ですが、私は、お金のことは何もわからず……」

帳簿の内容を撫《な》でるようにして追っていたアルベリクの目が、ちらとナタリーを、そして、彼女の掌《てのひら》の指輪を一瞥する。その指輪を目にした瞬間、僅かにアルベリクの顔が曇った。

彼女が手にしている指輪のことを、アルベリクはよく知っていた。

(あの指輪、まだ棄《す》てられずに残っていたのか……)

彼の視線は、無意識のうちに指輪から外れていた。それはひどく見苦しく、正視に耐えない代物だった。

彼は再び帳簿に視線を戻しつつ、全く感情のこもっていない声でぽつりと尋ねた。

「面倒事をこれでもかと遺《のこ》していったな。——やつを憎んでいるか？」

「いいえ、決して。ただ、借金のことは遺言にもなくて……。あの師匠がそんな迂闊《うかつ》なことをするなんて思えなくて」

「やつの遺品を処分すれば、多少なりとも借金が軽くなるかもしれんのに、なぜそうしない？」

「……それは……。やはり、思い出の品ですから……」

アルベリクの赤目が、彼自身の意思を無視して、眼前の女の潤んだ瞳に吸い寄せられていく。軽く一度だけ首を振り、「ふん」と鼻をひとつ鳴らしてから、アルベリクは音を立てて帳簿を閉じた。それをテーブルの上に放り投げ、ぶっきらぼうに彼は尋ねる。

「ときに、君はこの帳簿の内容を見たことは？」

「い、いえ……お恥ずかしながら、お金のことは、本当に全然……。帳簿の見方もわからないのです……」

「一抹の不安を感じさせる発言だな。職人といえど、金のことくらいはしっかりしろ」

厳しい言葉に、ナタリーは文字通り身を縮ませて恐縮してしまった。

アルベリクは再び帳簿に視線を投げる。そこに記された状況を忌憚《きたん》なく説明すれば、目の前の女は少なからず動揺するであろう。だが、彼はそれを伝えることに、躊躇《ちゅうちょ》などしなかった。

「いいか、よく聞け。やつがこさえた借金はすべて、君が作品を作るための材料費だ」

このアルベリクの言葉を聞くや、ナタリーは息を呑んで、再び手の中の指輪に視線を落とした。頬から耳にかけてさっと赤みが差し、見る間に顔全体が泣き出しそうに歪んでいく。

どうやら、彼女は本当に工房の台所事情を知らなかったらしい。

「……私宛の遺書を見せてもらえるか？　おそらく、そこにやつの弁明の一つも書かれているだろう」

ナタリーは神妙に頷くと、立ち上がって部屋の奥の戸棚を探り始めた。やがて、彼女は一通の封筒を手にして、それをおずおずとアルベリクの眼前に差し出した。

封筒には蠟《ろう》で封印がなされており、隅に青いインクで「アルベリクに宛てる」と記してあった。

アルベリクはナタリーからペーパーナイフを受け取り、情緒のない手つきで遺言の入った封筒の口を切る。

中に入っていた便箋は、たった一枚だった。二つ折りにされていたそれを指で開き、書かれている文字を目で拾う。

しかしてそこに記された言葉を読みすすめると、アルベリクの表情はみるみるうちに曇っていった。というのもその手紙は、アルベリクの想像から甚《はなは》だ逸脱した内容だったのである。

『親愛なるアル

過ぎた日のことについて、今更許してくれとは言わない。

だが、頼みがある。

彼女を君の手元に置いて、決して世に出さないでほしい。

彼女は私の最高傑作だ。よもや宝飾ではなく人間が最高傑作となるとは思わなかった。

だが、彼女は恐ろしい女だ。


彼女を大切にしてやってくれ。

彼女はとても純粋で、心優しい女だ。

なにより彼女の作品は素晴らしい。

私は彼女の作品と、その存在に救われた。

君も私と同じだ。いずれきっと、君も、彼女と彼女の作品に救われる日がくるだろう。


だが、彼女の作品は、決して世に出すな。

特に、泰皇《たいこう》や教皇をはじめとした権力者の手には、絶対に渡らないようにせよ。もし彼らが彼女の作品を手に入れれば、必ずや恐ろしいことになる。

彼女を誰のものにもしてはならない。

彼女を囲い込み、決して離すな。

彼女の存在は、厳密に秘匿せねばならない。


最後に、彼女に伝えてほしい。

若き日の夢。

あの日々の輝き。

大切なことはすべて思い出した。ありがとう、と。

宝飾技師ナタリー・ルルーの師　ガストン・ヴァルデック』

末尾の署名まで通して読んだ後、アルベリクは素早く手紙を裏返し、追伸を探した。だが、今読んだ内容が、書かれていることの全てだった。

「やつは、気が狂ったのか……？」

知らず、アルベリクの口からそのような言葉が漏れた。

「……師匠は亡くなる直前から、すこし心を患っていらっしゃいました。始終、貴方のことばかりをうわごとのように話して……」

「惚《ぼ》けたか。哀れなことだな」

「何か、おかしなことが書いてありましたか？」

おずおずとナタリーが尋ねてくる。

何かおかしいどころではない。支離滅裂であった。

そもそも、これほどの腕前の技師を囲い込んで世に出すな、など、世迷《よま》い言《ごと》も甚だしい。泰皇だの教皇だのと書かれたくだりに至っては、もはや誇大なる妄言である。

しかし、彼女とその作品を二度『恐ろしい』と形容してある点は、流石のアルベリクも若干気になった。そこで彼は今一度、ナタリーの姿を見た。見るからに質朴な、一介の宝飾技師のたたずまいである。皇都で日夜、欲望の権化の如き人間たちを相手にしているアルベリクにしてみれば、彼女のような人物など、決して危険なものとは思えなかった。

また、彼女の作品に何らかの力があるように書かれているが、科学技術の発展著しい当世において、かような呪いじみた力を信じるなど滑稽である。蝶のブローチにせよ、純粋な美としては極まっているが、救うだの救わないだのという修辞で飾られるのは、ひどく大仰《おおぎょう》に感じられた。

（やつは結局、死ぬまで変わりはしなかったということか。自分以外の技師を決して世に出そうとしないのだ。死んでも俺を縛り続けられると思うなよ、老いぼれめ）

心のなかで悪《あ》しざまに毒づきつつ、アルベリクは何食わぬ顔でこう答えた。

「……君が気にするようなことは、書いていない」

この狂気の遺言の内容を真面目にとる必要などないと、アルベリクは既に決め込んでいた。

「それより、君に伝言だ。大切なことはすべて思い出した、ありがとう、だそうだ」

「そうですか……よかった」

ナタリーが安堵に胸を撫で下ろす。その様子を見るや、アルベリクの眉が釣り上がった。

「何が良いものか。今気にすべきなのは、金の問題だろう」

「……おっしゃるとおりです。お金のことは、何か書かれていましたか……？」

「ただの一言も書かれていない。やつにとっては、些末《さまつ》なことだったのだろう」

そう言うと、アルベリクはやにわに立ち上がり、チリチリと燃えるストーブの元へ歩み寄った。

そして、ナタリーがあっという頃には、ストーブの天蓋を開けて、燃え盛る炎の中に手紙を放り込んでしまった。

　彼は振り返りざまに、ナタリーに向かって尋ねた。

「ときに、君はこれからどうしたい。まさかこの山小屋で一人、ガストンの遺品を胸に抱えて白骨化したいとでも言うのか」

「ま、まさか」

「なら、自分の力で君は稼がなければならない。そうだな？」

　彼は懐から横長の冊子と万年筆を取り出すと、紙の上に淀《よど》みなく文字を書き付け始めた。一枚書く毎《ごと》に、ページを千切ってナタリーの手元に滑らせてゆく。

　ナタリーは目の前に並べられていく紙片を不思議そうに見つめ、尋ねた。

「この紙は、なんでしょうか？」

「小切手も知らんのか……。これを銀行に持っていけば、ここに書かれた額の現金と引き換えてくれる」

「……そのような、便利なものがあるのですね」

　どこか他人事《ひとごと》のように呟きつつ、ナタリーは小切手の上に並ぶ数字を指で数える。

　一度数え終えたところで、彼女は訝《いぶか》しげに眉を寄せ、今度は「いち、じゅう、ひゃく、せん、まん……」と、声に出して数え直した。

「……三百万……！」

　書かれた金額に仰天して、ナタリーが叫ぶ。

アルベリクはそんな彼女の反応に逐一付き合うことなどせず、自らが切った小切手について粛々と説明し始めた。

「額の多寡《たか》は判るようだな。最初のは当面の生活費だ。加えて、三ヶ所からの借金それぞれ二百万、五百万、五百二十万。〆《しめ》て千五百二十万クルト、君に贈与する。返済は不要だ」

手にした都合四枚の小切手を、ナタリーは怯えた瞳で凝視する。

千五百二十万といえば、当時のごく普通の家庭であれば、切り詰めれば十年は働かずに暮らせる額だ。

ナタリーの顔がみるみる青ざめ、小さく丸い肩が傍目《はため》に判るほど震え始めた。

一方のアルベリクは対照的に、眉をぴくりとも動かさない。

実際のところ、彼とて腹の底では沸き立つような期待と高揚を抱いていたのだが、それをおくびにも出さず交渉に臨《のぞ》んでいたのだった。

彼は肩を僅かにすくめて、ナタリーをたしなめる。

「なんて顔をしている。別に無償でくれてやるというわけではない。対価として、ブランシャールと専属契約を結んで欲しい。無論、仕事の都度、報酬は別途用意する」

アルベリクの目論見《もくろみ》は、まさしくここにあった。

ナタリーは、百年に一人の逸材である。うまく売り出せば、あるいは、ひと仕事で億単位の金を稼ぎ出す可能性を秘めている。

千五百万ぽっちのはした金で、金の卵を産むガチョウを買えるのならば、これほど安い買い物はない。また、そんな大事なガチョウを、みすみす競合にくれてやる気もなかった。

この交渉の中で追加の金銭の要求があれば、ある程度応じる心算も彼の中にはあった。

だが、アルベリクの提案に対するナタリーの反応は、彼の想像とは多分にかけ離れたものだった。

「――仕事までいただけるのですか!?」

「その通りだ。なぜ驚く？」

「今までここにいらっしゃった方たちは、私の作ったものなど見向きもしなかったものですから……」

驚くべき話だった。彼女ほどの腕があれば、他に契約を求める声があって然《しか》るべきなのだから。

彼女が優れていることは、作品を一目見れば分かることなのだ。

つまり、今まではガストンを除く誰ひとりとして、彼女の作品をその目で見なかったということになる。

あるいは、全員の目が節穴だったのかもしれない。

そして、もしも彼女の話が事実だというのなら――それはアルベリクにとって愉快ならざる事実があることを示唆していた。

「私の部下も、そうだったのか？　私に見せた時と同じように多層彫を最初に見せてもか？」

ブランシャールとガストンとの間の直近のやりとりは全て、アルベリクの部下が執り行っていた。

当然、その部下がこの工房を訪ねる機会は幾度もあり、その折にナタリーの作品を見る機会もあったはずである。

だが、現実問題として、アルベリクがこうしてここにやってくるまで、ブランシャールとナタリーとの間に契約が生じることはなかった。

その意味するところを想像して、アルベリクは目眩《めまい》を覚えた。

僅かの間、ナタリーは答えあぐねて言葉をつまらせていたが、やがて気まずそうに首を縦に振った。それが質問への答えだった。

さしものアルベリクも、これにはため息をつくしかなかった。

「なるほど。それは、失礼なことをした……。地金を見る目も矯める手も持たない人間は、耳と口だけで仕事をしようとする。だがそれは、三流の仕事だ」

アルベリクは苦々しげに顔をしかめ、そう吐き捨てる。

しかし、彼の苛立ちとは裏腹に、ナタリーの方は感じ入った様子で彼の言葉を聞いていた。

その唇の先から、ポツリと呟きが漏れる。

「……師匠と同じことをおっしゃるのですね……」

怪訝《けげん》そうに眉を上げるアルベリク。

「何か言ったか?」

「い、いえ……」

ナタリーは手の中の指輪にもう一度目をやった。すがるような、問いかけるような眼差《まなざ》しであった。

それが、瞬《まばた》きをひとつする度に、確信を帯びた目つきに変わってゆく。

アルベリクもまた、真摯な瞳でナタリーの表情の変化を見つめていた。一人の人生の大切な局面に立ち会っているという自覚が、無意識のうちに彼の顔つきを引き締める。

やがて、アルベリクはある刹那、確かに目にした。彼女の中の、大きな変化を。

ナタリーの眦《まなじり》に力が宿り、口元が引き締まる。直後、彼女は決然と顔を上げ、まっすぐな視線をアルベリクに向け投げかけていた。

「わかりました。要は、私も師匠と同じようにブランシャール様とお仕事できるということですね。それならば、微力ながら、お力添えいたします……！　どうぞ、よろしくお願いします」

「そうか、よし、その返事が聞きたかった。いや、よかった。ありがとう。こちらこそ、よろしく頼む」

アルベリクは思わず椅子から腰を浮かせ、たった今、己の陣営に加わった新しい仲間に向けて手を差し出した。ナタリーは即座にこれに応じて、アルベリクの手を握り返す。満面の笑みが、彼女の表情を輝かしく彩っていた。

素敵な笑顔だと、アルベリクは素直にそう感じた。長らく遠ざかっていた、まっすぐな人間の精神が、彼女の表情には溢《あふ》れていた。

しかし、ふと、アルベリクは我に返って思う。

らしくない、と。

彼は慌てて椅子を蹴り、立ち上がった。

「……すまないが、私は皇都に戻らねばならん。これでも忙しい身でな。もし借金取りの連中が来たら、その小切手を摑ませて、二度とくるなと言っておけ。渡す金額を間違えるなよ」

「はい……！」

微笑みと共に、ナタリーは大きく頷く。

（いま泣いた烏《からす》がもう笑っている）

アルベリクは心の中で苦笑する。が、彼はすぐ思い直したように首を振り、自嘲気味に笑った。

（いや、烏は俺の方か）

ナタリーがその様子を見て、怪訝そうに問うた。

「……何か？」

「いや、なんでもない」

ナタリーは、不思議そうにアルベリクの様子を眺めていた。が、ふいに彼女は、悪戯《いたずら》っぽい笑みを浮かべてアルベリクの顔を覗き込んだ。

「アルベリク様は、どこか、師匠と似ていらっしゃいますね」

「……私をあんな男と一緒にするな。——失礼するぞ。また来るからな」

アルベリクは逃げるように玄関に近づき、帽子掛けから帽子を取った。すると、後ろで待っていたナタリーが、彼の外套を手に持って、袖を通しやすいように掲げてくれていた。

「ありがとう」

アルベリクは呟いて、袖を通す。

小娘のように世間知らずなところがあるかと思えば、このような細かな気遣いは抜かりなくこなす。不思議な女だとアルベリクは思いながら、山小屋を後にした。

かんじきを履いて山道を下る。登るときにはひどく重かった脚も、今は嘘《うそ》のように軽かった。全身に、異様な興奮と活力が充満していた。雪を踏みしめる度に、腹に封じきれなかった含み笑いが、アルベリクの喉から漏れた。

山小屋の見えなくなる林道まで歩を進めた辺りで、アルベリクはこらえきれずに笑い出した。これから得られるであろう莫大《ばくだい》な利益を思うと、笑わずにはいられなかった。欲望に染まった哄笑《こうしょう》が、曇天《どんてん》の山嶺《さんれい》に長々とこだましていた。

第二章　皇都の赤目鳥

皇都に戻ったアルベリクの最初の仕事は、無能な部下に対する処分であった。

ガロア皇国の皇都・アコラオン。この街の街路の一つに、ペリエール通りという名の道がある。

――『宝飾通り』。巷間《こうかん》でそう呼ばれるこの街路の、最も目立つ角地に、ブランシャール宝石店は店を構えている。

その執務室の中に、緊迫した空気が充満していた。

中にいる人間は三名。

ウォールナットの机の上に肘をつき、恐ろしい眼光をほとばしらせる男。それが、この店の最高責任者として君臨するアルベリク・ブランシャールである。

その恐ろしい姿に相対し、殺される寸前の犬のように怯《おび》える男。彼の名はアンリといい、昨日までマルブール方面の買い付けを担当していた。

その彼は、今まさに解雇を言い渡されようとしているところだった。

三人目は、その間に立ち、弱りきった顔をしている。彼の名はローラン。アルベリクの右腕として、彼の不在時の代理などを務める男である。

長く重い沈黙を破ったのは、アルベリクの押し殺した声だった。

「彼女の作品を見たか？」

「は、はい……」

問われたアンリは大仰《おおぎょう》に何度も頷《うなず》いてみせた。その返事に被《かぶ》せて、アルベリクは矢継ぎ早に質問を飛ばす。

「見る機会は何度あった」

「二度ほど……」

「実際に見たのは？」

「一度……」

「どう感じた？」

「い、今にして思えば、類稀《たぐいまれ》な出来栄えであると……」

「その当時の話だ」

「……そ、その……」

「何も感じていなかったのか」

「い、いえ……。金属装飾の技術には目を見張るものがありました。ですが、あれは芸術作品としては逸品でも実用性には疑問が……。装飾品として誰かの身を飾るイメージが到底持てず……」

アルベリクは大きくため息をつくと、やおら立ち上がり、傍《かたわ》らに立つローランに向かってゆっくりと歩み寄った。

「我々はネジや歯車を売っているのではない。規格品を緻密《ちみつ》に再現することが我々の仕事ではないのだ。人を美しく飾るために我々は存在している。そして、美醜というものは、時とともに変転してゆくものだ。変転する価値観に対応してゆくには、我々には何が必要だろうか？――感性だよ。ブランシャールの感性こそが我々の命脈なのだ。判《わか》るな、ローラン」

「はい」

アルベリクはローランに向けて語りつつ、アンリの背後に回り込んでいた。それから彼は、白髪交じりのアンリの襟足を、今にも斬りつけんばかりに睨《にら》みつけた。

「なあ、アンリ。私がここに見習いとして入った時、お前が私の上司だった。私がブランシャールにガストンを紹介した時、自分の手柄として上に報告したのがお前だ。以降、お前はガストンの担当として十余年、安寧を貪《むさぼ》ってきた。しかし、今にして思えば、それがお前の失策だったのかもしれんな」

「そ、それは……っ！」

「ご苦労だった。明日から来なくていい」

ほんの僅かのためらいもなく、その一言は放たれた。

アンリは額に玉の汗を浮かべ、アルベリクの足にすがりついた。

「も、申し訳ありませんっ！　後生ですから……。ふ、二人目の娘が……病気で……。今、職を失うわけには……」

「なら、なぜ、生きることに怠けた？　商品を見る目はない、債権回収もろくにできないでは、子供の使い以下だ！　こうして私が直々に解雇を通告してやっただけでも情があると思え！」

まとわりつく犬を振り払うように、アルベリクは男の腕を蹴り飛ばした。山育ちの男の蹴りは存外強力だった。アンリの身体《からだ》は鞠《まり》のように勢いよく転がって、執務室の壁にぶち当たる。

よろよろと身を起こしたアンリは、アルベリクの顔を仰ぎ見た。見上げた先で、二つの赤い目が彼を見下ろしていた。その瞳の中には、怒りも失望も見当たらなかった。ただ、虫を見るような酷薄な視線が、ひざまずく男を見下ろしていた。ともすると、そのまま足を上げて踏み潰しにかかりそうな気配すらあった。

この時、アンリには二つの選択肢があった。娘のために、アルベリクの靴を舐《な》めるか。それとも己の魂を殺さぬために、つばを吐いて立ち去るか。

彼が選んだのは後者だった。彼には、いかんせん我慢がなかった。その一方で、プライドだけは過剰に蓄えられていた。

「わ、私は、二十年も、この店に勤めていたんだ！　このブランシャールに二十年だぞ！　後から来た小僧が、偉そうに……っ」

「即刻失《う》せろ。薄汚い魂に触れては石の輝きも濁る」

アルベリクはそう言い捨て、机に戻った。未練がましく部屋に残るアンリを差し置き、続く懸案事項に話題を移す。

「ローラン、『彼女』の作品を効果的に売り出す方法を、早急に考えねばならん。各部門のチーフを呼べ。販売企画部門のアンリもな。優秀な方のアンリだ」

「承知しました」

「とにかく必要なのは話題性だ。直近で、話題性のある大きな催しはなんだ？　言ってみろ、ローラン」

「トーブマンズ・オークションと、皇后陛下のご生誕記念式祭ですね」

「そうだ。そのふたつで、彼女の作品を売り出すぞ。人の記憶に残るよう、できる限り衝撃的なデビューを飾りたい。――それから、人事部門のディミトリと、緊急で会議の予定を組んでおいてくれ。人事考課の方法を再考し、無能の連鎖を断ち切らなければならん」

無能な方のアンリが見ている前で、このような会話が繰り広げられていた。

遠回しな侮辱であった。これを黙って聞いていたアンリは、怒りに肩を震わせ、その顔全体を珊《さん》瑚《ご》の如《ごと》く紅潮させた。

もはや寸刻たりともこの場にいられず、アンリは突《とつ》として立ち上がった。彼はアルベリクに背を向け、足音高く部屋を出てゆく。

去りしな、アンリはこんな捨て台詞《ぜりふ》を吐いた。

「マルブールの赤目烏《がらす》め……ろくな死に方はできんぞ……心しておけ……」

どす黒い呪詛《じゅそ》の言葉だった。しかしこれすらも、アルベリクの金剛石の心臓には、かすり傷一つつけなかった。せいぜいが、「ふん」という嘲《あざけ》りじみた鼻息を引き出せた程度であった。

アルベリクの関心は、既に次の商機へと移っていた。

アンリと入れ替わりに、部門長たちがどやどやと執務室に入ってくる。その様子をアルベリクは鋭く睥睨《へいげい》し、一喝する。

「遅い！　作戦会議を始めるぞ！　新しい金の卵からどれだけ金を絞り出せるかは、お前たちの働きにかかっている！　それをよく胸に刻んでおけ！」

◇

石畳を蹴る蹄鉄《ていてつ》と車輪の音が、林立する家々の壁にこだまする。

それは、アルベリクが乗る屋根付き馬車の駆ける音だった。

漆黒の馬車が、皇都の広々とした街路の真ん中を疾駆する。目指すはトーブマン邸。本日から一週間かけて開催されるトーブマンズ・オークションの会場である。

トーブマンズ・オークションは、皇国最大規模の競売会である。

アルベリクたちの住まうガロア皇国は、隣国パヴァリア・ユミリテ神聖王国には劣れど、周辺諸国と見比べれば屈指の文化国家と言える。その皇国における随一の競売となれば、畢竟《ひっきょう》多くの人と物が集ってくる。

しかも、競りにかけられるのは宝飾品だけではない。美術品や骨董品《こっとうひん》、珍品から稀覯本《きこうぼん》に至るまで、ありとあらゆる逸品が値付けの対象として扱われる。

となれば、同好の士のみで開催されるサロンなどよりも、ずっと世間の耳目《じもく》を集めることができる。新商品の宣伝の場としては、もってこいの場というわけである。

アルベリクは、会場に向かう途上、馬車の窓から外を眺めていた。その視線の先には、泰皇《たいこう》の住まう聖域・グリアエの森が広がっていた。糸杉の森の彼方《かなた》には、禁城の細い尖塔《せんとう》の先が、わずかに見え隠れしている。

泰皇の住まう御所、禁城。俗なる者は近づくことすら許されぬ、聖域の中の聖域である。貴族や聖職者ですら、立ち入りを許されるのは一握りの人物のみであった。

彼らは謁見に際し、少なからぬ量の献上物を携え禁中に入る。すると、帰り支度をする頃には、彼らの馬車に返礼として莫大《ばくだい》な額の金貨が積まれているという。国内の金山の九割を掌握する泰皇の財力たるや、常人の想像の及ぶところではなかった。

また、禁城は皇国における政治の中枢でもあった。あらゆる重要国事はこの禁城の中で執り行われ、国の行く末は密室の中で秘密裏に決められてゆく。

しかるに、皇国における富と名誉と権力は、この禁城というひとところに集約しているのであった。

皇都で出世を目論《もくろ》む者ならば、誰もが望む。禁門をくぐり、泰皇と謁見する栄誉を賜《たまわ》ることを。

そして、皇都で商いを営む者ならば誰もが一度は夢見る。己の店が皇室御用達《ごようたし》となる日のことを。侍従に数多《あまた》の自慢の品を携えさせ、自らもまた極上の衣を装《よそお》い、泰皇陛下の御前に慎《つつ》ましやかに進み出る日のことを。

今まさに、アルベリクの瞼《まぶた》の裏には、その光景がありありと浮かんでいた。今の彼にとって、それは単なる気慰みの夢想などではない。ナタリーを得た今、実現可能な目標になったのである。彼女は、禁城の扉を開く鍵なのだ。

——男ひとり、身ひとつにして、ついにここまで来たか。

野望を裡《うち》に秘めた男の瞳は意気軒昂《いきけんこう》にして爛々《らんらん》と光り輝き、遥《はる》か彼方の尖塔の先を睨んで離さなかった。

今日から開催されるオークションは彼の栄光へ至る階段の、ただの一歩に過ぎない。といって、その一歩を軽んじるわけにはゆかない。一段一段、一歩一歩を、確かめるようにして進む。それを怠れば、この皇都では、たちまち足を掬《すく》われることだろう。

ふと道脇に目をやると、見知った顔の人間が路端《みちばた》を歩いているのが見えた。それは数週間前にアルベリクが解雇した、あのアンリだった。

彼はうなだれながら、とぼとぼと足取り重く歩んでいる。その靴は泥で汚れ、服は何日も着たきりなのか、くたくたに皺《しわ》が寄っていた。

アルベリクの馬車が横を通り過ぎても、彼はそれに気づく様子もなく、街区の路地の中に姿を消していった。

あれこそ、まさしく足を掬われた者の成れの果てである。と、アルベリクはまるで他人事《ひとごと》のようにそう分析していた。自らの手で彼の命脈を断ったにもかかわらず、である。

一歩間違えれば、自分もあの体たらくに堕する。そんな焦燥にも似た感覚が、アルベリクの全身の皮膚をひりつかせた。自らの手で誰かを切り捨て、陥《おとしい》れる機会が増えるほど、他人から陥れられ、切り捨てられる危険性も増えてゆく。その危険を未然に防ぐには、彼らの息の根を止めるか、彼らの手が届かないところまで上り詰めるしかない。

アルベリクは、そのような強迫観念に突き動かされて生きていた。自身の行動が道義にもとるか否かなど、一瞬たりとも考えなかった。彼の行動原理は、明快である。躊躇《ちゅうちょ》すれば死ぬ。だから進む。それだけだった。

中央通りに差し掛かった頃、唐突に馬車の歩みが鈍った。

窓の外を見やる。車の周囲を取り巻くように、群衆が街路を練り歩いている様が見えた。彼らはめいめいに拳を突き上げ、シュプレヒコールを上げている。

『同化政策反対！』

『パヴァリアの傀儡《かいらい》たるを良しとせず！』

それは、このところ皇都で突発的に発生している政治的集会の一種のようだった。彼らは広場に屯《たむろ》するに飽き足らず、なにやら政治的主張の書かれた旗を握って街路を縦横に駆け回っている。

馬の歩みを阻む群衆に歯噛《はが》みしつつ、アルベリクは呻《うめ》く。

「チッ……邪魔なことだな！」

ただ眼前の現実に汲々《きゅうきゅう》としているアルベリクにとって、かような政治的潮流は、足元に転がる障害物の一つに過ぎなかった。

小さな蹉跌《さてつ》に幸先《さいさき》の悪さを感じつつも、アルベリクは御者に迂回《うかい》を命じる。かような場所で立ち往生している暇など、今のアルベリクにありはしなかった。

◇

競売が執り行われるトーブマン邸は、貴族街の一角に存在する。目抜き通り沿いの広大な敷地の中に、宮殿と見紛《みまご》うばかりの荘厳な屋敷がある。それが、トーブマン邸だった。

黒塗りの鉄門をくぐり、美しく整えられた前庭を抜ける。すると、木々の合間から古風な邸宅が姿を見せる。この邸宅が、トーブマン邸の本館である。元はグリアエ王朝時代の王族の館だったが、豪商トーブマンが金の力に任せて買い上げたものだった。

人を降ろして空《から》になった馬車が、向こうからやってきてはすれ違っていく。行き来する馬車の数を見る限り、既に客は随分と集まっているらしい。

馬車は高級品である。それを持つ者は、皇都に住む者の一分《いちぶ》にも満たない。ブルジョワジーですら、箱型馬車の一台でも持っていれば胸を張って自慢できるものである。

その馬車が、工場の流れ作業のように引きも切らず列をなす様は、なかなかに壮観だった。この催しのために集《つど》う人間がどんな種類の人間か、この一点からも容易に想像できるというものだった。

やがて、アルベリクの乗る馬車は、本館の玄関前に横付けされて止まった。逸《はや》る気持ちを抑え、アルベリクはゆっくりと馬車を降りる。

開け放たれた本館の扉をくぐると、濃い人いきれがアルベリクの鼻先をかすめた。入り口前のホールには、既に多くの人がひしめき合っている。

客層は様々だったが、その多くはブルジョワジーだった。貴族の姿も多く見受けられたが、皇室に近い上級貴族の姿は、一瞥《いちべつ》する限り見られない。その事実は、この催しが所詮第三身分のためのものでしかないことを、暗に物語っていた。

ホールの中央にはテーブルが並べられ、その上には、珍味やフルーツ、シャンパングラスを載せた盆が、塔のように積み上がっている。来客はめいめいそこから好きなだけ酒と食事を手に取り、美食に舌鼓を打っていた。

隅には腕の良い楽団が陣取り、ご機嫌なワルツなどを奏でている。その周囲では、紳士淑女たちが軽快な足取りで舞い踊る。

いかにもブルジョワジーの好みそうな、享楽の宴《うたげ》だった。

群衆の中から、恰幅《かっぷく》の良い男が一人、アルベリクの元に歩み寄ってきた。彼は酒気を帯びた赤ら顔をぶら下げて、下卑た笑顔をアルベリクに向かって投げかける。

「ブランシャールの！　あんたもついに一線を越えちまったな！　まさかあんたが、ロートシルトに手を出すとは思わなんだよ！」

この男こそ、オークションの主催者であるところの、豪商トーブマンその人だった。

アルベリクは慇懃《いんぎん》に笑いつつ、この成金のブルジョワジーに向かって腰を折って礼した。

「トーブマン殿、私がこれまで、宝飾品で間違いを犯したことがございましたかな？」

「これが最初で最後の過ちになるってこった！」

あくまでくさそうとするトーブマンに向かって、アルベリクは不敵な笑みを見せた。

「あまりお酒を召されませぬよう……。現物を見た時、もっと目が覚めていればと後悔してしまいますよ！」

「こいつめ！　自分で絞首台の高さを上げてきおった」

トーブマンは腹を揺すって豪快に笑った。

主催者にいっときの暇《いとま》を告げ、アルベリクは再び歩み始める。

広間を通り過ぎる間というもの、彼は紳士淑女から袖を引かれ通しだった。

「ブランシャール様！　私と踊ってくださる？　お話を伺いたいの」

「残念ですが、マダム。これより下見会の準備がございますので……」

「つれないのねえ！」

「アルベリク殿、どうやら今回の主役は君のようじゃないか！」

「申し訳ないが、後ほど！」

悩ましげに身を振りつつも、内心、アルベリクはほくそ笑んでいた。

それもそのはず。この状況を作り出したのは、他ならぬアルベリク自身だったのだ。

彼は、あらかじめ少なからぬ費用を使って、ある種《しゅ》の噂《うわさ》を流していた。

噂というのは、要するにこうである。『次のトーブマンズ・オークションでは、大きな出物がある。しかもただの出物ではない。古代ロートシルトの失われた技術を使って作られた宝飾らしい』

ロートシルト美術には、熱狂的な愛好家が多い。その割に市場に出回る品は少なく、好事家《こうずか》たちはいつだって出物に飢えていた。そこに復刻という餌を垂らされて、食いつかぬ者がいようはずもない。

とはいえ、おおかたの人間は、腹の中で疑念を抱いているに違いなかった。むべなるかな。古代ロートシルト宝飾の復刻という事業は、人類が半ば諦めつつある道だったのだから。

中世から近現代にかけての古代様式美の復刻ブームにあやかり、幾人もの技師が古代ロートシルトの超絶技巧をその手で復活させようと躍起になってきた。だが、そのほぼ全てが失敗に終わった。それほどまでに、ロートシルト技術の復活というのは難事業だったのである。

この種のいわくつきの代物というのは、詐欺師にとっての良い商売道具になるのが常である。ロートシルト技術を復活させたという触れ込みで、客に粗悪品を掴《つか》ませるのだ。甘言を鵜《う》呑《の》みにして先払いで高い金を払った挙げ句、屑《くず》同然の塊を掴まされる者が後を絶たなかった。ついには、『ロートシルトの名前を見たら詐欺と思え』という格言すら生まれる始末。やがてこの技法は、宝飾関係者の中でタブーとして扱われるようになった。

永遠に燃える火中の栗《くり》を、アルベリクは拾って競売にかけようというのである。疑いの眼差《まなざ》しを向けられるのも無理はなかった。

だが、今回競売にかけられるのは、並の技師の作品などではないし、ましてや、詐欺師の用意した紛《まが》い物《もの》などでも決してない。正真正銘、完全なる復刻品なのである。

現物を見たとき、会場にいる人間がどんな顔をするのか。それを想像して、アルベリクは心中で嗤《わら》うのだった。

人々の質問攻めを華麗に躱《かわ》しつつ、アルベリクは大広間に至った。そこは、下見会の会場となる場所であった。

下見会とは、文字通り、出品作の下見のために催されるもので、開催期間の大半を使って行われる。買い手はこの下見会において、出品作の良《よ》し悪《あ》しを間近で確認することができる。ここで現物を見て、気に入った出物があれば、最終日に行われる競売で競り落としにかかるというわけだ。

この広間も玄関前同様、既に多くの人で賑《にぎ》わっていた。ただし、こちらにいるのは、出品者が主《おも》であった。彼らは割り当てられた展示スペースに集い、各々《おのおの》持ち寄った出品作を設置しはじめている。皆、己の展示品をできる限り見栄え良くしようと配意に余念がない。

アルベリクは他所《よそ》の展示には目もくれず、己の店に割り当てられた展示スペースに足を向けた。そこでは、ブランシャールのスタッフが既に到着して設営を開始していた。アルベリクは彼らに挨拶をし、ねぎらい、鼓舞した。それから二、三、言付けをして、再び忙《せわ》しげに歩き始める。

次にアルベリクがやってきたのは、二階にあるサロンである。ここが今回の競売の主会場となる。一階の広間に比べると一回り小さい部屋だが、内装は至極絢爛《けんらん》であった。部屋の南側はテラスに続いており、そこから聖域グリアエの美しい森が一望できた。

部屋の最奥には壇が据えられており、競売自体はその壇上で行われる。買い手は壇の前に並べられた椅子に座り、競りに参加することになる。

また、窓際の一角には立食用のテーブルがいくつか据えられており、買い手同士交流しつつ競売の様子を観察できるようになっていた。

そのテーブルの周りに、気の早い人々が既に集って、いくつかの人垣を作っていた。アルベリクは、その人の群れの中に視線を滑らせてゆく。

彼は、談笑する一人の男に目を留めた。ほぼ同時に、その男もアルベリクに気づき、かすかに分かるほどの目礼を返してきた。男は隣国パヴァリアの騎兵遊撃軍を統べる将軍であり、名をサラスといった。戦勝で得た財産は並の富豪や貴族を遥かに凌《しの》ぎ、その財力にものを言わせて多くの古美術品を蒐集《しゅうしゅう》しているという。

彼は古代ロートシルト美術の蒐集家としても知られており、今回の競売で、おそらく最も注目を浴びるであろう人物の一人である。

アルベリクは視線を滑らせ、部屋のもう一方で人だかりを作っている優男に目を向けた。

彼を取り巻いているのは、皆、女だった。若い女たちが寄ってたかって群がる様は、きらびやかな会場にあって、ことさら華やいで見えた。

男は名をリュファス・ボーマルシェといい、アルベリクと同じく宝石商を営む実業家であった。彼の店の特徴は、洗練された商品デザインにあった。文化国家パヴァリアにおいて一線で活躍した技師やデザイナーを呼び寄せ、旧態然としていた皇都の宝飾界に新風を吹き込んでいる。

このリュファスという男は、無類の女好きとしても知られている。彼の美貌と名声に釣られて寄ってきた女は、例外なく片っ端から平らげられている。そんなまことしやかな噂が、アルベリクの耳にも届いていた。今の彼の様子を見る限り、あながち根も葉もない噂というわけでもなさそうだった。

アルベリクは、それとなくリュファスの元に近づいてゆく。ほどなく、リュファスは彼の姿に気づいた素振りを見せたが、あえて話しかけて来ようとはしなかった。そこで、アルベリクは億劫《おっくう》に思いつつも、女の群れをかき分けリュファスに近づいていった。

リュファスはアルベリクが眼前にやってきたところで、初めてその存在に気づいたように、わざとらしく破顔してみせた。

「ああ、すまない！　目の端で影法師がよく動くなと思っていたら、君だったか！」

開口一番、皮肉である。しかし、アルベリクは怯《ひる》みもせずやり返した。

「相変わらずの色魔《しきま》ぶりだな、リュファス。一瞬、ここが娼館《しょうかん》かと疑ってしまったぞ」

「勘違いしないでほしいな。彼女たちも競売の参加者だよ。あまり失礼な事を言うと、君の商売に影響があるんじゃないかな？」

「この女たちは貴様の客だろう。貴様の客は私の客にはならない。違うか？」

「よくお調べで。して、ご用件はなにかな？　僕は見ての通り、お客様のお相手で忙しくてね」

「白々しい芝居はよせ。貴様、本当は、私と話がしたくてたまらないはずだ」

「はて、なんのことかな？」

「名前当ての遊びでもさせたいのか？　リュファス・ボーマルシェ・ド・ロートシルト」

リュファスの顔色が変わった。

彼はアルベリクの肩を掴むと、無言で部屋の端に引っ張っていった。一緒についてこようとする女たちを、彼は腕を振るって引き下がらせる。

壁際に至り、二人きりになったことを念入りに確認すると、リュファスは押し殺した声でアルベリクに詰め寄った。

「……どこで、その名前を？」

「優秀な調査部員がいるのでね。貴様がロートシルトの末裔《まつえい》だということも、今日のために急遽《きゅうきょ》準備金をかき集めたことも知っている」

「……皇都に赤目鳥あり、その目は千里の先を知る、か……まさか噂通りとはな。だが、話すことはなにもないぞ。僕が信じるのは、この自らの二ツの目だけだ」

そう言って、リュファスは自慢の空色の瞳を、自らの指先で指し示した。彼も、アルベリクと同じく、自らの目を頼みにしてのし上がってきた男だった。

アルベリクは薄く嗤って、リュファスの傲慢をあざけった。

「ほう、そうかね。だが、今のうちに色々と話しておいた方が賢いかもしれんぞ？　判っているとは思うが、会期中は貴様と個人的に話している余裕などないからな」

「君の与太話に付き合う気はないよ。……失われし古代技術の復活？　莫迦莫迦《ばかばか》しい。君のような輩《やから》が跋扈《ばっこ》したおかげで、栄光あるロートシルトが今や腫れ物扱いだ。挙げ句の果てに、蠅《はえ》共が集《たか》ってくるというので、家名を出すのも禁じられる始末。わかるか、この屈辱が。どこぞの馬の骨のはした金稼ぎのために……クソッ……！　だいいち、そんなことができるのであれば、とっくに僕たちが……」

「やはり積もる話があったようじゃないか」

喉の奥でくつくつと笑うアルベリク。

ほどなく彼は真顔に戻り、リュファスに顔を近づけて耳打ちする。

「一つ忠告しておく。……サラスが来ている。彼には注意したまえ。今日のために随分準備してきたらしい」

「だから何だと言うんだ。そんなことは、僕とはなんの関係もない」

「ほう、良いのかね？　せっかく苦労して金を工面してきたというのに。異人の蒐集家に、大事な宝をみすみす掻《か》っ攫《さら》われてしまうぞ」

アルベリクの執拗《しつよう》なからかいに、リュファスの我慢は限度を超えたようだ。彼はアルベリクの目を真正面から睨みつけると、人差し指の先でアルベリクの胸元を何度も突いた。

「いいか、勘違いするなよ。僕は君の出品に何ら興味など抱いてはいないんだ。僕が用意してきた金子《きんす》は、他の出物のためのものだ」

「なるほど、それは失礼した。だが、現物を見ても同じように囀《さえず》ることができるかな？　まあ、下見の時間はたっぷり一週間もある。そのご自慢の目でじっくり観察して、真贋《しんがん》を改めてくれたまえ」

煽《あお》れるだけ煽って、アルベリクはリュファスの元から颯爽《さっそう》と立ち去った。

あとに残されたリュファスは、忌々《いまいま》しげに歯噛みしながら、黒衣の怪人の後ろ姿を見送ることしかできなかった。

◇

下見会の準備が終わり、いざ開場となるや、人々は大挙してブランシャールの展示に押し寄せてきた。他の展示には目もくれない。それほどまでに、ロートシルトの復刻という売り文句は、人々の興味を掻き立てるものだったのである。

そして、現物を目の当たりにした人々は皆、例外なく驚きの表情を浮かべ、息を呑んだ。ルーペでブローチを観察し始めたならば最後、アルベリクが声をかけない限り、誰一人として展示品から目を離そうとしなかった。

主催者のトーブマンにしても、それは例外ではなかった。彼は酩酊しつつ、いの一番にやってきて、アルベリクの展示をくさそうとした。

だが、展示品をひと目見て、彼はその目をぎょっと見開いた。そして、自らの頭を激しく叩きつつ、こう悲嘆したものだった。

「俺はどうして、こんな時に酔っ払っているんだ!」

やがて、群がる人垣の中から、一人の男が姿を現した。浅黒い肌に上等の衣を纏い、物腰も優雅そのもの。階級の高い軍人であるにもかかわらず、勲章をひけらかすこともせず、一私人としてこの競売に臨んでいる。今回の競売における最高落札額の筆頭候補と目される、サラスである。

彼は慣れた手付きでルーペを取り出すと、展示台の上に飾られたブローチを仔細に観察し始めた。しばらくの間無言のまま観察を続けていたが、やがて彼は喉の奥で、深い感嘆の唸り声を発した。

彼は目を上げると、アルベリクをまっすぐに見据えて尋ねた。

「手に持ってみても良いだろうか」

「どうぞ」

アルベリクは、珍しく慇懃な態度でサラスの行動を促した。

サラスは懐から取り出した手袋を両手にはめると、台座からブローチを慎重に取り上げた。その瞬間、彼の眉間が訝《いぶか》しげに動く。

「軽いな。これは金《きん》ではないね」

「これは代替材料を用いた習作です。ですが、ご安心ください。これをそのまま売ろうというわけではないのです。今回競っていただくのは、これの作者にこれと同じ品を、真作同等の材料で作らせる権利です」

アルベリクは、あえて周囲に聞こえるような声で、そう説明した。サラスはそれを聞いて鷹揚《おうよう》に頷《うなず》く。

「材料費も価格に含まれるわけだね。すると競りになれば、おそらく相応な値がつくだろう。高い買い物だ、おまけがほしいな。私が競り落とした暁には、この習作もいただけないかな？」

いかにも蒐集家らしい提案だった。アルベリクは彼の申し出を、笑って快諾《かいだく》した。

サラスのこの言動は、競売への参加意思の確たる表明に他ならなかった。

一方、もうひとりの落札者候補であるリュファスの方はどうであったか。

彼はというと、下見会の初日には姿を見せなかった。アルベリクの前で見栄《みえ》を張った手前、興味のある素振りをするわけにはいかなかったのだろう。

だが、彼がそんな態度をとっていられるのも初日までだった。

ブランシャールの出品は、初日にして競売会の話題を完全に独占していた。現物を見た人間の評価も出揃《でそろ》い始め、今回の出物が今までのまがい物とは異なるということも、明らかになりつつあった。熱しやすい評論家の中には『原作に比肩する』という評を口走る者すらあった。

そうまで言われては、ロートシルトの末裔たる者、捨て置くわけにはいかなくなる。リュファスは、二日目の早い時間に、ブランシャールの展示を訪れた。その顔には、未《いま》だ疑心とアルベリクへの軽蔑がありありと浮かんでいた。

「随分と評判のようじゃないか。僕の友人たちも、莫迦に君のことを評価していたよ。ロートシルトの宝飾品は、ここ最近出物が少ないから、皆見慣れていないのだろうね。復刻品といえど、珍しく見えるのだろう。たとえ現物が粗悪な品であってもね……。まあ、一応見に来たよ。友人たちが見ろとせっついてくるし、同業者の出品を無――」

「見るならさっさと見たまえ。後がつかえているのだ」

長話を遮って、アルベリクは横柄に言い放つ。

リュファスは忌々しげに歯噛みしつつ、懐からルーペを取り出した。使い込まれて年季の入ったルーペだった。

ブローチを覗《のぞ》き込んだ瞬間、リュファスの顔から薄ら笑いが消えた。次いで彼の唇は、わなわなと震え始め、顔面は蒼白《そうはく》になってゆく。

彼は作品から目を離さぬまま、その形の良い唇から呻《うめ》き声を漏らした。

「多層彫りと中空留めが、完璧に再現されているじゃないか……。しかも、これはまさかインゴット削り出しか……？」

「貴様の目が節穴でないことが判って嬉《うれ》しいよ、リュファス」

「誰がこれを作った？　ガストンか？」
「やつは死んだ。これは別の技師の作品だ」
「別の技師？」

リュファスが作品から目をあげてアルベリクを睨む。もっと話を聞かせてほしいと、その目が言外に求めていた。だが、わざわざ商売敵に手の内を晒《さら》すような愚行をアルベリクが犯すはずもない。リュファスもそれを判っていて、敢《あ》えてそれ以上を尋ねようとはしなかった。

この日以降、リュファスは毎日、足繁《あししげ》くブランシャールの展示を訪れた。彼は来る日も来る日も魅入られたように作品を鑑賞し、最愛の人に触れるようにその輪郭を撫《な》でた。

傍らでその様子を見守っていたアルベリクには、彼の気持ちが手に取るように判った。世の中には、宝飾品に欲情する類の人間が多からず存在する。このリュファスという男も、そういう変態の一人なのだ。そんな自らの本性が社会に暴露されるのは困るから、普段から周囲に女を侍《はべ》らせて擬態しているのだ。アルベリクはそのように分析していた。

この男のそんな性癖を、今回は目一杯利用してやろうと、アルベリクは目論んでいたのだ。

今回の競売会の目玉がブランシャールの出品であることは、もはや誰一人として疑わなかった。かの比類なき復刻品は、人々の話題と関心を独り占めしてしまっていた。彼らは会期中、誰かにこの『事件』について語らずにはいられなかった。

国外から来た者は、興奮気味の筆致でもって、故郷に向けて手紙を何通も送った。それらの手紙には、ロートシルト装飾復刻という衝撃的事実に加え、ブランシャールの名と、その店主であるアルベリクという怪人について、異口同音の評価が書き連ねられていた。

噂は皇国から周辺国に至るまでの宝飾界隈《かいわい》を席巻《せっけん》し、競売会は図《はか》らずも業界関係者の耳目《じもく》を集めることとなった。

人々は競売当日の朝が来ることを、指折り数えて心待ちにした。

そして、その朝はついにやってきた。

◇

競売当日。

ロートシルト完全復刻の噂が奏功したのか、会場はすこぶる盛況だった。それどころか、あまりに人が集まりすぎたため、競売の執り行われる二階のサロンから人が溢《あふ》れんばかりとなっていた。

支度を済ませたアルベリクは、波のように押し寄せる来場者の様子をサロンの外から眺めていた。

するとそこに、一人の男が近寄って声をかけてきた。サラスだ。

「まったく、野次馬がぞろぞろとやってきたものだ。どうせ自ら金を出して何か買うというわけでもあるまいに」

彼は薄い唇の奥から白い歯を覗かせ、爽やかに破顔した。

「閣下はあまり私と話さない方が良いかと存じます」

アルベリクは、眉をひそめて呟《つぶや》いた。サラスがそれを受けて短く笑う。

「そう言うな。長い道のりをかけて皇都まで足を運んだというのに、君と何も話さず帰るのは寂しい」

「どんな話でしょう?」

「世間話さ。近頃はパヴァリアでもブルジョワジーが台頭している。だが、どうかな、見栄えが良く口は回るが、中身のない連中ばかりだ。君のところはどうだね」

「ご覧の通り、似たようなものです」

「だろうな。いつの時代も、商人と名乗る者の中には、一定数の詐欺師が紛れ込んでいる。口だけ達者で、耳は遠く目は暗い。真の商人にとって、最も大事なのは情報だ。次いで、品を見る目。その点、君は実に優秀な商人だと言えるだろう」

「恐れ入ります」

「さらに、根回しも仕込みもお手の物ときた。そうでなければ、競売会の当日にこんなふうに私とのんびり話をしている余裕などないだろうからな」

アルベリクは何も答えなかった。話の流れに、不穏なものを感じつつあったのだ。

「……ときに」

サラスの瞳が、怪しげに光る。彼はアルベリクに顔を近づけると、押し殺した声でこう訊《き》いてきた。

「競売というのは特に情報が大事になると思うが、今回も随分と苦労したのではないかな?」

アルベリクには、このサラスという男が何を考えているのか理解しかねた。実際のところ、この競売に際してアルベリクはそれなりの手間暇をかけて調査を行い、仕込みをしてきたのだ。それを今ここで自慢してみろとでも、この男は言いたいのだろうか。だが、ここは公衆の面前である。今からとっておきの手品を披露しようというその時に、得々と種を明かすなど、できることではない。

あるいはこの会話の中で、赤目鳥と呼ばれる男の底を割ろうと図っているのか。

黒衣の商人は顔色一つ変えず、己の顧客に向かって素っ気なく答えた。

「どういうことはありません。難しいのは、どこにあるかわからないものを見つけることです」

「それは、例の復刻品の作者のことかね？」

「私は、商人に必要な素養の中には、運も多分に含まれていると思っています」

「なるほど。ならば、私も商人向きの男と言えるだろうな」

そう言って、サラスは快活に笑った。

やがて、サロンの壇上に司会者と思《おぼ》しき燕尾服《えんびふく》の男が立った。男のしわがれた声が、事務的に競売会の開始を宣言する。次いで、彼は同じ調子で、特別な知らせがある旨付け加えた。

曰《いわ》く、運営に支障をきたす恐れから、ロートシルト宝飾の競りに関しては例外的に、屋外に場を移して行われるとのことだった。競売人が二階のテラスから品物を掲げつつハンマーを叩いて買い煽り、買い手は本館の前庭に集って競り値をつける。

青空の下での競売である。運営上の都合とはいえ、いまだかつてない形式に、人々は色めきだった。

「ほう。なかなか面白い趣向だ。運営も、君の商品が特別であることを認めたらしい」

サラスが愉快そうに笑う。

「今日一番注目を浴びるであろう二人が、仲良く談笑かい？」

語らう二人の横から、皮肉めいた声が聞こえた。リュファスである。相変わらず彼は鴨《かも》の子のように女性たちを引き連れており、競売会場の人間密度の向上に微力ながら貢献していた。

彼の相手を買って出たのは、アルベリクではなくサラスの方だった。

「君もその一員だろう。噂はかねがね聞いているよ、リュファス殿。少なくともこの競売の参加者の間では、君の噂で持ちきりだ」

「それは光栄なことだね。よければ、どんな噂か聞かせて欲しいな」

「ボーマルシェの色魔は宝飾に欲情する変態だとか」

リュファスの顔にさっと朱が差した。彼が今しも食ってかかろうと口を開いたところ、サラスが被せるように笑い始めた。

「ははは、冗談だ。そこにいる赤目鳥殿の出品作を落札するのは君ではないかと、もっぱらの噂だよ」

「はっ、くだらん噂だね。なぜ同業者の商品を大枚はたいて購《あがな》う必要がある」

「宝飾品を愛しているが故に、君は君の道を歩いている。違うかね？」

リュファスはぐっと喉を鳴らすだけで、何も言い返すことができなかった。

対するサラスは、あくまで不敵に笑っていたが、不意に真顔になり、傲然《ごうぜん》とこう言ってのけた。

「まあ、ロートシルトの宝飾は私がいただくことになるがね。今まで通りに。そして、これからも」

リュファスの眉間に、みるみる不興《ふきょう》げな皺が寄ってゆく。

「今まで貴方《あなた》が集めた偽物など、僕の知ったこっちゃあない。貴方がこれから同じように偽物を集めるつもりなら、どうぞご勝手に、だ」

「なら、今日は？　今日私が手に入れるものについても、君は関知しないということで良いのかな？」

「手に入れる？　何を言っているのやら。貴方は今日、何も手に入れはしない。手ぶらで国に帰ることになるだろうよ」

言い終わるが早いか、リュファスは踵《きびす》を返して廊下の向こうに去っていった。取り巻きの女たちが、嬌声《きょうせい》を上げながら彼の後を追いかけてゆく。

「前哨《ぜんしょう》戦《せん》としては、こんなものかな？」

そう言って、サラスは悪戯《いたずら》っぽく、アルベリクに向かって片目を瞑《つぶ》ってみせるのだった。

◇

サロン内での競売は、午前中のうちにつつがなく執り行われた。会の進行は、むしろ、スケジュールよりも若干の前倒しですらあった。早く目玉の競売を見たいという、来場者の意向を汲《く》んだのであろう。

会期中、アルベリクの身体は休まることがなかった。数歩歩けば袖を引かれて誰か彼かの質問攻めに遭う。競売会の主役は今や完全にこの黒衣の商人であり、彼の周りには常に多くの人集《ひとだか》りができていた。

彼が受けた質問の中で最もよく聞かれたのは、あの作品の作者は、一体ぜんたい誰なのか、ということであった。まっとうな質問である。しかしアルベリクは曖昧な笑みを返すばかりで、作者の名前も、素性も、何一つ口にしようとはしなかった。

彼があまり多くを語ろうとしないので、彼の元に集まった人々は話し足りなくなったのか、見知らぬ者同士で互いに会話を始めだした。

ある者が、ため息交じりに呟く。

「しかし、実際のところ、いくらで落札されるのでしょうねえ」

「真作なら十億はくだらないという話です。復刻品ならば一億といったところでしょう」

——五億クルト。それが落札額だ。

アルベリクは、胸の中でそう呟いていた。

長年の経験から弾《はじ》き出された胸算用、というわけでは勿論《もちろん》ない。彼は、今日の競売の最高落札額を、既に知っていたのだ。

彼はこの日に際し、落札者の候補をただ一人に絞っていた。

その一人とは、言うまでもなく、リュファスである。

彼から金子を搾り取ることは、間接的にブランシャールにとって有利につながる。なんといっても、リュファスは競合店の店主であるのだから。

リュファスはこの競売のために、自分の店の運営資金まで借り出しているという。彼が落札すれば、ボーマルシェは確実に傾く。これこそ、今回の競売におけるアルベリクの真の狙いだったのである。落札で得られる金も大事だが、それは今後いくらでも、ナタリーの作品が稼いでくれる。

標的が決まったならば、次は彼の懐具合が気になってくる。この情報をどうやって得たか。

間諜《かんちょう》である。アルベリクは、ブランシャールの店主になる前から、自分の部下や友人知人を主要な他店に潜り込ませていた。彼は競合他店の動向を独自に把握しており、それにより他店だけでなく同僚をも出し抜いてきたのだ。

さて、予算は判った。では、その予算いっぱいまで使わせるにはどうすればよいか。競る相手が必要である。

——そう、ここで、サラスの出番がやってくる。つまりサラスは、競売の値を吊《つ》り上げるためにアルベリクが雇った偽客《サクラ》なのである。彼はアルベリクとの裏取引によって、ロートシルト宝飾の復刻品の制作依頼権を既に得ていた。そしてその対価として、彼は落札する気のない空入札を繰り返し、競り値を吊り上げる役割を負った。

こうしてリュファスは予算を丸裸にされた上に、その予算いっぱいまで使わされる羽目になるのだ。

これが、今日の競売の本当の姿だった。

そしてこれこそが、アルベリク・ブランシャールという男の商売のやり方だった。

宝石を見分ける確かな目と、千里先まで届く地獄耳。諸々《もろもろ》の手練手管。そして、あくまで利を取る冷徹さ。こうしたものを総動員して、アルベリクは魍魎《もうりょう》の跋扈《ばっこ》する皇都をのし上がってきた。

結果、ついた渾名《あだな》が『赤目烏』。追い落としてきた者たちの屍肉《しにく》を啄《ついば》み、その血で瞳を赤く染めた卑しき黒烏。——そのような蔑みを受けるようになった。

かくして彼は皇都に巣食う魑魅《ちみ》魍魎《もうりょう》の一つと化してしまったわけだが、それはある種当然の帰結といえた。

昼も過ぎる頃になると、他所の競売案件はすべて消化され、ブランシャールの競りを残すのみとなっていた。

ここまでは、順調にきている。後は、競売人のハンマーが叩かれる瞬間を待つだけである。その瞬間、これまで仕込んできた諸々の手間暇が、ようやく結実の時を迎えるのだ。

しかし、そうそう計画通りにはゆかないのが、世の常というものであった。

◇

本館の前庭は、世紀の競売をひと目見ようという見物人でごった返していた。

彼らは一様に首を上げ、斜め上方の一点を見つめている。

競売人が、テラスの上から観客に向けて、今回の競売品を今一度掲示して見せていた。模造金で作られた、卵形のブローチ。掌《てのひら》大のこのブローチに、今から何千万何億という値が付けられてゆくのである。

競売人が出品者と商品の説明を滔々《とうとう》と述べ、しかるのち、テラスの手すりにハンマーを打ち付けた。

いよいよ、本日の目玉となる競売が始まった。

始値は百万クルト。最初の方の値は、どこぞの目立ちたがり屋が競って付けた。

この時点では、サラスもリュファスも未だ動かず。小額の段階で参加したところで時間と労力の無駄であるためだ。

五千万クルトを超えたところで、状況が動いた。他の入札者が値付けを渋り始めたため、サラスが五千百万クルトで競りに参加したのだ。

すると、リュファスも指を差し上げ、六千万の値で競りに参加する。競争が始まった。すぐにサラスが六千百万の値を付け、被せてくる。するとリュファスが七千万でこれに対抗。両者一歩も引かぬまま、入札額はあっさりと一億を超え、瞬《また》く間に二億三億と膨張していった。

目もくらむような金額の応酬に、会場の人々は燃えるほど熱狂した。入札の声が発せられる度に歓声が上がる。だが、当事者であるアルベリクだけは、その歓声から数歩下がったところで、どこか他人事のように競売の様子を眺めていた。

サラスが四億九千万クルトを付けた。競りが止まる。リュファスが部下と思しき男と長い相談に入っていた。追加の指示はないかと、競売人が何度も確認している。やがて、リュファスが額に汗を光らせつつ指を五本上げ、五億クルトの値を指示した。

潮時である。あとは、サラスが悔しそうに歯噛みしてリュファスに一瞥でもくれてやれば、この茶番はお開きとなる。

——はずだった。

「六億クルト」

穏やかだがよく通る声が、青空の下に響いた。

ぎょっとして、アルベリクは会場内に視線を巡らす。

六本の指が、天に向かって高らかに掲げられているのが目に留まった。その手の主は——。

「……サラス」

隆々たる体軀《たいく》の男が、人々の驚愕《きょうがく》の視線を受け、得意げに目を細めていた。

歯噛みしたのはリュファスの方だった。彼は凄《すさ》まじい形相でサラスを睨《ね》めつけていた。

アルベリクの知る限り、彼に入札能力は、もはや、ない。

——約束が違う！

アルベリクは胸の中で悪罵《あくば》した。事前の打ち合わせでは、五億クルトを超えたところでサラスは入札を止める手はずだったのだ。

落札価格が上がるのなら、それに越したことはないではないか。そう思う向きもあろう。だが、それではこの競売における目的の半分しか達成できないことになる。アルベリクとしては、競合店の店主であるリュファスに、なんとしても大枚はたいて落札してもらわねば困るのだ。

アルベリクの頭の中を様々な可能性が駆け巡った。リュファスとサラスが結託したか。いや、それはない。ではサラスが裏切ったか。それはあり得るが、契約上、リュファスの落札に失敗すれば裏取引も無効となる。わざわざ自分に不利なだけの行動を取るだろうか。それとも、サラスは、独自で何らかの情報を摑んでいるのか――。

追加の入札はないかと、競売人が確認する。ひとたび、ふたたび……。みたび確認しても声がなければ、ハンマーが打ち鳴らされ、それで競売は終《しま》いである。

競売人が最後の確認をした。その手の小槌《こづち》が動く。競売が終わる――。

「六億……一千万ッ……」

脂汗を浮かべたリュファスが、指を一本だけ上げ、苦しそうに叫んでいた。

会場から感嘆のどよめきが湧く。

アルベリクとしては困惑するばかりである。リュファスにはもはや、支払い能力などないはずだったのだ。

だが、彼の想像に反し、競り値はさらに吊り上がってゆく。七億、八億……。

九億を超えたところで、ようやくサラスが降りた。彼の表情には悔しさなど微塵《みじん》も見られず、それどころか、満足げな笑みさえ浮かんでいた。それが、アルベリクには不気味に思えてならなかった。

最終落札額、九億クルト。当初アルベリクが想定していた額の二倍弱の値を付けて、この日一番の目玉取引は終了した。

「アルベリク・ブランシャール！」

黒衣の宝石商を呼ぶ声が、晴天の広場を貫いた。声の主は、栄《は》えある落札者であるところのリュファスだった。だが、彼はその先の言葉を継ぐことができなかった。爛々《らんらん》と輝くその瞳の中には、ありとあらゆる激情が、渦を巻いて燃え盛っていた。

呼ばれたアルベリクは、リュファスとは対照的に涼しげな表情を保ったままだった。彼はゆっくりと声の主に向き直ると、こう言ってのけた。

「驚くのはまだ早いぞ、リュファス。貴様は……いや、世界はいずれ、いまだかつて誰も見たことのない宝飾を目の当たりにすることになる。それも、ごく近いうちにな」

その言葉は、破壊的な衝撃とともに、波のように会場内を伝播《でんぱ》した。

だが、彼にその真意を質《ただ》す者は、誰一人としていなかった。

◇

「あれは一体、どういうことですか」

落札者との契約を手早く済ませたアルベリクは、会場内を駆けずり回り、サラスの姿を捜して回った。やっとのことでその姿を見つけ出すと、彼は急ぎ詰め寄った。

対するサラスはどこ吹く風。穏やかな笑顔を崩しもせず、アルベリクに相対した。

「お近づきの印と言ったら信じてくれるかな?」

「ふざけないでいただきたい。こちらの指示通りに演じていただかねば困る」

「しかし、私も伊達《だて》にパヴァリア騎兵遊撃軍を率いているわけではない。ただ誰かから指図を受けるだけということに我慢ならない性質《タチ》なのだよ。もう少しうまい汁を吸ってもバチは当たるまい、と、そう考えた」

「うまい汁？」

「私はこの皇都で密《ひそ》かに金貸しを営んでいる。数ある副業の一つだな」

「……なるほど」

サラスはおそらく、名を隠してリュファスに接触し、融資の契約を取り付けていたのだ。担保は
ボーマルシェの店舗か、はたまた――。

「落札された商品の半分は、つい先刻、私の懐に入ってきたわけだ。抵当としてね。私は蒐集家なのだよ。これまでも、これからも」

サラスはそう言って、不敵に笑う。

この男は食えない。アルベリクはそう直感した。

パヴァリアの、サラス・バルナーヴ騎兵将軍。アルベリクはこの名を胸にしっかりと刻み込んだ。いずれ敵対した場合を考慮し、先んじてこの男の弱みを握っておかねば、枕を高くして眠れはしないだろう。

大仕事が終わって一息つけると思いきや、また次の問題が湧き出て悩ませにかかる。

仕事というのはそういうものだと、アルベリクは胸の中で嘆息していた。

◇

失われたはずの技法をブランシャールがいかにして復活させたのか。オークションの参加者は、誰もがそれを知りたがった。だが、狡猾《こうかつ》な赤目鳥は不敵に笑うばかりで、決してその嘴《くちばし》を開いて囀《さえず》ろうとはしなかった。

奇跡の技の秘密は最後まで詳《つまび》らかになることなく、トーブマンズ・オークションは閉会した。

アルベリクは、このたった一回のオークションで、サラスからの制作依頼分も含め、実に十億クルトもの大金を荒稼ぎしたのである。

この出来事は業界関係者の間で語り草となった。だが、当初の目論見《もくろみ》に反し、一般顧客の間の話題にはならなかった。

翌日の大衆向けタブロイド紙である『クーゴン』を見ても、一面は第二皇子の戦勝に関する記事やら、皇室御用達の宝石商である某《なにがし》が任期満了で解任されるなどという記事で占められていた。トーブマンズ・オークションでの一件は、ようやく社会面の片隅に発見できる程度であった。業界紙ではない『クーゴン』にこれ以上を期待するのは間違いである。とはいえ、期待したほどの反響を得られなかったこともまた事実だった。

夢は未だ、その姿を蜃気楼《しんきろう》ほどしか顕《あらわ》にしておらず、そこに至る道は、はてしなく遠かった。

第三章　蓮と泥濘

皇都アコラオンから北に出て、馬車に揺られること三日余り。アルベリクはようやくのこと、山岳都市マルブールに辿《たど》り着いた。目的は当然、ナタリーとの面会である。

途中で遭遇した吹雪によって馬車が遅れたため、アルベリクは到着当日を麓のホテルで過ごし、翌朝一番に山小屋を訪問することにした。

朝方のアルバール山は、冬の陽気に照らされ、至極穏やかなものだった。しかし、南から来る風は強く、気温の割に空気が随分と湿気《しけ》っていた。今が束《つか》の間《ま》の平穏であることを、土地に住む者は皆理解していた。

山小屋の建つ丘も、この時はまだ、いたって平穏だった。小高い丘は純白に覆い尽くされたまま、ただひたすらに沈黙を保っていた。

アルベリクが山小屋の扉を叩《たた》いた時、中から返事はなかった。既視感を抱きつつ、幾度も扉を叩き、声を張り上げる。だが、以前とは違い、今度は扉の向こうに人の気配を感じない。

そこでアルベリクは玄関から離れ、小屋の裏手に回りこんだ。すると、半地下の工房の屋根が、半ば雪に埋まった状態で、丘の傾斜の中からせり出しているのが見えた。

アルベリクは工房の屋根の上に立ち、天窓から中の様子を窺《うかが》い見た。

はたして、そこに、ナタリーの姿があった。彼女は作業机の上に突っ伏しており、一見、眠っているように見えた。しかし、その頬は、額は、異様に白く、アルベリクに死の一文字を連想させた。

（——いかん！）

アルベリクは雪の上を駆け出して、山小屋の方に取って返した。彼は迷いなく風防小屋の梁《はり》を弄《まさぐ》り、指に触れた小さな革包《かわづつみ》を手に取った。革包を紐解《ひもと》き、中から鍵を取り出すと、玄関の鍵穴に入れ、ひねる。

鍵が開いた——ように思えたが、アルベリクが戸を開こうとすると、扉が鍵に引っかかって開かなかった。鍵は、最初から開いていたのだ。

「クソ！　不用心だぞ！」

悪態をつきつつもう一度鍵を開き、小屋の中に躍り込む。半地下へ向かう階段を飛び降り、工房の扉を引き開けた。

工房の中を覗《のぞ》き込むと、先程と同じように机の上に突っ伏すナタリーの姿が見えた。

彼女の元に駆け寄ったアルベリクは、その姿を見下ろして、安堵《あんど》の溜息《ためいき》をついた。

彼女は、眠っていたのだ。顔色は悪いものの、寝息と共に背中が上下しているのがわかった。

しかし、その寝顔はひどく苦しげだった。悪い夢でも見ているのか、瞼《まぶた》を固く閉じ、喉の奥からしきりに呻《うめ》き声を発している。

眠る彼女の手元には、作りかけの宝飾品が無造作に転がっていた。輝きを放つ前の、濁った金属の塊。それが、彼女の手によって今まさに命を吹き込まれようとしている。

彼女はおそらく、日の出前からこの工房で作業していたのだ。一休みのつもりで机に突っ伏して、そのまま眠ってしまったのだろう。

やがて、ナタリーの瞼が薄く開き、その隙間から、彼女の瞳が見えた。透明な碧色《へきしょく》の瞳。その清廉《せいれん》さに、アルベリクはしばしの間、見惚《みと》れていた。

その瞳がやおらくるりと回って、アルベリクの姿を捉えた。

「貴方《あなた》は……」

「ブランシャールのアルベリクだ。手紙で、足労願うと書いて送ったのは君だろう？　だから、はるばるこうしてやって来たのだ。――それより、大丈夫かね？」

「大丈夫、というのは……？」

気怠《けだる》げに起き上がりながら、ナタリーが問うた。その横顔に落ちたおくれ毛の一房を、細い指がそっとすくい上げる。するとその指の向こうに、長い睫毛《まつげ》の、憂いを孕《はら》んで伏せられているのが覗き見えた。

してみると、彼女の姿は、なかなかどうして気品があった。何気ない仕草に、表情に、女性的な優美さが垣間見《かいまみ》えるのだ。

化粧もせずにこの器量を誇るなら、山を下りれば、さぞや多くの男性を魅了することだろう。なぜ彼女は、このような山小屋に一人、留《とど》まり続けるのだろうか。アルベリクは不思議に思いつつ、彼女の問いに答えた。

「顔色が悪い。それに、うなされていた」

「そうでしたか……。大丈夫です。お気遣いなく」

素っ気なく答えたのは、あるいは眠気のせいだったのかもしれない。彼女はひとつ大きな欠伸《あくび》をすると、顔を上げて、アルベリクに向かってゆるゆると笑顔を見せた。

「わざわざご足労くださって、ありがとうございます。上でお話ししましょう」

「そうしよう。ついでに、現時点で完成している分の納品物も確認しておきたいが、問題ないかね？」

「構いませんよ」

ナタリーが椅子から立ち上がり、収納棚に向かうためアルベリクの前を横切ってゆく。すると、彼の鼻腔《びこう》に、芳《かぐわ》しい香りが飛び込んできた。男の心をひどくかき乱す、ある種《しゅ》の艶《なま》めかしい香りだった。

己の本能が、仕事に邪魔な感情を惹起《じゃっき》しつつある。それを自覚し、アルベリクは自らの頬を平手で叩いた。

◇

晴れ渡った山の陽射《ひざ》しは、痛みを覚えるほどに明るい。その光を白く反射した雪面は、さらに暴力的なほど眩《まばゆ》かった。

アルベリクは窓際に椅子と小机を据え、窓からの豊富な光を利用して宝飾品の確認に勤《いそ》しんでいた。

燦然《さんぜん》と瞬《またた》く宝飾品をルーペで一つ一つ改める。その度に、アルベリクの口から称賛の言葉が漏れた。

「素晴らしいな。これも、素晴らしい」

それは、技師の士気を高めるための世辞などでは決してなく、ただただ彼の本心から出た、心よりの言葉だった。

ナタリーは食卓の前に座って白湯《さゆ》を飲みながら、彼の一言一言を嬉《うれ》しそうに聞いていた。

やがて、すべての品物を改め終わったアルベリクは、ナタリーに向き直って顔をほころばせた。

「よくやったじゃないか。特にこのロートシルトのブローチ。金を用いたことで、より真に迫る出来になったな。それに他の依頼の品も、新人とはとても思えん品質だ。スケジュールに遅れもせず、これだけの品を作れるとはな。いや、あっぱれなものだ」

「ありがとうございます……！　なんだか、今日一日で、一生分褒められたような気がします……！」

ナタリーはそう言って目を細めた。その笑顔は、窓から差し込む照り返しの陽《ひ》を浴びて、アルベリクの目に一層輝かしく映っていた。

皇都ではなかなかお目にかかれない、素直でまっすぐな笑顔だった。

「これなら、次の仕事も、安心して頼めるというものだな。君と専属契約を結ぶことができたのは、本当に幸運だった」

「私も、こうしてお仕事できて本当に嬉しいです。その子らを作る間、身につけた人たちの笑顔を想《おも》っていました。手にとって、身につけ、鏡を見た瞬間、幸せそうに微笑《ほほえ》む様子を……。こんな幸せなことってあるのかしらって、何度も思いながら日々を過ごしていました」

「そうだ。君の仕事は、人々に幸福な笑顔をもたらす。私は商人として、幾千回も顧客の笑顔を見てきたから判《わか》る。君の仕事は、そういう仕事なんだ」

ナタリーは目を輝かせ、アルベリクの言葉に何度も頷《うなず》いてみせた。

このような素直な反応を見るのは、アルベリクとしても気分が良かった。

しかし、彼女の笑顔が続いたのは、そこまでだった。

「時に、例の手紙の件なのだが……」

にわかに、ナタリーの表情に険《けん》が宿った。

「この山小屋を引き払えという話ですね。あれについては、お断りしたはずです」

「わかっている。だが、こればかりは呑《の》んでもらわねば困るのだ」

納品物を手早くケースの中にしまいこむと、アルベリクはナタリーにまっすぐ向き直った。

「まず、この山小屋では、制作に必要な設備が足りない。皇都では、ここよりもずっと良い道具を使って精緻《せいち》な工作が可能なのだ。それに、こんな山の中にあっては、材料を運び込むだけで一苦労だ。そして、これが最も重要なことだが――」

アルベリクは一旦言葉を切って身を乗り出すと、内緒事を話すように声をひそめた。

「ここにいると、競合の宝飾店の人間から君を隠すことが難しくなる。皇都を拠点とする私が頻繁にここに通えば、どんな莫迦《ばか》でもここに何かあると気づくだろう。皇都にいれば、その点をいくらでも誤魔化《ごまか》しようがある上、設備も最高のものを用意できる」

アルベリクの話を黙って聞いていたナタリーは、眉ひとつ動かさずに、きっぱりと答えた。

「私はブランシャール様と専属契約を結んでいます。それを覆す気はありません」

「たとえ大金を積まれても、か？」

ナタリーの眉間に、不興《ふきょう》げな皺《しわ》が寄る。

「拾っていただいた恩を忘れて、鼻先にぶら下げられた金貨を摑《つか》むとでも？　私は、そんな不義理で卑しい真似《まね》など決してしません。師匠はそうした行為を最も嫌っていました。私も同じです」

「――設備面や効率に関してはどう考える？」

「師匠はこの山小屋で問題なくやってこられたではありませんか。デザイン案を綿密にやりとりして、じっくり時間を掛けてイメージを固めていって……時には顧客と直接手紙のやり取りもして……」

「それでは時間がかかりすぎるだろう。いずれ君にはガストンの二倍三倍……いや、十倍以上の仕事をこなしてもらいたいと思っているのだ。そのためには、デザイン案のやり取りも、もっと効率的に素早く行わねばならんし……」

陽に雲がかかったのか、窓から差す光が一瞬のうちに翳《かげ》った。

「……なぜ、それほどまでに切り詰めて仕事をしなければならないのですか？　今の十倍なんて……想像もできません。莫迦げています」

薄暗くなった部屋の中で、ナタリーの表情もまた暗く沈んで見えた。アルベリクは相手の表情をもっとよく見ようと、窓の側《そば》から離れ、食卓を挟んで彼女の真向かいに座った。

「商売である以上、効率を追求するのは当然だろう。十倍という言葉に恐れをなしたかね？　しかし、心配には及ばない。工作機械の使い方に慣れれば、君の生産性は今より遥《はる》かに上がるはずだ。――いいか、私の提案は、君にとってもメリットが大きいのだ。多くの仕事をこなせば、その分君の稼ぎも増える。老後に向けて、貯蓄は多いに越したことはあるまい？」

「私には、貯蓄など必要ありません。貴方は、お金のこと以外考えられないのですか？」

ガタ、と、強い風を受け窓が鳴った。

「何を言う！　俺はより良い品を、より多くの人に届けたいがために――！」

窓の外が、いよいよ暗く翳ってゆく。灰色の雲が、ゆっくりと山肌に這《は》い出てきたのだ。

今やわずかとなった窓からの光が、ナタリーの横顔をぼんやりと青く照らし出している。

彼女の目の奥には、疑念の光がありありと浮かんでいた。

「なぜ、そんなに必死なのですか？」

「君こそ、おかしいぞ。何が気に食わん？」

アルベリクの問いにナタリーは答えず、さらに問いを被《かぶ》せる。

「なぜ、そんなに必死に、私を支配しようとするのですか？」

「支配だと？　それは――」

「私が金の卵を産むガチョウだからですか……？」

ざあっと、無数の粒が窓を叩く音がした。雨か、雪か。

薄暗がりの中、両者は黙したまま睨み合っていた。アルベリクの低い声が、その重苦しい沈黙を破る。

「なんだ、それは。何の話だ」

「アンリさんから手紙が来たのです。以前、師匠の担当をされていた……」

「やつが？　いったい、どんな手紙だ。見せてみろ」

ナタリーは立ち上がり、そこではっと周囲を見回した。部屋の中の暗さに気づき、彼女はテーブルの上のランプに火を入れる。それから、部屋の隅の戸棚を探って一通の封筒を取り出した。

アルベリクは、ランプの灯りを頼りに手紙を読みだした。

封筒には、便箋が四枚入っていた。一枚目には、自身がブランシャールを辞めさせられたことから始まり、己の娘が病気であることや、家賃や衣料の金にも事欠いているというような泣き言が書き連ねられてあった。

そして、残りの三枚はすべて、アルベリクへの中傷や罵倒で占められていた。そこには、彼がいかに阿漕（あこぎ）で、邪悪な商売をしているかが、具体的な事例と共に延々と紹介されていた。内容には身に覚えのあるものもあったが、概ね針小棒大（しんしょうぼうだい）の中傷であった。

手紙の文字を一文字拾う毎（ごと）に、アルベリクの眦（まなじり）が釣り上ってゆく。

恐ろしい形相で手紙を読むアルベリクを、ナタリーは、ひどく悲しげな、憐（あわ）れむような目で見つめていた。

「そこに書かれている内容が真実だとは思いたくありません。もし真実なら……」

86

「これが真実なものか！　一から十まで、全てデタラメだ！　こんなものを真に受けるな！」

アルベリクの手が、便箋の束をまとめて握りつぶす。その乱暴な音に、ナタリーの肩が小さく震えた。

その華奢《きやしゃ》な身体《からだ》から、か細くかすれた声が絞り出される。

「私も、それを読んだ当初は、ただのでまかせだと思っていました。きっと辞めさせられたことを逆恨みして、あることないこと書き付けてきたのだろうと……。でも、今日の貴方の態度を見ていると、なんだかすべてをでたらめだとは思えなくなってくるのです」

隙間風を受けて、ランプの火が大きく揺れた。黒衣の商人の緋色《ひいろ》の瞳は、その灯を映してさらに紅《あか》く燃える。

「俺を信じられないのか」

「信じたいです。信じさせてほしい。でも……」

ナタリーは口をつぐみ、己の手元に目を落とした。

その視線の先、彼女の右手の中指に、銀の指輪がひとつ嵌《はま》っていた。

蓮《はす》の花の装飾が施された指輪だった。

ナタリーの白い指が、その蓮の花弁を一枚、そっとなぞる。慈しむというよりもむしろ、助けでも求めるかのように。

その様子を、アルベリクは、こめかみをひくつかせながら眺めていた。

彼女にとってはどうやら、目の前の人間よりも、そのちっぽけな蓮の指輪の方が、よほど信頼で

きるらしい。

見覚えのある指輪であった。それはひどく見苦しく、正視に耐えない代物だった。

「……その指輪……」

唸《うな》るような声が、アルベリクの喉から漏れた。

「これですか?」

指輪に話題が向いた途端、ナタリーの表情がたちまち綻《ほころ》んだ。あるいは、この重苦しい空気を打開するきっかけとみなしたのかもしれない。

「これは、弟子入りの際に師匠から頂いた指輪です。――これを見ていると、とても気持ちが落ち着くのです。いつも私の側にいて、私を導いてくれる。私の、大事な大事な、宝物です」

がた、と、再び窓が戦慄《わなな》いた。吹雪が、山小屋を揺らす。

「――俺の前で、その指輪を見せるな」

「えっ……」

絶句するナタリーから目をそらし、アルベリクは吐き捨てるように続けた。

「そんな見苦しいものを、俺の視界に入れるなと言ったのだ。目障りだ」

僅かの間、ナタリーは呆然《ぼうぜん》とアルベリクの顔を見ていた。

しかしそれは束の間のことだった。次の瞬間には、激しい怒りの色が、その瞳の中を燎原《りょうげん》の火のように広がっていった。

「……ふ、ふざけないで……!」

アルバールの山嶺《さんれい》は今や獰猛《どうもう》な本性を顕《あらわ》にし、小さな人間の営みをその腕の中に包み隠してしまっていた。

唸り狂う吹雪が、山小屋の窓を激しく揺らす。いまだ日没には時間があるにもかかわらず、窓の外は恐ろしく暗く、一面灰白色に覆われていた。

ナタリーの口から、怒気を孕んだ声が漏れる。

「……取り消してください、今の言葉。たとえ貴方といえど、今の言葉は、決して許せません」

一方のアルベリクは、ナタリーの手元を見ながら顔をしかめ、吐き捨てるように言い放った。

「何度でも言ってやろう。そんな屑《くず》のような指輪、捨ててしまえ。目に入るのも不愉快だ」

ナタリーの目に、ちらと火のような光が走った。と、彼女は椅子を蹴って立ち上がり、つかつかと足音を立てながら、食卓を回り込んでアルベリクのもとに歩み寄った。

彼女はアルベリクの眼前に立つや、やにわに右の手を肩の上まで振り上げた。そしてその手を、なんの躊躇《ちゅうちょ》もなく、アルベリクの頬に向かって振り下ろした――。

◇

アルベリクは、叩かれた頬をさすりながら、ナタリーを横目に睨みつけた。

「莫迦……！　利き手で殴るやつがあるか！　指を怪我《けが》したらどうする！」

ナタリーの頬に、さっと赤みが差した。泣き出しそうな顔が、アルベリクを見下ろす。

「金のガチョウの手がそんなに大事ですか？　私は、手などよりも、心の方がずっと痛いです……！　貴方には、人の心がないのですか？」

震える声で、ナタリーが問う。するとアルベリクは眉一つ動かさず、いけしゃあしゃあと答えた。

「――皇都では、赤目烏《がらす》などと呼ばれているな」

この一言で、ナタリーの目に僅《わず》かに残っていた光も、すっかり失われてしまった。彼女は大きなため息をつきながら、アルベリクから顔をそらした。

「……もうお帰りください。今日はもう、貴方の顔をこれ以上見たくありません」

「そうしよう。お互い、一旦頭を冷やして仕切り直した方が良さそうだ」

言うが早いか、アルベリクは立ち上がる。ナタリーも身を翻《ひるがえ》し、一刻も早く彼を追い出そうと、玄関脇に掛けられたアルベリクの外套《がいとう》を取りに向かいかけた。

その時、ナタリーの目がふと、窓の外に向いた。次の瞬間、彼女ははっと息を呑んだ。

ナタリーは早足で窓際に近づき、結露した窓硝子《ガラス》を手で拭ってそこに額を押し付けた。

「……いけない。いつのまに、こんな吹雪に……」

切迫した声が、ナタリーの口から漏れる。しかし、アルベリクは彼女の声を無視して、自ら外套をその手に掴んだ。

ナタリーは慌ててアルベリクの元に駆け寄ると、その腕をはっしと掴んで引き止めた。

「待ってください！　今、外に出るのは、危険です！」

間近に迫ったナタリーの身体から、また、あのえも言われぬ芳香が漂ってきた。アルベリクは思わず顔をそらし、その香りから逃れようとする。

「慣れた道だ。吹き始めなら、まだなんとかなるさ」

「貴方は……皇都に慣れすぎて、山の怖さを忘れてしまったのですか？　今日はもう、ここにお泊まりください」

その瞬間、アルベリクの緋色の瞳に、邪《よこしま》な光が揺れうごいた。

「……ここに？　男女二人きりで、一晩過ごすのか？」

「……はい……詮方《せんかた》ないでしょう」

眼前の男の纏《まと》う雰囲気に変化があったことを、ナタリーは敏感に察知していた。彼女はアルベリクから手を離すと、彼と距離を取るためにそっと後退《あとずさ》った。

だが、今やその試みは遅きに失していた。

アルベリクの手がナタリーの肩を乱暴に摑み、そのまま彼女の身体を壁際に追い詰めていた。

爛々《らんらん》と光る目が、暗がりの中でナタリーを見下ろす。

「君は、男を侮りすぎだ……」

アルベリクは、もはや自分が何を口走っているのかもよく判っていなかった。全身に巡る熱が意識を酩酊《めいてい》させ、甘い快楽の崖下にアルベリクを誘《いざな》おうとしている。

一瞬、ナタリーの目に怯《おび》えの色が差した。彼女は身を捩《よじ》って全力で逃れようとしたが、アルベリクの握力は存外強く、ナタリーを決して放そうとしなかった。

やがて彼女は、抵抗することを止《や》めてしまった。彼女の瞳からは輝きがみるみる失われていったが、同時に、怯えの表情も消えていった。

地の底を這いずるような声で、ナタリーは捨て鉢気味に呟《つぶや》いた。

「……襲いたければ、どうぞお好きに。病で死ぬことが、怖くないのなら」

アルベリクの意識に僅か残された理性が、かろうじてその言葉の違和感を捉えた。

「……どういう意味だ？」

がらんどうのようになったナタリーの瞳が、アルベリクを静かに見上げる。

「私には宿痾《しゅくあ》があるのです。交わることで人に移り、耐性のない者を死に至らしめる恐ろしい病が……。私の夫は、これに罹《かか》って帰らぬ人となりました」

その病については、アルベリクも皇都でよく耳にしていた。元は南方で発生した伝染病らしく、主に性行為から感染するものだという。売春窟などでは、梅毒と並んで恐れられる病だった。

渦巻く欲望を萎えさせるのに、ナタリーの一言は十分な力を持っていた。だが、一度求めた手前、安々と退《ひ》くこともできない。今や見栄《みえ》と虚勢が彼を突き動かしていた。

「……病気ときたか。どうせ虚仮威《こけおど》しだろう？」

「かつて、同じことをおっしゃった方がいらっしゃいました。今ではその方も、夫と同じ病を患い、墓石の下に眠っています」

思い出したくもない過去であろうことは、彼女の表情から容易に想像できた。肩を掴む手を通して、ナタリーの身体の震えが伝わってくる。

知らぬうちに、アルベリクの手が緩んでいた。

「――悪い偶然が、重なっただけではないのか？」

「そうおっしゃって励ましてくださる方もいました。その方は妻子ある方でした。けれども私は孤独に負けて、彼の優しさに縋《すが》ってしまった……。結果は、同じです。私に情けをかけた殿方は皆、例外なく、同じ病で身罷《みまか》られました」

虚《うつ》ろな表情のままで、彼女は淡々と語った。

努めて感情を殺そうとしているのは明白だった。だが、限界は、すぐにやってきた。

涙が、彼女の瞳から見る間に溢《あふ》れ、頬を一筋、二筋と伝っていった。

「私は、山を下りてはいけないのです……」

ただ一言、圧《お》し殺した声が告げる。

溢れる涙を拭おうともせず、ナタリーはアルベリクを見上げていた。まるで、自分は涙など流していないと言わんばかりに。

アルベリクの手は、既にナタリーの肩から完全に離れていた。

彼はその手で、哀れに震える身体を、今まさに抱きしめようとしていた。

だが、彼女の背中に触れる寸前、その手は止まった。

長い逡巡《しゅんじゅん》の挙げ句、結局その手はだらりと垂れ下がり、彼女の身体から遠ざかってゆく。

「すまない……」

かろうじて聞き取れるかという小声で、呟く。

声も出さずに涙を流す女を目の前にしても、彼にできたのは、それだけだった。

◇

「俺の寝る場所は、本当にここか……？」

アルベリクは、ガストンのベッドを見下ろしながら顔をしかめていた。そのすぐ隣には、ナタリーのベッドが据えられている。二つのベッドの距離は、二人の心の距離に比べると、明らかに近かった。

ナタリーが自分のベッドの上から、アルベリクを申し訳無さそうに見上げていた。

「……はい。寝られるところは、ここしかありませんし……」

アルベリクは喉の奥でうなりつつ、居間の方を振り仰いで見た。

「居間のストーブの前で寝た方が良いか……」

「だめです。お客様にそんな仕打ちはできません。それなら、私が工房で過ごします」

「虎の子の技師に、そんな真似はさせられん」

「でしたら、師匠のベッドを使ってください」

ナタリーの細い指が、ガストンのベッドを指し示す。

「……俺はガストンのような枯れた男ではないのだぞ」

「万が一のときは、利き手で貴方の頬を腫れ上がるまで引っ叩（ぱた）きます」

冗談とも本気ともつかぬことをのたまって、ナタリーは人懐っこい笑顔を見せた。

「……久々に人と一緒に眠れるのは、嬉しいですよ。師匠が亡くなってから、ずっと一人で寂しかったですから」

アルベリクはしばらくの間逡巡していたが、やがて渋々上着を脱いで肌着だけになった。

一度ベッドの上に寝転がったものの、ナタリーとの距離があまりに近すぎるのが、アルベリクにはどうしても気になった。

唐突に彼は立ち上がり、一人でうんうん言いながら、寝台を壁際まで押しやる。

ようやくのことでアルベリクが布団の中に潜り込むと、ナタリーは満足げに微笑んだ。

「おやすみなさい。いい夢を」

「ああ、おやすみ」

アルベリクは小テーブルの上のランプに息を吹きかけ、灯りを消した。部屋の中に闇の帳《とばり》が落ち、ナタリーの白い顔も、暗闇の中に紛れて見えなくなった。ただ、山小屋の壁に打ち付ける雪の音ばかりが、闇を貫いてばらばらとさんざめいている。

いつもと違う枕の上で眠れるものか、アルベリクは僅かに案じていた。だが、寝床に身を沈めてしまうと、心地よさが全身を包み、一気に眠りの中へと引き込まれてゆく。

——眠りの時間というものは、自覚できないものだ。

息を乱暴に吸い込みながら、アルベリクは目を覚ました。

心臓が激しく脈打ち、呼吸がひどく乱れていた。肌着が、汗で冷たく湿っている。

吹雪もいまだ止んではいないらしい。女の悲鳴のような風の音が、窓の外に聞こえる。

「……大丈夫ですか？」

ナタリーの心配げな声が、隣から聞こえてきた。

「……何が」

ぼんやりとした意識のまま、声のした方を振り返る。寝台に横たわるナタリーの姿が、おぼろに見えた。彼女は不安げに眉根を寄せて、アルベリクを見つめていた。

「うなされていましたよ。すごく苦しそうでした……」

「そうか。……寝ていると、そういうことに気づかんものだな。——君は起きていたのか」

「ええ」

「夜明けまで、あとどれくらいかな」

「まだ、ベッドに入ってから、すこしも経《た》っていませんよ」

アルベリクは、疑わしげにナタリーを見た。ところが彼女は、きょとんとしたまま、アルベリクを見返すばかりである。どうやら、彼女の言葉は真実らしい。

掌《てのひら》で顔を拭きつつ、アルベリクは嘆息する。すると、ナタリーが悪戯《いたずら》っぽい声でこう囁《ささや》いた。

「眠れないのなら、ちょっとした遊びをしませんか」

「遊び？　どんな遊びだ」

「お互いについて質問して、それに答える。それだけの遊びです。——私たち、もっとお互いを知った方が良いと思いませんか」

ナタリーが、弾む声で提案する。おそらく、アルベリクが寝ている間に、あれこれと案じていたのだろう。

アルベリクは短く嘆息して、肯《うべな》った。

「……まあ、よかろう」

「では、私から。――貴方の好きな石は？」

「橄欖石《かんらんせき》」

「……ふふっ」

「何がおかしい」

「ごめんなさい。なんだか、想像通りだったものですから」

「橄欖石が好きそうな顔をしているとでも言うのか」

「さて、どうでしょう」

「……君の好きな石は？」

「海晶《かいしょう》です。私は海を見たことがありません。あの石を見ていると、焦がれるほどの憧憬《どうけい》を覚えるのです」

「海か。昔、諸侯連合の万博を見に行った折に、その道程《どうてい》で見たことがある。が、あの宝石のような美しい色はしていなかったな」

「そうなのですか……？」

「……だが、この世のどこかには、あんな色をした海があるのかもしれん」

「ああ……素敵……。想っただけで、恋しさに胸が詰まってしまいます」

「おい、突然思い立って、あの色の海を探して逐電なぞしてくれるなよ」

「言ったじゃありませんか。私には、宿痾があると。旅に出られるほど、私の身体は強くないのです」

「そうか……」

「……ご結婚は？」

「許嫁《いいなずけ》がいる。今年成人したばかりの小娘だがな」

「その方を、愛していらっしゃいますか？」

「今の言い回しで分かろうものだろう。あの娘に対してそんな気持ちにはなれない。婿養子《むこようし》など、そのようなものだろう」

「……寂しいことですね」

「……君は、なぜこの道を歩もうと思った？」

ナタリーの言葉が詰まる。何気ない問いかけだったが、案外この問いは、彼女にとっての急所だったのかもしれない。

やがて、彼女は息を大きく吸い込むと、強い意思のこもった声で、こう答えた。

「宝飾に、命を救われたからです」

アルベリクは訝《いぶか》しげにナタリーを見やった。

ナタリーの表情は、真剣そのものであった。彼女は真正面からアルベリクを見つめ返し、さらにこう付け加えた。

「――あの蓮の指輪です、アルベリクさん。私は、あの指輪に、命と魂を救われたのです」

「大げさすぎるぞ、いくらなんでも」

弾けるように、アルベリクは笑い出した。

「本当のことです」

「あの指輪に？　そんな力があると？」

「はい。あの指輪には、人の魂を導く力があります」

しんと静かな寝室に、ナタリーの凜然とした声が響く。

「あの指輪の意匠は、蓮――。『蓮は泥濘より生じてなお清らかである』。たとえどれほど淀んだ環境に身を置き、どれほどその身が穢れようとも、人の魂はなお美しく花開くことができる。――あの指輪のメッセージに気づいた時、私がどれほど勇気づけられたか、貴方には想像もできないでしょう……」

ナタリーは聖典の最も重要な一節を諳んじる司教の如き調子で語り、祈るように手を組み合わせた。

「いつも想像しているのです。あの指輪を作った方は、今頃どこで何をしていらっしゃるのだろうって。きっと今でも、素敵な作品を作り続けていて、私のような人間の生きる支えになっているに違いありません」

それは、あの蝶のブローチの胸に留められた蒼玉と、寸分違わぬ輝きであった。

中空を見る碧色の瞳が、しだいに熱を帯び、強い輝きを帯びてゆく。

100

「私も、いつか、その人のようになりたい。あの指輪のような作品を、私もいつか作りたいのです」

思いを込めて締めくくられたナタリーの演説を、アルベリクは冷笑含みで聞いていた。

「……そんな技師が本当にこの世にいるというのなら、見つけ出して専属契約を結びたいところだな」

ナタリーの瞳から、一瞬のうちに輝きが失われてしまった。彼女は闇の中になお暗く沈む瞳で、憎々しげにアルベリクを睨《ね》めつけていた。

「……そして、心を伴わぬ金儲《かねもう》けの走狗《そうく》に仕立て上げるというわけですか？　もしその方が生きているなら、絶対に貴方には会わせたくないものです」

「……よし、この話はもうやめよう。堂々巡りになるだけだ」

興奮して身を乗り出しつつあるナタリーを、アルベリクはそう言って宥《なだ》めようとした。だが、その意に反して、ナタリーはますます勢いづき、語気を強めてくる。

「アルベリクさん、これだけは言わせてください。あの指輪は、貴方にとっては取るに足らないものでも、私にとっては命より大切なものなのです。もう二度と、あの指輪のことを悪く言わないでください」

「……わかった。ただ、俺の前であの指輪は見せないでほしい。それを守ってくれさえすれば、俺とて何も言わん。目に入れば文句のひとつも言いたくなる、あれはそういう代物だ」

「なぜです。あの作品のどこに問題が？」

ナタリーの詰問に答えることなく、アルベリクは口を閉ざした。

暗がりの中で二人は、ただひたすら、じりじりと睨み合っていた。

どれほどの間、見合っていただろう。先に根負けしたのはナタリーの方だった。彼女はばたりとベッドに倒れ込むと、枕に頭を沈め、大きく溜息をつく。

「……口論するつもりはなかったのに……どうしてこうなってしまうのでしょう……」

「職人と商人の関係は、昔からこういうものだ。職人に商人の気持ちはわからんし、商人にとって職人の哲学は邪魔なだけだ」

「そういうものでしょうか……。でも、どうかして、お互いに歩み寄っていきたいものですね」

「そうだな……」

山肌を駆ける雪礫《ゆきつぶて》は、いまだ勢い衰えることなく山小屋に叩きつけている。

アルベリクはナタリーに背を向けると、間断なく続く風雪の音に誘われ、再び眠りの中に落ちていった。

◇

顔を刺す寒気に、堪《たま》らずアルベリクは目を覚ました。なぜこんなに寒いのかと、アルベリクの脳は一時的に混乱をきたした。ぼやける視界が鮮明になるにつれ、彼は自分の置かれた状況を思い出してゆく。ここは皇都ではなく、アルバールの山中なのだ。

寝室の中は暗かったが、窓を塞ぐ鎧戸《よろいど》の隙間からは、針のように鋭い光が差している。

ベッドの上で身を起こしたアルベリクが、ふと傍《かたわ》らを見る。

隣のベッドに、ナタリーの姿がない。シーツが丁寧に直されているところを見るに、既に起きて活動を始めているらしい。

ベッドから抜け出して、鎧戸を引き、窓を開ける。その瞬間、真っ白な光がアルベリクの目を焼いた。

嵐は無事、止んでいた。小屋の建つ丘は、一面が新雪で覆い尽くされ、白金色に染め上げられていた。

アルベリクはベッドを整え、寝室を出た。暗い居間の中に、ナタリーの姿はなかった。おそらく工房か、さもなくば外に居るのだろう。

コートを着込み、アルベリクは玄関から外に出た。雪の匂いが鼻腔に飛び込んでくる。吹雪よけの小屋があるにもかかわらず、玄関の扉の足元まで、雪が忍び入っている。

小屋から出ると、朝日がアルベリクの横面を照らし温めた。目覚めたばかりの空はまだ眠そうに白んでおり、凜《りん》と冷えた空気は驚くほどの静寂に満ちていた。

離れの廁《かわや》で用を足した後、天秤棒《てんびんぼう》を担いで丘下の渓流まで下りてゆく。渓流は深い雪の中にあってなお埋もれずに、清水を滔々《とうとう》と流している。その透明な流れの中に桶《おけ》を浸し、水を汲《く》む。満杯の桶を二つ、天秤棒に引っ掛け、一息に持ち上げる。樫《かし》で出来た天秤棒は堅く、肩に食い込んだ。

皇都の便利な生活に慣れきったアルベリクの脚を、未踏の新雪が容赦なく捕らえる。彼は額から大粒の汗を垂らしつつ、どうにかこうにか、桶二つ分の水を小屋のもとまで運び上げた。汗を拭いつつ見上げると、山小屋の屋根に、綿菓子のような雪が厚く積もっているのが見えた。朝の用事が済んだら、雪下ろしもせねばならない。

アルベリクは小屋の中に取って返すと、居間のすべての鎧戸を開け、ストーブと竈《かまど》に火を入れた。竈に十分な火が育ったところで、スープの鍋を火にかけ、焼き物の仕込みをする。それを終えると、居間に戻りストーブの上のヤカンを手に取り、中身の熱湯を桶にあけて外に出てゆく。手ぬぐいを桶の中に浸《ひた》して熱湯消毒した後、雪で湯を埋め、できたぬるま湯で顔を洗った。

手ぬぐいと、雪を満杯につめたヤカンを両手に摑み、小屋の中に戻ってゆく。ヤカンをストーブにかけ、手ぬぐいで皿を拭き、バゲットを籠に盛る。スープの味見をし、塩コショウで味を整える。料理の支度ができつつあったので、ナタリーを呼ぶためにアルベリクは工房に足を向けた。寝室にも外にも姿が見えなかった以上、ナタリーがいるのはここをおいて他に無いはずである。

半地下へ向かう階段を下り、工房の扉をそっと開ける。

――静謐《せいひつ》が、工房の扉の隙間から、零《こぼ》れてくる。

中を覗き込むと、果たしてそこにナタリーの姿があった。彼女は背を丸めて作業台にかじりつき、一心に作業に没頭している。

天窓から僅かに射《さ》す陽の光が、彼女の姿をおぼろげに浮かび上がらせていた。その後ろ姿は暗がりの中にあってひどく孤独で、しかし、この上なく澄み切っていた。工房の空間を含めたその情景は、一幅《いっぷく》の絵画のようですらあった。

アルベリクは、しばしの間、その姿に見惚れていた。時の経つのを忘れ、我も忘れ、ただひたすらに。

どれほどの時間が経ったか。あるいは刹那のことだったか。

我を取り戻したアルベリクは、静かな足取りでナタリーの元に歩み寄っていった。

彼はナタリーの背後に近寄ると、肩越しに彼女の手元を覗き込んだ。

ナタリーが取り組んでいたのは、宝飾品のデザインスケッチだった。彼女は使い込まれたペンをその白い手に握り、背後に立つ存在に気づくことなく、作業机の上に敷かれた無垢《むく》の用紙に視線を投じている。

ややした後、彼女の手が動き始めた。紙の上に、滑らかな線が、迷いなく引かれてゆく。その筆さばきは驚くほど速く、曲線はあくまで柔らかかった。

幻術でも見せられているようだった。ほんの数分前まで真っ白だった紙の上に、またたく間に、一個の指輪のデザインが仕上がった。その造形たるや、流麗かつ洗練されており、即商品化するに申し分ない出来だった。

立場上、諸手《もろて》を挙げて喜ぶべきアルベリクの額に、冷たい汗が滲《にじ》む。戦慄に、全身が震えていた。それほどまでに、恐るべき手腕だった。

一方のナタリーはというと、その手の中で生み出された造形を、険しい顔で凝視していた。その唇は一本に引き結ばれ、目には刃《やいば》の如き光が揺れている。

と、彼女の手がおもむろに動き、画の上に追加の線を描き足した。一本、二本。×印だった。アルベリクが思わず「あッ！」と叫ぶ。

その声を聞いて、ようやくナタリーはアルベリクの存在に気づいたらしい。彼女は振り返りざま、目を丸く見開いてアルベリクを見上げた。

「……アルベリクさん。おはようございます。どうか、されましたか……？」

尋ねる彼女の表情には既に先程の険しさはなく、一人の柔和な女性のそれに戻っていた。

「……おはよう。――食事の用意ができたので呼ぼうと思ったのだ」

「えっ……食事、ですか」

客であるアルベリクが、主《あるじ》たるナタリーのために厨房《ちゅうぼう》を使うなど、主客転倒も良《よ》いところである。

彼女は詳しいことを聞こうと口を開きかけたが、それをアルベリクが遮《さえぎ》った。

「せっかく描いたデザインを、なぜ没にした？」

彼は、無残に×印をつけられたデザイン画を指差して言った。

聞かれたナタリーは、ゆっくりと机の上に目を落とし、「ああ……」と興の乗らない声を漏らした。

「貴方に贈るためのなにかを、作ろうと思ったのです。でも、難しいですね。貴方のことを、もっとちゃんと理解しなければ……」

アルベリクは言葉に詰まった。よもや今の素晴らしい仕事が、自分のために成されたものだったとは、想像だにしていなかったのだ。

彼は存外動揺する自らの心に、うまく始末を付けることができなかった。答えあぐねてとっさに出たのは、苦し紛れの軽口だった。

「それが、君にとっての歩み寄りか？」

皮肉めいた笑顔を見せるアルベリク。だが、ナタリーは至って真面目な顔をして、彼の言葉に応じた。

「たぶん……いえ、きっと、そうです。……でも、まるきり貴方のためだけにやっていることかと言われれば、そうとも言い切れません」

彼女は今一度机の上に目を落とし、デザイン画や、鏨《たがね》などの工作道具を見やった。その視線は、我が子を見るかのように愛《いと》おしげであった。

「こうして作業しているときだけは、何故《なぜ》だか心が落ち着くのです。悲しいことも、辛《つら》いことも、恥ずかしいことも、全部忘れて美しい時間の中に浸れる。私の手の中で、ある瞬間、星が瞬き始めるのを見る。あるいはゆっくりと蕾《つぼみ》の花開く様を見守る。それはほんとうに幸せな瞬間なのです」

肯定も否定もせず、アルベリクは黙って耳を傾けていた。

「でも、それは一瞬だけ。次の朝目が覚めると、恐ろしい不安が待っている……。だから、また手を動かす……その繰り返しです」

「恐ろしい不安、か。それは……」

不穏な単語を聞き咎《とが》め、アルベリクは気遣わしげにナタリーを見やった。

しかし、ナタリーはアルベリクの心配を知ってか知らずか、何も答えずに、ふいと目をそらしてしまった。心を閉ざしたのが、ひと目で判った。

やむなく、アルベリクはそれ以上の詮索を諦めることにした。彼は指をくい、と動かして、ナタリーに立つよう促した。

「まあいい。上に行こう。温かい食事が待ってるぞ」

工房を出た二人を、香ばしい匂いが包んだ。

食卓の上には、できたての食事が二人分配膳されていた。バゲットの盛られた籠と、湯気の立ちのぼるスープ。

「待ってろ、今から豚肉の燻製《くんせい》を焼くから」

薄切りした豚肉に火を通し、皿によそって食卓に加える。

埋め尽くされた食卓を一巡り見たナタリーは、当惑気味の表情でアルベリクを見やった。

「……これが、貴方にとっての歩み寄り、でしょうか」

「いいや、違うな」

アルベリクは即答した。

「これは業務の一環だ。虎の子の技師の生活を支えるのも、俺たちの大事な仕事だからな」

「仕事、ですか……」

ナタリーの顔に寂しげな笑顔が浮かぶ。

その表情を見たアルベリクは、胸の中で舌打ちした。

（わからん女だな。寄り添おうとしても、心を閉ざす。かと言ってこちらから距離を取ればこの表情だ。まるで蜃気楼《しんきろう》のようだ）

不興げに顔をしかめながら、アルベリクは匙《さじ》でナタリーの皿を示し促した。

「ほら、さっさと食わんと、飯が冷めるぞ」

「……いただきます」

彼女は食卓に向けてお辞儀をしてから、匙でスープの中の肉と野菜を掬《すく》い、ゆっくりと口に運んだ。よく揃《そろ》った歯で丁寧に咀嚼《そしゃく》し、味わい、その細い喉で飲み下す。溜息が、唇の端から漏れた。

「あたたかくて、美味《おい》しい……」

続いて、ふたたび、みたびと、ナタリーは匙でスープを掬い上げ、唇の奥に滑り込ませる。

「とても優しい味……」

しみじみと呟くナタリーの瞼から、突然、大粒の涙が溢れ、零れ落ちた。

それを見て、アルベリクは思わず吹き出してしまった。

「おいおい、泣くほどか？　普段どれだけ粗末なものを食べていたのか、分かろうものだな。いずれ、もっと良いものを食わせてやる」

アルベリクの軽口は、ナタリーの耳に届いていないようだった。彼女の目から零れた涙は、スープの器の中に落ちて消えていった。

「私が悪いのでしょうか。私には、貴方のことが、全然わかりません……。宝飾のことなら、すぐにわかるのに……」

かすれ声で、ナタリーが呟く。

アルベリクは真剣な顔つきに戻って、しばらくの間、彼女の顔をじっと見つめていた。

「……俺もだよ」

そう嘯《うそぶ》くと、アルベリクはスープをひと匙掬って口に運んだ。

皇都の美食に慣れた舌には、決して美味《うま》いものではなかった。だが、その味の中には、かすかにではあるが、遠い青春の残り香が薫《かお》っていた。

故郷に帰れば誰もが感じる、あのなんとも言えない懐かしさを、アルベリクはこのひと匙のスープと、窓の外の雪の輝きの中に見出《みいだ》していた。

第四章　皇后の生誕記念式祭

極楽色のステンドグラスから差す陽《ひ》には、神の体温が宿るという。

皇都の大聖堂には、その言葉を信じる敬虔《けいけん》な人々が、日々足繁《あししげ》く訪れる。ある者は偶像の前に額《ぬか》ずき、またある者は熱心に聖典を読み、彼らの内なる信仰心を神の御前に示していた。彼らの大部分は善良な人間であり、真に神を敬う心を持つ人々だった。

ある聖人は言った。場が神聖性を帯びるのは、その場に集う精神が清廉であるためだと。その言葉が正しければ、この場は概《おおむ》ね神聖な場所であると呼んで差し支《つか》えないはずである。

そのような場に、明らかに似つかわしくない人物の姿があった。

彼は神を前にして祈るでもなく、ただ静かに椅子に腰掛け、信心深い人々の様子を眺めていた。

その肩に、大きな手が触れる。振り向くと、一人の男が立っていた。綺羅《きら》びやかな法衣を身に纏《まと》った、恰幅《かっぷく》の良《よ》い初老の男だった。

皇都アコラオン管区の大司教、コンスタン・ルロワである。

「ブランシャール様。お待たせいたしました。奥が空きましたので、どうぞこちらへ」

大司教は愛想よく笑い、アルベリクを促す。

彼が案内したのは、聖堂の奥に設《しつら》えられた応接間だった。壁紙から家具調度に至るまで、室内はあまねく贅《ぜい》を尽くした品で揃《そろ》えられている。壁に掛かる絵画ひとつ取っても、皇都ユミリテ教会の金満さが窺《うかが》い知れた。

部屋に据え置かれたマホガニーのテーブルを挟んで、二人は向かい合わせに座る。天鵞絨《ビロウド》張りの椅子は、あくまで柔らかかった。

慇懃《いんぎん》に低頭平身しつつ口を開いたのは、客であるアルベリクの方だった。

「急な頼みとなってしまい恐縮です。ですが、早急に入用《いりよう》になりましてね」

「本来お貸しするものではないのですが、他ならぬブランシャール様の頼みですから」

鷹揚《おうよう》にそう言いつつ、大司教は法衣の袖から小さな化粧箱を取り出した。彼が蓋を開くと、鈍く輝く一個の宝飾がその姿を現した。

文様を施した円形の鋳造銀の中央に、暗い色をした橄欖石《かんらんせき》が嵌《は》め込まれている。ごく簡単な作りの宝飾だった。

ユミリテ教会が販売する聖印『懺悔《ざんげ》の石』である。

これを一瞥《いちべつ》したアルベリクは、思わず顔をしかめそうになった。

——醜い。

それが、一流宝飾店を仕切る人間の、率直な感想だった。

使われている橄欖石は、どこにでも転がっている粗悪品であるし、彫金の質も鋳造の質も、お粗末だ。およそ宝飾品を取り扱う人間ならば、悪心《おしん》を催す代物だった。

しかも、この値段というのが法外で、およそ二億クルトもするのである。既にプチブルジョワ並みであるアルベリクの年収を単位として計算しても、約十年分にもなる。

あまつさえ、近々値上げされるという噂《うわさ》すらあった。このような代物が、神の名の下《もと》に公然と売られているのである。まともな感性の持ち主なら、およそ正気の沙汰ではないと感じることだろう。

しかし、当時、この懺悔の石を欲しがる人間は後を絶たなかった。大司教は高い需要を笠《かさ》に着て、石の供給を絞り、高値に釣り上げ続けていた。聖職者にあるまじき、全く阿漕《あこぎ》な商売であった。

その辣腕《らつわん》商売人たる大司教は、今まさにアルベリクの前に座り、全く悪びれる様子もない。それどころか嘆かわしげに眉をひそめすらしている。そして、次のような言葉で、アルベリクの浅ましさを指弾するのである。

「借用の目的は、皇后陛下の生誕祭でしょうか。この懺悔の石を、よもや商売の小道具にしようなどと考えてはいらっしゃいますまいね？」

内心、皮肉のひとつでも言いたくなる思いを懸命にこらえながら、アルベリクは必死になって微笑《ほほえ》んだ。

「無論です。私はただ、皇后陛下に不信心者と思われたくないのですよ。あのお方は信心深い方ですからな」

「左様に見栄《みえ》を張るような振る舞いは、感心いたしません。この石は、あくまで貴方《あなた》自身の魂の救済のためにこそあるのです」

宗教家というのはなぜこうも、自らを棚に上げて説教をできるのだろう。そう心に思いつつ、アルベリクは懺悔の石を矯《た》めつ眇《すが》めつ観察していた。しかし、醜いという言葉以外に、出てくる感想はなかった。

大司教の語るところでは、この懺悔の石は見る者の心を映す鏡であるという。つまり、この石が醜く見えるのは、その者の魂が醜く歪《ゆが》んでいるためだということになる。アルベリクには、その理屈を否定することができなかった。

見れば見るほど醜く思えてくるものだから、アルベリクは手にした懺悔の石を早々に化粧箱の中にしまい込んだ。

箱を胸ポケットに収めると、彼は鞄《かばん》の中から大きな革袋を取り出した。それを大司教の前に置いた瞬間、テーブルの天板がどすんと音を立てる。大司教は素早く革袋の口を開き、中身をテーブルの上にぶちまけた。途端に、眩《まばゆ》い輝きが二人の顔を下から照らし出す。

皇国金貨五十枚。約一千万クルト分の現金だった。

大司教はそれを一枚一枚入念に改め、信用できる品質であると確信したのち革袋に戻してゆく。

全ての金貨を革袋に収めると、大司教はしかつめらしい顔で再び説教を始めた。

「この皇都では、神の慈愛も金で購《あがな》うことができる。それは即《すなわ》ち、どんな人物でも、天の国への切符を手にできるということ。――聖者でも、凡骨でも、極悪人でも。この僥倖《ぎょうこう》を、貴方がたはよくよく噛《か》みしめるべきでしょう」

アルベリクには、神妙な面持ちで頭を下げることしかできなかった。

「時に、この費《つい》えは如何《いか》にして工面を？」

何気なしに、大司教が問う。アルベリクは表情を硬くしたままこれに答えた。

「最近、臨時収入がありましてね。しかし、なにぶんあぶく銭です。こういう金は、懐に入れず、神に捧《ささ》げるのが良かろうと思いまして」

「左様ですか。殊勝な心がけ、大変結構なことです。しかし、くどいようですが、貴方のためを思って敢《あ》えて苦言を呈しましょう。借り物の数珠など、いくら扱《しご》いたところで、神のご寵愛《ちょうあい》など望むべくもありません。この懺悔の石は、貴方自身が購い、貴方自身の持ち物とすることが肝要なのですよ。借りた切符では、天国行の馬車に乗ることなど叶《かな》わないのですから」

「無論、理解しております。ですが、私自身の稼ぎでは、なかなか……」

「ブランシャール様にはこの二年で、五千八百万クルトをお納めいただいておりますね。残り一億四千二百万クルト、お早めに全額をご寄進いただいた方が、安寧の時間も増えるというものですよ」

大司教コンスタンは、アルベリクの先払い分の金額と支払い残額を、さらりと諳《そら》んじてみせた。

海千山千の商人もかくやという金勘定の速さである。

だが、アルベリクには、この大司教を揶揄《やゆ》する資格などなかった。

貴族も、平民も、聖職者も、物乞いも、金の下では皆平等。誰も口には出さないが、誰もがそれを知っている。

物乞いが卑しいのは、金がないからである。

貴族や聖職者が尊いのは、莫大《ばくだい》な金を持っているからである。

金は、神よりも偉大である。

それが、この皇都における、暗黙の信仰だった。

◇

仕事を終えたアルベリクは馬車で郊外の邸宅に戻り、すぐに夕食の席についた。

ブランシャール家の夕食は、家族水入らずで行われる。食卓につくのは、たった三人。現当主のフランク、その娘のルイーズ、そしてアルベリクである。

アルベリクは貴族ブランシャールの姓を名乗っているものの、元々は平民であった。彼は養子なのである。

皇国がまだグリアエという名の王国であった頃、ブランシャール家は宮中に仕える貴族であった。歴代の当主は政治の中枢で権勢をほしいままにしていたという。

だが、栄華を誇ったこの名家も、ガロア皇国建国からは没落の一途を辿《たど》った。度重なる戦争とパヴァリア貴族の台頭により、財力と権力の両輪を削り取られていったのだ。

しかし、先代の時分、豪商のフランク・シラを婿養子《むこようし》として迎えた結果、状況は好転。彼が南方交易で大量の資金を獲得したことで、ブランシャール家は指折りの富裕貴族へと返り咲いた。その勢いのままフランクは家督を継ぎ、今代《こんだい》に至っている。

この家は先代からこちら子宝に恵まれず、二代続けて女児しか得られなかった。そのため、跡取りを養子に頼らざるを得なかったのだ。先代の時はそれが奏功した。今代も気鋭の男子を迎えることで、爾後《じご》を盤石にしたいとフランクは考えていた。

その結果、紆余《うよ》曲折《きょくせつ》の後、直営の宝石商店で頭角を現してきたアルベリクに白羽の矢が立ったわけである。

婿の候補が決まった時点で、フランクの娘は未成人であった。結婚までの間、将来の当主にブランシャール姓を名乗らせるため、フランクは一旦アルベリクを養子として迎え入れることにした。結果、アルベリクは許嫁《いいなずけ》の義兄となり、堂々と貴族ブランシャールを名乗るようになったわけである。

生粋の貴族であるフランクの妻は、既に鬼籍に入っている。したがって、今、このブランシャール家の夕餉《ゆうげ》の席にいるのは、商人か、商人の血族ばかりということになる。

しぜん、食卓では商売の話が先んじる。口を切るのは、当主のフランクであることが常だった。

義父フランクは食卓の皿から目を上げると、やや心配げに眉を寄せつつ、アルベリクに向かって尋ねた。

「店の方はどうかね？　重要な技師を失ったと聞いたが」

「流石《さすが》、お耳が早い。ですが、ご心配には及びません。より強力な後釜を既に発掘しております。『彼女』は先進的な感性を持ち、至極精巧な細工を成します。彼女と私の力をもってすれば、ブランシャール宝石店は必ずや、さらなる発展を遂げることとなりましょう」

「アル、君を養子に迎えた私の目に狂いはなかったな。君は常に成果を出し続け、利益を我が家に供してくれる。重要なのはそこだよ。とても重要なことだ」

妙に含みのある言い回しである。その意図するところに、アルベリクはおおよそ気づいていた。

フランクは社交界に顔の利く人物である。当然、アルベリクの悪評にも聞き及んでいることであろう。彼は、それを踏まえた上でなおアルベリクを評価していると、そう言外に言っているのだ。

「ゆくゆくは、南方貿易や宝石鉱山の事業も君に任せてゆきたいと考えている。宝石店の方で皇室御用達《ごようたし》の悲願を達成してくれれば、私としても安心して引退できるというものだ」

「わかっております」

「いずれにせよ、ルイーズも成人したことだし、ようやく君を婿養子として迎えられるわけだ。それが私は嬉《うれ》しくてな。今から婚礼が楽しみだよ」

「私もですわ、お父様」

アルベリクの隣に座る少女が、可憐《かれん》に微笑む。

寸分狂いなく計算されて作られた笑顔は、まるで一個の工芸品のようであった。それでいて、溢《あふ》れ出る気品と美しさは、一粒の無垢《むく》な真珠を思わせる。

反面、彼女の笑顔には一切の感情的な熱量が存在しなかった。ただ純粋に、美しくあることを目指して作られた笑顔だった。

彼女こそ、フランクの一人娘、アルベリクの許嫁にして義妹、ルイーズ・ド・ブランシャールであった。

ルイーズは微笑みを崩さぬまま、隣に座る将来の夫に目を向ける。

「義兄様《おにいさま》。この後、よろしければ私の部屋においでくださいませんか？　お仕事のお話を聞かせて欲しいのです」

「楽しいお話はありませんよ、ルイーズ」

アルベリクはナプキンで口元を拭いながら、そう答えた。フランクが、肩を揺すって哄笑《こうしょう》する。

「まったくだ。この界隈《かいわい》は世知辛くていかん。私もできることなら、気楽な女に生まれたかった」

「では、私のお話を聞いてくださいましな。アントワーヌの奥様の噂話とか、色々……」

ルイーズの瞼《まぶた》が僅《わず》かに持ち上がり、その目の奥に意味ありげな光が宿る。アルベリクは見るともなしにそれを見ながら、穏やかに答えた。

「結構ですよ。お伺いしましょう」

食事を終えると、将来の当主とその許嫁は連れ立って食堂を出ていった。

ルイーズの部屋の前まで来ると、アルベリクは扉を押し開いて許嫁をエスコートする。たおやかにお辞儀をしつつ、娘がそれに応える。

部屋の中に入り、扉を後ろ手で閉めるや、アルベリクは無作法に腕を組み、扉に背を預けた。そして、ぶっきらぼうにひと言、訊《き》いた。

「話が？」

ええ、と言って、ルイーズは部屋の中央のソファにどっかと腰を下ろした。

「ああもう、あの淑女ごっこ、いつまで続けなきゃならないの？　許嫁にはもうこの通り、正体がバレてるっていうのに」

「口答えしてみればいい。またムチで打たれるだろうがな」

ルイーズの整った顔が歪み、眼窩《がんか》に暗い影が落ちた。彼女は心底うんざりしたように、腹の奥か

「このまま行けば、駆け落ちすることになるわね」

「ならば、具体的にどうするつもりだ」

「莫迦言わないで！　私は本気よ」

「その話は前も聞いたな。気慰みのたわごとかと思って聞き流していたが」

「ねえ、アルベリク。お父様はああ言ってるけど、私は貴方とは絶対、ぜったいに、結婚しないわよ。お母様が生きていたら、きっと私に賛成してくれるはずだわ」

ふいに、彼女はがばり、と上体を起こし、アルベリクを正面からきつく睨《にら》みつけた。

天井を眺めながら、ルイーズが物憂げにため息をつく。

「許嫁ねえ……」

「たとえ許嫁とはいえ、男の前でそんな姿を見せるべきではない。はしたないぞ」

この家で唯一貴族の血を引いているのが、彼女なのである。さしものアルベリクも見かねて、彼女の行儀をたしなめる。

肘掛けの上に投げ出した。

彼女はソファの上に寝そべり、大きく伸びをする。それから、靴を履いたままの足を、ソファの
「違うわよ、莫迦《ばか》ね。でも、ちょっとくらい休憩させて。疲れちゃった」

「それで？　話したかったのは愚痴か？」

「本当に嫌になる。お母様が生きていれば、こんなことには……」

らため息をつく。

「駆け落ちときたか。それは、オペラかボードビルの影響かね」

「貴方、信じてないわね。でも、もう心に決めた相手もいるのよ。誰か知りたい？」

「おい、冗談ではないのか？」

ニタリ、とルイーズが嗤《わら》った。

悪戯《いたずら》っぽく――と形容するには、多分に邪悪さを湛《たた》えた笑みだった。彼女の内奥《ないおう》にある恨みや憎悪、復讐心《ふくしゅうしん》といった底暗い感情が、その笑みの表層からだらりとにじみ出ていた。

ルイーズはどうやら本気らしい。彼女の表情から、それが知れた。

彼女が本気でことを起こそうというのなら、相方の見当はついていた。

「……相手は、ローランか」

「なんだ、知っていたの」

ルイーズはソファの肘掛けに頬をのせ、つまらなそうに嘆息した。

ローランというのは、先日のアンリ解雇の場面に立ち会っていた、あのローランのことだ。彼が、ルイーズと昵懇《じっこん》の関係になっているというのである。

アルベリクがそのことに気付いたのは、とある宴《うたげ》の席上であった。ある富豪の南方進出を祝うという由《よし》で、大邸宅をまるごと会場にした大変大掛かりな宴だった。

その宴も終わりに差し掛かり、しこたま酔ったアルベリクが風に当たるためテラスに出てみると、バルコニーの上に偶然二人の姿を見つけたのだ。

二人はカーテンの陰に隠れるようにして身を寄せ合い、親しげに何事か囁《ささや》き交わしていた。

この両者の様子を見るに、どちらかというと、熱を上げて入れ込んでいるのはルイーズの方だった。他方のローランは、そんな娘をうまいことエスコートしている。アルベリクの目には、そのように観察されていたものだった。

経歴書を読む限り、ローランの血筋は平民のそれである。だが、その宴での所作からは、彼が下《げ》賤《せん》の生まれでないことが窺い知れた。

いずれにせよ、である。二人の関係を知ったところで、アルベリクは何らの感情ももよおさなかった。

そしてそれは、彼女自身の口から真意を告白された今にしても、同様であった。

しょせん、彼女とアルベリクは、恋愛感情のないまま繋《つな》げられた縁なのだ。いっそ祝福すらできようものである。

——しかし。

「待て。よりによって、やつが——ローランが、駆け落ちなどするわけがなかろう」

「知っていたのなら、話は早いわ。アルベリク。貴方、私とローランが結婚できるように、お父様にとりなしてよ。貴方だって、私みたいな小娘なんて娶《めと》りたくないでしょうから、いい話なんじゃない？」

なかなかに前衛的な提案だった。

この国の慣習上、養子の者が家督を継ぐには、現当主の血縁者と婚姻《こんいん》するほか道がない。それを放棄しろというわけである。しかも、許嫁の口から直接当主に口利きしろという。

アルベリクにしてみれば、狂気の沙汰である。

が、彼は辛抱強く話を聞くことにした。相応の見返りがあれば、どんな要求であっても交渉の卓につく。それが彼の流儀だった。

「……して、その対価は？」

これはすべからく、真っ先に訊くべきことであろう。そうアルベリクは思っていた。

だが、ルイーズの反応は、アルベリクの無意識下の予測から逸脱していた。

彼女は莫迦げているとでも言いたげに、片眉を吊《つ》り上げてみせた。そして、傲然《ごうぜん》と言い放った。

「は？　今言ったじゃない。私と結婚しなくて済むようになる。貴方は、それだけで幸せでしょ？」

アルベリクは絶句した。提案の内容があまりにも彼の常識から外れすぎて、罵りの言葉すら出てこなかったのだ。

端的に言ってしまえば、ブランシャールの全権を、ただでローランにくれてやれということである。

この要求を呑《の》んでしまえば、アルベリクは事実上、単なるブランシャール家の居候と成り果てる。宝飾店や南部の鉱山の権利なども、全てローランのものになるだろう。

ルイーズという娘は、それを分かっていながら、悪意を込めて嵩《かさ》にかかった要求をしている。

そんな女が、さしあたって今のところ、彼の許嫁ということになっている。この事実が、アルベリクを暗澹《あんたん》とした気持ちにさせた。

彼女の言うとおりにして縁談を破談に追い込むのは、なるほど痛快かもしれない。しかし、そうなった後、アルベリクを待つのは、断崖から落ちるが如《ごと》き凋落《ちょうらく》であろう。

（ローランめ、何を考えている）

彼は頭痛に顔をしかめつつ、努めて冷静に己の権利を主張し始めた。

「話にならん。私の利益が薄すぎる。他に土産はないのか。金か地位に直結しそうなやつがいい。ここよりもっとでかい家の婿の話とか、皇室直属の役人の口とかな」

「……貴方、自分の立場をわかっているの？　薄汚い平民出のくせに」

「わかっているからこそ、損な取引はしたくない。そういう君こそ、自分の立場がわかっていないのではないか？　この皇都では、貴族の女など、ただの贈答品か、さもなくば宝飾品を展示するためのマネキンにすぎない。私が君の望みどおり動いたところで、君の父親が首を縦に振るとは思えん。それならば、多少なりとも才覚のある私と仮面夫婦になった方が、まだ得というものだ」

ルイーズの顔にさっと赤みがさし、その目が怒りに燃え上がった。食いしばった歯の間からは荒い呼吸が漏れ、その小さな肩は興奮とともにわなわなと震えはじめる。

地の底から響くような呻《うめ》き声が、彼女の喉の奥から聞こえてきた。

「……殺してやりたいわ。貴方も、お父様も……」

「これは暴言だったな。君を傷つけたことは謝ろう。すまなかった」

さして反省の色も見せず、アルベリクは白々しくもそう呟《つぶや》いた。

むろん、これでは火に油である。

ルイーズはついに癇癪《かんしゃく》を起こして立ち上がり、足音高くアルベリクの元に近寄ってきた。彼女は許嫁の鼻先で立ち止まると、鬼の形相で仁王立ちする。

彼女の黒色の瞳は焦げるほどに灼《や》きついて、アルベリクを射貫《いぬ》かんばかりに見上げていた。

その細く白い喉が、悲鳴にも似た声を喚《わめ》き散らす。

「私はね！　貴方のそういうところが大嫌いなのよ！　人を平気で傷つけるくせに、そうやって表面上取り繕って……！」

「奇遇だな。私も君が嫌いだ。対価もよこさず人を動かせると本気で信じている君のような甘ったれた人間を見ると、虫酸《むしず》が走る」

アルベリクの赤い瞳は、ルイーズの若い熱量を浴びてもあくまで冷ややかだった。彼は淡々と言を続ける。

「だが、私は君の如き人間でも、利用できる限り利用する。さしあたり、次の皇后陛下の生誕祭で、君にはマネキンになってもらおうか。君が身につけるのは、これから歴史に名を残すであろう天才技師の、最初の作品だ。君の如き凋落貴族の娘が、彼女の作品の初御目見得《おめみえ》に関与するという栄誉を賜わるのだ。この素晴らしい機会を、ありがたく享受したまえ」

そう言い捨てると、アルベリクは一礼して踵《きびす》を返した。

「では、失礼する。良い夜を」

黒衣の烏《からす》は、囀《さえず》るだけ囀り倒して、自室へと去っていった。

ルイーズはアルベリクの去った部屋の中でひとり、怒りに身を震わせながら立ち尽くしていた。

◇

生誕祭当日の空は、雲ひとつない快晴であった。天におわします神も、皇后陛下の生辰をお慶びになっている。そう人々は噂したと言われる。

泰皇を除く皇族の生誕祭は、丸一日かけて執り行われる。一般市民に向けた祭典を夕刻までに済ませた後、宵の刻から王侯貴族向けの宴が催されることになっていた。

宵闇が帳を下ろす頃になると、貴族街のあらゆる街路が、二頭立ての馬車で溢れかえった。アルベリクとルイーズの二人を乗せた馬車も、ゆっくりと石畳の上を流れてゆく。目指すは皇都の中心にして、アルベリクの野心の終着点、『グリアエ』である。

群れ成す馬車が向かっているのは、グリアエの外苑にある迎賓館であった。近年新築されたこの館は、トーブマン邸を遥かに上回る、絢爛な設えであると噂されていた。

正装したアルベリクの胸には、懺悔の石が鈍い光を発して揺れていた。この日のために、わざわざ大司教に無理を言い、大枚をはたいて借りてきたものだ。それだけ、この宴には期するものがあった。

日夜社交場に出入りする身分の者たちといえど、皇族と交流する機会というのはさほど多くない。皇族の生誕祭は、その数少ない機会の一つだったのである。

わけても、本日の主役である皇后陛下には、是が非でも近づく必要がある。彼の主要な顧客も、この宴には多数出席するという。だが、目当てはあくまで、皇后陛下ただ一人だった。

宴に際して奮い立っていたのは、ルイーズにしても同様だった。絢爛な舞台で自らの晴れ姿を披露することは、成人直後の乙女にとって、大変晴れがましいことであった。たとえ、求められる役割が『マネキン』であったとしても。

――日中、宴のための身支度をしていたときのこと。

ルイーズは自邸の化粧の間に凛《りん》と立ち、鏡に映る自らの姿に酔いしれていた。

彼女の胸元では、蝶《ちょう》の姿を模《かたど》ったブローチが、窓から差す陽の光を受けて煌《きら》めいていた。その蝶は、まるでルイーズの胸中に呼応したかのように、何かを求めるような強い輝きを放っていたのだった。

花のように美しく着飾ったルイーズは、しきりに胸元のブローチを気にしつつ、

「……このブローチ、私以外に似合う人がいるのかしら」

などと、うっとりとした表情で侍女や仕立て屋に向かって尋ねていたという。

後に侍女からその話を聞かされたアルベリクは、密《ひそ》かにほくそ笑んだものだった。

(少なくとも、小娘をのぼせ上がらせる程度の効果はあったか)

そして今、庭園に向かう馬車の中、アルベリクの隣には、件《くだん》の絶世の美女――ルイーズが座っている。毛皮のコートを着こんでいるため隠れてはいるが、彼女の胸元には今もナタリーのブローチが、しっかりと抱きついているはずである。

アルベリクはルイーズの方を一瞥《いちべつ》もせず、からかうように呟いた。

「そのブローチ、君はたいそう気に入ったようだな。――うむ、よく似合っている」

見てもいないくせに何を、とでも言いたげに、ルイーズはアルベリクを横目に睨む。が、アルベリクはどこ吹く風であった。

馬車の歩みはずいぶんと遅くなっていた。視線を進行方向に向けると、多くの馬車が、長々と列をなしているのが見えた。車は既に迎賓館の敷地内に入っていて、各々《おのおの》入館の順番を待っていた。

更に前方へと視線を滑らす。すると、広大な庭園のただ中に佇《たたず》む館の姿が目に入った。三階建ての建築物は、ガス燈《とう》の灯をその身に受けて、闇の中に威容を浮かび上がらせている。

やっとのことでエントランスに至り、屋根付き馬車の扉が開く。アルベリクは素早く降りてルイーズをエスコートしてやる。

鮮やかな緋色《ひいろ》に染め上げられた絨毯《じゅうたん》の上に立つと、二人はおもむろに迎賓館の方へ歩み出した。

向かう玄関の扉は開け放たれ、館の中の光を煌々《こうこう》と溢れさせていた。

館内に入り、傍《かたわ》らに立つ皇室使用人にルイーズがコートを渡したとき、アルベリクは、ちらと彼女の姿を見た。刹那、彼はその心臓に衝撃を感じ、息を呑んだ。

――想像以上だった。

ルイーズが身につけた蝶のブローチは、想像以上に、よく似合っていた。彼女のためにあつらえたものだと語られれば、誰もが信じることだろう。それほどに、ルイーズの胸に留まる蝶の姿は、彼女の立ち姿との間で見事な調和を見せていたのである。

今の彼女の姿は、神話の中の乙女のように可憐であった。洗練された仕立てのドレスと蝶のブローチは、互いに共鳴しあって、ルイーズの美しさを極限まで引き立てていた。

アルベリクが呆然《ぼうぜん》と自らの婚約者の姿を眺めていると、彼女は口元に手を当てて笑い出した。

「少しは見直していただけた？」

謙虚な言葉とは裏腹に、彼女の態度はやや挑発的だった。だが、それはあくまで冗談めかしたものので、馬車の中で見せたような嫌味たらしいものでは決してない。それどころか、ひどく愛らしくすらあった。外面《そとづら》良く振る舞うことに関して、彼女は並ならぬ才覚を発揮するのである。

（なるほど、これはしかし、ルイーズが自惚《うぬぼ》れるのも理解できるというものだ）

明瞭になりつつある思考の中で、アルベリクはそんなことを考えていた。

◇

サロンに足を踏み入れると、眩《まぶ》しさが二人の視界を覆った。すぐに目が慣れ、広大なサロンの全容が視野いっぱいに飛び込んでくる。

三階まで吹き抜けになった天井。そのすべてを隙間なく覆うシャンデリア。部屋の奥行きは、向こうの壁が白くかすむほど深く、壁の全面には、上代から当代に至るあらゆる天才画家たちの作品が、ずらりと並べ掛けられていた。

其処此処《そここここ》に配されたテーブルには、たっぷりの御馳走《ごちそう》と酒が並ぶ。談笑する人々の合間を縫って、使用人たちが忙しそうに酒を運んでいる。壁際に陣取った楽隊は、ゆったりとした品の良い曲を奏でている。その周りに集《つど》った者たちは、めいめいの伴侶と手を取り合って、優雅に踊り揺れている。

国内外の貴賓たちが一堂に会する様は、まさしく壮観であった。右を見ても左を見ても、目に入る人物は爵位持ちの大物ばかり。そして、身につける宝飾品も一級品ばかりであった。眩い灯《あか》りに照らされ、粒の大きな宝石たちがチカチカと瞬《またた》く。

アルベリクはしばらくのこと、得難い眼福に酔いしれていた。これだけの美しい装飾品がこぞって集まったのも、ひとえに皇后陛下の人望の賜物《たまもの》であった。アルベリクは彼女の偉大さを、改めて痛感するのだった。

すわ、ぼちぼち挨拶回りを始めよう。そうアルベリクたちが息巻いたところで、向かいから一人の若い貴族が近づいてくるのが見えた。

否《いな》、光り輝くイボガエルがやってきたという表現の方が妥当かもしれない。男は頭の天辺《てっぺん》からつま先まで、大粒の宝石を隙間なく身につけていた。その彼が一歩踏み出すごとに、シャンデリアから差す光を反射して、めくるめく光を放つ。

「ルイーズ。久しぶりだね」

アルベリクにとって一面識もないその男性は、横聞きするに、ルイーズの元婚約者のようだった。

彼はルイーズの姿をまじまじと見た後、ほっと熱いため息をついて呟いた。

「しかし、どうしたことだろう？　今日の君は、一段と美しく見える」

「いつもは美しくないと言うのね。ひどい人だわ」

ルイーズが唇を尖《とが》らせる。すると、男は慌てた様子で彼女を宥《なだ》めた。

「誤解しないでくれ。見違えたということさ」

「私、心を入れ替えたの。幼い頃の私はもういないとお思いになって」

「ああ、まったく綺麗《きれい》になったね。君と別れたことを、今すこしばかり、悔やみ始めているところだよ」

「とても嬉しいわ。でも、ごめんなさい。生憎《あいにく》、私にはもう、真に私を愛してくださる方がいるの。今更そんなことをおっしゃられても、困ってしまいます」

とんだ茶番である。アルベリクは思わず吹き出しそうになったが、どうにか耐えた。

男はここにきて初めてアルベリクの姿に気づいたようだった。

「その方というのは、もしや、こちらの？　失礼、給仕かと思ってご挨拶が遅れてしまいました」

そういって彼は、小莫迦にしたようにアルベリクを睥睨《へいげい》する。

使い古された侮蔑の言葉に、アルベリクはなんらの痛痒《つうよう》も感じはしなかった。むしろ彼の頭の中では既に、この歩く有形資産とでもいうべき男から、いかにして多額の金銭を搾り取ろうかという打算ばかりが駆け巡っているところだった。

彼を敵に回すのは得策ではない。そう判断したアルベリクは、おもねりの笑みを浮かべ、男に向かって頭をたれた。

「アルベリクと申します。しかし給仕とは言い得て妙ですな。私はある種《しゅ》、給仕の真似事《まねごと》もしておるのです。お仕出しするのは、食事ではなく宝飾品でございますが」

「宝飾商人ですか。それにしては、貧相な装い。特に胸についたしょぼくれたブローチときたら

「……」

アルベリクは、はっとして男の言葉を手で遮《さえぎ》った。次いで彼は、それとなく周りの様子に目を配りつつ、男に顔を近づけ、声を潜めて耳打ちした。

「失礼ながら、陛下の生誕祭において左様なお言葉はお控えなさった方がよろしいかと……」

「それはどういう……」

アルベリクは、男の目を見ながら、自らの胸元を指で叩《たた》いた。男の目が、ちらと、一瞬だけその指を見やる。すぐに男は「むッ……！」と唸《うな》り声を上げて、アルベリクの胸元を二度見した。

アルベリクの胸に留まっているのが懺悔の石だと、男はようやくにして気づいたようだった。そしてそれと判《わか》るや、彼は気まずそうな顔になって身をのけぞった。

男はしばしの間、所在なげに身をゆすっていた。その挙げ句、彼は何事か用事があると言いおいて、そそくさと去っていった。

「貴方のしょぼくれたブローチを見て様子が変わったわね。どうしてかしら？」

「勘違いとはいえ、神具を悪《あ》しざまに言ってしまったことに、気が咎《とが》めたのだろうな」

「ひとつ不思議なのだけど、なぜ皆、そのしょぼくれた石を身につけようとしないの？　そりゃ、みっともないかもしれないけれど、それさえ身につけていれば、皇后陛下に気に入ってもらえるかもしれないでしょうに」

ルイーズの言う通り、周囲の王侯貴族の殆《ほとん》どは、みすぼらしい懺悔の石など身につけてはいなかった。その代わりに、彼らはみな、きらびやかな宝飾品を身につけ、己の地位と財力を誇示していた。

　さらに付け加えると、こうした者たちの中には、ブランシャールの顧客の姿も散見された。彼らはブランシャールで購った高価な宝飾を煌めかせ、たいそう誇らしげにしている。

「各々の心中はおおよそ推察できる。が、ここでそれを話すのは、得策ではないな」

　アルベリクは注意深く周囲を見回しながら、それだけ答えた。

　その後も、ルイーズの元婚約者と思《おぼ》しき人物が次々に現れては、口々に彼女の美しさを褒め称《たた》えた。これに対して、ルイーズは当初こそ戸惑った様子をみせたものの、すぐに満更でもなさそうな顔をして受け答えするようになった。

「さっきの男は、昔、私のことをじゃじゃ馬なんてほざいていたのよ。それが、『ああ、君がこんなに美しく成長すると知っていれば』なんて！　最高ね！　あっ、ほら、前から来たあの男も、私の元婚約者よ！」

　ルイーズには、十人もの『元』婚約者がいる。といって、決して、引く手数多《あまた》だったというわけではない。十回婚約して、十回とも破談になったというだけの話である。

　彼女は婚約当初こそ猫をかぶっておしとやかにするのだが、気を許すにつれて、段々と馬脚をあらわすようになるのが常だった。外面だけは良いが、家に帰ればわがまま気まま。気に入らないことがあればすぐに相手を面罵《めんば》する。一度嫌いになった人間をとことん嫌う性格も災いし、逢瀬《おうせ》のたびに陰険な皮肉と呪詛《じゅそ》を吐き散らす。おまけに我田引水を地で行く性格なので、婚約者たちは早晩、彼女の性格に嫌気が差してしまう。

結局男たちは、なんやかやと理由をつけて、婚約破棄を申し入れてくるのだった。

そうしたことが九回十回と繰り返された後、ようやく見つかった貰《もら》い手《て》というのが、今ルイーズの隣にいる赤目の男だったのだ。

しかし今や、ルイーズは得意満面であった。かつて己《おのれ》を棄《す》てた面々を振り向かせ、見返すことができたのだから。ルイーズを棄てた男たちは皆、戸惑いとわずかばかりの後悔を滲《にじ》ませながら、アルベリクの手前、気まずそうに去ってゆく。

だが、彼らの誰も、気づいていなかった。彼女の魅力の正体が、一体何であるのかを。

ルイーズは最後の元婚約者を袖にした後、しばらくの間はおとなしく過ごしていた。が、やがて彼女はこらえきれなくなったようで、身体《からだ》をくの字に折って笑い始めた。

笑いに笑い、ひとしきり笑った後、彼女ははしゃぎ疲れたのか、軽くため息をついた。ゆっくりと姿勢を正し、すっと上げたその顔からは、満ち足りた気持ちがありありと見て取れた。

「アルベリク」

「なんだね」

ルイーズの目は、婚約者の方を見ようともせず、ただまっすぐ前を向いていた。だが、その唇から漏れたのは、アルベリクにとって意外な言葉だった。

「……ありがとう」

彼女は、理解していたのだ。元婚約者たちの鼻を明かした力の源が、己の胸に輝く宝飾にあるということを。

アルベリクは、珍しく謙虚な婚約者に対して、憎まれ口で返礼した。

「感謝されるいわれはないな。単に君が、マネキンとしての役割を全うしているだけだろう」

「……本ッ当に、貴方って可愛《かわい》くない人ね」

ルイーズは唇を尖らせ、不機嫌そうに吐き捨てた。

◇

「皇后陛下が御座有る！」

よく通る声がサロンに響き渡った。

その途端、これまでかまびすしく響いていた嬌声《きょうせい》や笑い声がぴたりと止《や》み、室内は水を打ったように静まり返った。

ルイーズがアルベリクの袖を引き、サロンの入り口の方に注意を向ける。

厚い絨毯の上に鈍い足音を響かせ、その人——もとい、人にあらざる存在、現人神《あらひとがみ》は姿を現した。

その姿を目にした瞬間、アルベリクは何か押し込まれるような圧を全身に感じた。その者が放つ霊気に圧された、といえばよいのだろうか。

姿形こそ、初老の一婦人にすぎない。気品高く大変に美しい相貌《そうぼう》の持ち主ではあるが、人を狂わす絶世の美女と呼べるほどではない。しかしながら、その立ち居振る舞いは極限まで洗練されており、人ならざる者の風格を宿していた。

彼女は華美な装飾を殆ど身につけていなかった。そんな中、彼女の胸には、小さなパヴァリア様式の懺悔の石が、控え目な輝きを放って揺れていた。それはアルベリクの身につけるものと、ほぼ同等の品質の橄欖石《かんらんせき》であった。にもかかわらず、彼女のそれは、アルベリクのものよりも遥かに輝いて見えた。

——懺悔の石は身につける者の魂を映す。

かの俗悪なる大司教の噂る迷信が、にわかに真実味を帯びてアルベリクの耳の奥にこだまする。

(否。現人神と呼ばれはしても、所詮《しょせん》人間の血族だ。恐《おそ》るるに足らん)

アルベリクはそう自らを奮い立たせようとしたものの、己の身体の底から来る震えは抑えがたかった。

むべなるかな、国母たる彼女を前にすれば、いかなる人物であろうと一人の子供に成り下がる。アルベリクの周囲に並ぶ貴族たちも、皆々悪戯を見つけられた悪童の如く、バツが悪そうに瞼を伏せている。

今日は、彼女の生誕祭なのである。それを、乱痴気騒ぎで汚してしまったような気がしたのだ。

人々がその一挙手一投足に注目する中、皇后はサロンの真ん中まで進み出て、ぐるりを見回した。

至極晴れやかな笑顔が、その顔に浮かんでいた。太陽の如き笑顔は、目にしたすべての人々の心を燦然《さんぜん》と照らし温めた。

皇后は花びらのような唇をそっと動かし、柔和な、それでいて張りのある声でこうのたまった。

「どうしたのかしら、皆さん、しいんとしてしまったわね？　今日は私のために集まってくださったのでしょう。遠路はるばる訪ねてくれた友達も大勢いらっしゃるわね。私は今、それが嬉しくてたまらないの。だから、踊って、歌って、笑いましょう。古馴染《ふるなじ》みも新しい顔も、皆友として隔たりなく、今日の日を楽しみましょう」

ただの言葉である。だが、その言葉はなぜか、会場の人々の胸を打ち、身を打ち震わせる力を宿していた。

「皇后陛下に栄光を！　皇国に悠久の繁栄を！」

誰かが弾《はじ》けるように叫んだのを皮切りに、サロンは盛大な歓声に包まれた。楽隊は軽やかな調べを奏で、人々はまた手を取り踊り始めた。若い娘たちはその腕に持った花籠から、色とりどりの花《はな》弁《びら》を人々の頭上に振りまいた。各々が各々の想《おも》いを込めて、この愛すべき貴婦人の記念日を祝った。

皇后は従者を引き連れ、知人たちに挨拶をして回った。彼女から声を掛けられた者たちは皆、緊張に身を硬くしつつも、己の幸甚《こうじん》を誇った。一方、新参の者や彼女と一面識もない人間らは、どうにかして自らも同じ光栄を享受できないものかと、やきもきしていた。

皇后が、アルベリクの前を会釈して通り過ぎようとしている。今宵《こよい》初めてこの宴に参加したのだから、アルベリクには当然彼女と一面識もない。したがって、彼女から声を掛けられる道理などありはしない。

だが、ここで彼女の面識を得られなければ、今日の日のための準備はすべて無駄になってしまう。是が非でも声掛けをいただかなくてはならない。

かといって、下賤の者から声を掛けるなど言語道断。不敬のかどで切り捨てられて終《しま》いである。

――こちらを見ろ！

アルベリクにできることは、もはや、念じることだけであった。これは賭けなのだ。

虚仮《こけ》の一念が通じたのか、皇后の目が、すいと横に滑った。その視線が、アルベリクの胸元の聖印に吸い寄せられる。

すると彼女はアルベリクの前で立ち止まり、彼に向かって嬉しそうに笑いかけた。

「あら、信心深いことね」

――かかったぞ！

不遜《ふそん》な思考と裏腹に、彼の膝と首は、皇后のつま先の前に屈していた。誰かから押さえつけられたというわけではない。彼自身の肉体が、彼の意識を裏切って勝手に動き、平伏《ひれふ》したのだ。

アルベリクは、手織りの絨毯の文様を眺めながら、自らの身に起きた不可思議に当惑していた。

だが、そんな中でも彼は恐慌をきたすことなく、あらかじめ準備していた言葉を吐くことも忘れなかった。

「アルベリク・ド・ブランシャールと申します。旧王朝にて栄華を誇ったブランシャール家に養子として迎えられ、宝石店の経営を一任されております。わた……私如きの卑小なる者にもお声掛け頂けるとは、まことに畏れ多く存じます」

舌が回っていない。こんなことは、アルベリクの商売人としての人生の中では初めてのことだった。

「お立ちなさい。私の生辰《せいしん》を祝いにいらっしゃったのなら、貴方はもはや、私の友の一人です」

「もったいなきお言葉にございます」

許しを得てようやく立ち上がる。目を上げると、皇后の目が、まっすぐにアルベリクを見据えていた。極上の水晶とて、彼女の目ほど澄んでいるだろうか。無垢な輝きを宿す瞳が、アルベリクの目を射すくめる。

目を逸らすことはかなわなかった。己の赤目は濁っていやしないか、アルベリクの心の中で、次第にそればかりが気になりだした。

しかし、皇后は眉をひそめることもなく、慈しむような微笑みとともにアルベリクの瞳を覗き込むばかりだった。

「貴方の姿を見て、とても嬉しくなりました。皇都の方々は、あまりこの石を好みません。友や侍女たちに勧めるのですが、皆どうしてか、この石を身につけようとしないのです」

「それは……」

アルベリクは返答に窮した。

正直に答えればどうなるか。貴族たちは、口に出しはしないものの、明確な理由があって石を身につけようとしない。それは、アルベリクもよく知るところだった。

だが、それをこの場で口にしようものなら、間違いなく、石を身につけぬ貴族たちの不興を買うことになるであろう。これはそういう類の、繊細な問題だった。

しかし、皇后はけっして引き下がらず、重ねて問うてきた。

「貴方には理由がわかるようですね。なぜでしょう？ 教えていただけませんか。みな、私が信仰

140

を勧めても良い顔をしてくれず、代わりに綺羅びやかな宝石を身につけようとするのです。我が祖国による宥和《ゆうわ》政策への反発ではないかと、危惧《きぐ》する者もおります。私は真実が知りたいのです」

皇后の空色の目が、アルベリクの緋色の目を覗き込む。透徹《とうてつ》した無垢なる瞳。それを曇らせるような振る舞いなど、なんぴとにも赦《ゆる》されてはいない。

アルベリクはこの女性に対して、つまらぬ誤魔化《ごまか》しをする気になれなかった。また、たとえ適当に言い繕《つくろ》ったところで、彼女には見透かされる気がした。

答えても、答えずとも、いずれも益がない。ならば、前に進むしかないであろう。アルベリクは何のためにこの場に来たのかを今一度思い返し、肚《はら》を決めた。

「それは――詮方《せんかた》ないことです。御祖国の深慮を快く思わぬ者もおりますが、それはごく一部です。……本心では、誰もが胸の内で密かに、神の恩寵《おんちょう》をこの石に求めております。ですが同時に、この石を身につけることで、己の恥ずべき魂が露呈するのを恐れているのです。ゆえに、彼らはひそかにこの石を購いつつも、それを公言しないのです」

彼らが石を身につけて人前に出ないのは、自らの魂が薄汚れたものだと知られたくないからだ。

――要は、そういうことを言っているのである。

このあまりにも正直すぎる言葉に、周囲の貴族たちがどよめいた。巨大な宝石で着飾る者らにとっては、いい面《つら》の皮である。

「赤目鳥」「不敬な」「そうまでして陛下に取り入りたいか」「恥を知らぬ輩《やから》」などという謗《そし》りの言葉の断片が、アルベリクの耳にも届いた。

そうした中傷が、皇后の耳にも届いたのだろう。彼女は周囲をぐるりと見回しながら、厳しい口調でこう言い放った。

「私が尋ねたからこの方は答えたのです。不満が有るのなら、後ほど私が伺います」

こう言われて、口答えできる者などあろうはずもなかった。周囲からの悪意に満ちた雑音は、この一言でぱたりと止んだ。

皇后はアルベリクに向き直ると、よくぞ打ち明けてくれたとばかりに頷いて、彼の胸のブローチにそっと指を触れた。

「恥ずべきことなど、なにもありません。懺悔の石は、たしかに人の魂を映し出すもの。貴方の石の奥深くには、とても純粋で、美しい光が瞬いている。私の目には、それがはっきりと判るのです」

彼女は、懺悔の石ではなく、アルベリクの瞳を見ながら、そう言った。

アルベリクの身体が、途端に、かっと熱くなった。

見透かされている、と思った。己の未熟も、弱さも、なにもかも。

とても相手に顔向けできず、アルベリクは再び頭を垂れた。

「望外のお言葉を賜り、恐れ多きことにございます」

皇后は優雅な物腰でアルベリクに会釈すると、今度はルイーズに対して向き直った。

「こちらの可愛らしい方は、貴方の良き人ですか？」

「はい。彼女は私の許嫁（いいなずけ）で、ルイーズと申します。今年成人いたしましたので、僥倖（ぎょうこう）にもこの宴に

142

ご招待いただけたという次第です。――ルイーズ、陛下にご挨拶を」

紹介されたルイーズは、アルベリクがましに見えるほど、かちこちにあがっていた。傍《はた》から見て判るほど身体を震わせ、歯の根は合わず、声も出ないようだった。許嫁という立場上、アルベリクはやむなく彼女の肩を抱き、耳元に口を近づけ落ち着くよう囁いた。それで、ルイーズはようやく、かすれた声を出せるようになった。

「ル、ルイーズ・ド・ブランシャールと申します……！　わた、私のような若輩者にもお目をかけていただき、恐悦至極にございます」

「貴女《あなた》が、ブランシャール公の曽孫《ひまご》さんですね。私の方こそ、挨拶が遅れてしまったことを詫《わ》びなければなりません。曽祖父君には、幼くして嫁いできた私に、大変良くしていただきました」

こうまで言われたルイーズは、感激ひとしおといった様子で、返礼の言葉をなにがしか、まくし立てた。その様子を微笑ましげに見守っていた皇后の目が、ふとルイーズの胸元に留まる。

「貴女の、そのブローチ……」

彼女はルイーズに近づくと、わずかに身を傾《かし》げ、淑女の胸に輝く蝶のブローチを見た。すると、彼女の目がひときわ輝きを放ち始めた。

「ああ、なんて美しいのかしら！　もっとよく見せていただける？」

ルイーズは慌ててブローチを外し、両手に持って皇后に差し出した。

黒いアゲハ蝶は、煌々たるシャンデリアの灯りを身に受け、ルイーズの手の中でたおやかにきらめいていた。

「故郷で母君が召していらっしゃったものに、とてもよく似ています……」

しぜんと、そんな言葉が皇后の口から漏れた。その声には、地位ある者の威厳よりもむしろ、一人の婦人としての純朴さが多分に含まれていた。

しばらくのこと、皇后は恍然《こうぜん》とした眼差《まなざ》しでブローチを見つめていた。が、ふいに彼女は、二人から身を離し、顔をそむけた。

その刹那、二人は確かに見た。皇后の瞼のふちに光る、涙の一滴を。

「陛下……！」

ルイーズが、矢も盾もたまらず声を掛ける。だがその時にはもう、皇后は笑顔を取り戻した後だった。

「ごめんなさい。気を悪くなさらないで。少し郷愁が湧いてしまっただけですから」

そう言って、彼女ははにかむように微笑むのだった。

皇后マドレーヌは、パヴァリア・ユミリテ神聖王国とガロア皇国との間における政略結婚により、幼い頃から親元を離され、この皇都に嫁いできた。爾来《じらい》一度も故国に帰ることなく、次代の皇妃として振る舞うよう求められて生きてきた。

そのような来歴を知ってか知らずか、ルイーズは、気の毒そうに眉根を寄せて、気丈に振る舞う皇后の姿を見ていた。

すると、ルイーズはふいに皇后の前に進み出て膝を折り、再び皇后の眼前に蝶のブローチを掲げ上げた。

「よろしければ、こちら、献上いたします……！　ね、貴方、良いでしょう？」

すがるような目が、アルベリクを見る。

多くの元婚約者を振り向かせたこのブローチの価値を、ルイーズは十二分に理解しているはずであった。それでも彼女は、その大事な宝を捧げずにはいられなかったのだ。

アルベリクには、婚約者の懇願を断る理由など、何一つなかった。もとより、この蝶のブローチは皇后陛下への献上も視野に入れていたのである。それ故、彼は、ルイーズの要求を二つ返事で承諾した。

しかし、皇后はその申し出に対し、首を横に振って応えた。

「いいえ。その蝶は、若い貴女の胸にあってこそ、映えるものです。その代わり、貴方……アルベリクと申しましたか」

皇后は、ゆっくりとアルベリクに視線を移した。

そして、彼女は静かに尋ねてきた。

「一つ、お願いを聞いていただけますか？」

待ちに待った言葉だった。アルベリクは、この言葉を聞くために、宴に参加したと言って過言ではなかった。

アルベリクはへりくだって低頭し、肯《うべな》った。

「なんなりと。陛下」

その慇懃《いんぎん》な態度と裏腹に、彼の胸の内では、醜く歪んだ顔がほくそ笑んでいるのだった。

◇

帰り道の馬車の中。ルイーズは、窓の外に流れる景色を、ぼんやりと眺めていた。街の灯りがその瞳に映っては、走馬灯のように流れてゆく。

彼女の唇がゆっくりと開き、呟きを漏らした。

「皇后陛下、素敵な方だったわね」

隣に座るアルベリクは、己の手帳とにらめっこしながら、彼女の言葉を聞くともなしに聞いていた。

彼は秘書を持たず、自己管理は専《もっぱ》ら自らの手で行っていた。かつて仲間の裏切りに遭い、情報を盗まれた経験が、そうさせているのだった。策謀渦巻く皇都の宝石商は、基本として他人を信用しないのである。

ルイーズは仕事に勤《いそ》しむ許嫁に振り返り、いささか興奮した様子で言葉を継ぐ。

「私ね、陛下のお茶会に誘われたの。ぜひ来てくださいって。ねえ、こんなことって、ある？」

「あまり聞かんな。気に入っていただけたのだろう。良かったじゃないか」

手帳にスケジュールの線を書き入れながら、アルベリクは頭の片隅で彼女の言葉を吟味していた。身内が顧客と仲良くなってくれれば、そのコネクションを利用できる。商いを営む上においても、彼女の人脈には利点が多かった。

勢いよく手帳を閉じ、アルベリクは改まった態度でルイーズに向き直る。

「ブランシャール家再興のためにも、この人脈は大事にせねばな」

その言葉を聞くや、ルイーズは心底興味なさそうな様子で、窓の外に視線を戻す。

「貴方と一緒にしないで。私は陛下の偉大な魂に心酔したの。それに、私は家の行く末なんかに興味はないし」

でも……と、彼女は続ける。

「貴方って、実はすごい人だったのね」

「惚《ほ》れ直したか？」

アルベリクの軽口を、ルイーズは鼻であしらった。

「莫迦ね」

言葉とは裏腹に、彼女の目は、未来への希望を映して輝いていた。

◇

重い闇の中に、赤い楕円形《だえんけい》の絨毯が敷かれている。……否、絨毯ではない。表層に、波紋が立って揺れている。——血だ。血の池だ。

池の中には、一人の男が仰向《あおむ》けに横たわっている。男のうつろな瞳が、アルベリクをぼんやりと見上げていた。

その男のことを、アルベリクはよく知っていた。

真っ白な唇を緩慢に動かして、男は呟く。

「お前と俺と、どちらが悪党かな？」

それは、アルベリクが期待していた言葉ではなかった。

何を期待していたのかは、判然としない。闇の中、頭に靄《もや》がかかったようだった。だが、兎《と》も角《かく》も、この男の口から、そんな言葉を聞かされたくはなかった。

アルベリクの肚の中がかっと熱くなり、怒りが脳天を突き抜けた。

「俺が悪党だと？　貴様が言うなよ、この、裏切り者が！」

「裏切り者とは心外だな。お前だって俺を嵌めたじゃないか。俺はあの商談にすべてを賭けていたんだぞ。全てだ！　回収できるはずの金を回収できず、首が回らなくなったらどうすればいい？　こうする他ないだろう？」

彼はそう言うと、自らの手で上着をはだけてみせた。

その首元には、赤黒い縄目の痕が、はっきりと刻まれていた。

アルベリクは顔をしかめて吐き捨てる。

「自業自得だ。俺の顧客リストを持ち出せばどうなるか、想像できなかったとでも言うのか、ルカ！」

「そうかもしれんなあ。だが、こいつはどうかな？」

いつの間にそこにあったのか、ルカはその手に摑《つか》んだ何かを掲げてみせた。

人間の首だった。美しい、女の顔。

「……フェリシテ……！」

アルベリクが、かすれた声でその首の主の名を呼ぶ。すると、生首はその眼窩《がんか》や鼻腔《びこう》から大量の蛆《うじ》を湧かし、みるみる腐敗し始めた。

ルカは冷たく笑いながらアルベリクの袖口を掴むや、恐ろしい膂力《りょりょく》でもって彼の身体を引き寄せた。

そして彼は、その手に持つ女の生首を、アルベリクの鼻先に突きつけた。

「お前は屍肉《しにく》をついばみ、せいぜい生きるが良《い》い。マルブールの赤目烏！　ほら、愛《いと》しの女と口づけでもしてみせろ！」

死臭のする唇が、アルベリクの唇に押し当てられる。

アルベリクは恐慌に囚《とら》われ、叫び、その唇から逃れようとした。

と、その時。誰かの手が、アルベリクの腕を掴んだ。小さいが、強い手だ。

にわかに彼の意識は転回し、現実に引き戻された。もう一つの悪夢であるところの、現実に。

「……大丈夫？」

大きな瞳が、心配そうにアルベリクの顔を覗き込んでいる。白い陶器のような頬が月明かりを受け、青く闇の中に浮かび上がっていた。

「ルイーズか……夜這《よば》いに来たのか？」

繰り出される軽口に、ルイーズは半ば呆《あき》れながら応えた。

「莫迦言わないで。うなされていたから、心配になって来てあげたんじゃない」

「使用人にでも来させればよかろうに」

「貴方が望むならそうするわ。でも、許嫁が苦しんでいるのを、捨て置くわけにもいかないでしょう」

「俺のことを嫌っていたのでは？」

「貴方と違って、私は人間なのよ。情けと呼べるものくらい、持ち合わせているつもりよ」

ルイーズは水差しからコップに水を注いで、アルベリクに差し出した。

手渡された水を一気に飲み干すと、アルベリクはベッドから降りて、壁際の戸棚に近づいてゆく。

その背に、ルイーズが声を掛ける。

「また、悪い夢を見たの？」

「……なぜそう思った？」

戸棚を開きながら、アルベリクが尋ねた。

「叫び声が私の部屋まで聞こえてきたわよ。ルカだの、フェリシテだの……」

アルベリクは許嫁の言葉を聞くともなしに聞きながら、戸棚から鈍く光る一個のブローチを取り出した。

つい先刻、皇后の関心を買うために用いた、懺悔の石だった。

用が済んだ以上、この石は、明日にも大司教に返さねばならない。

アルベリクは、手にした懺悔の石を、ただ黙って見つめていた。

「その屑石《くずいし》は、貴方を救ってくれそう?」

憐憫《れんびん》とも軽蔑ともとれる声が、背後からアルベリクの耳に届く。

「しょせん、借り物だ」

そう言いながらも、アルベリクは石からなかなか目を離そうとしなかった。

彼は、ありもしない光を求めて、鈍い輝きの奥を探るように見つめ続けていた。

第五章　アルノー夫人

生誕祭での不用意な発言は、アルベリクに舌禍《ぜっか》をもたらした。公の場で恥をかかされた由《よし》で、彼の顧客たちが皆で示し合わせて、ブランシャールの商品の不買を決め込んだのだ。

顧客たちからの注文が日に日に減少してゆく中、ブランシャールは挽回《ばんかい》の策を早急に打つ必要に迫られていた。

皇后の『お願い』は、アルベリクにとっても、ブランシャールにとっても、目下ただひとつの命の綱だった。

肝心の皇后の願いであるが、これは至ってシンプルだった。彼女の友であるアルノー夫人のために、宝飾品を作って欲しいという。

アルノー夫人ことベルティーユ・ド・アルノーは、皇后と同様、パヴァリアから嫁いできた上級貴族である。

隣国パヴァリアの主導で進む宥和《ゆうわ》政策（とは名ばかりの、実質的な同化政策）の一環として、多くの王侯貴族が強制的な政略結婚を強いられてきた。ベルティーユも、そうした貴族のうちの一人だった。

強いられた婚姻ではあったものの、ベルティーユは夫を心から愛していた。だが、その夫であるアルノー公爵は、南方遠征において、不幸にも帰らぬ人となってしまった。残された未亡人ベルティーユは、夫との思い出のあるこの地を離れることもできず、愛する者の死から目をそらし続けて生きてきた。

貴族アルノーの戦死から既に十年。彼女は今も皇都に夫が帰ってくると信じ、人々には己《おのれ》をアルノー夫人と呼ばせ、主《あるじ》の帰りを待ち続けている。

アルノー夫人は、もとより宝飾を愛する人物であり、多くの宝飾品を所有する蒐集《しゅうしゅう》家《か》でもあった。それが、夫の死後、ますますこの趣味に没頭するようになったという。

夫人の皇都別邸は、貴族街の一等地に位置している。広々とした敷地は高い塀に囲まれ、外から窺《うかが》い知れるのは塀の上に据え付けられた黒い鉄柵ばかり。かような秘密の庭に、アルベリクは今や馬車で悠々と立ち入ることができた。

冬枯れの庭園を抜けると、古風な邸宅がその姿を現した。森の中にひっそりと佇《たたず》むその古邸は、都会にありながら郊外の隠れ家の如《ごと》き佇まいであった。

アルベリクは邸宅の前で馬車を降りると、玄関まで歩み進んで迷いなくノッカーを叩《たた》いた。ほどなくして扉が開き、中から使用人が顔を出す。年若く、控えめな物腰の女だった。

名と用件を告げると、彼女は快くアルベリクを邸内に迎え入れた。

使用人の女が語るところによると、現在夫人には先客が訪ねてきているらしい。そのため、もし込み入った話があるならば、しばらく別室で待った方が良いだろうとのことだった。

アルベリクが夫人の私室の扉を前にして、身の振り方を思案していたところ、突然、部屋の中から女の怒声が聞こえてきた。

扉を隔てた向こうのことで、内容までは聞き分けられなかったが、女の方が一方的に喚《わめ》きたてていることだけは、アルベリクにも判《わか》った。

アルベリクが使用人に目配せすると、彼女は怯《おび》えきった表情をしながらも、おずおずと扉を引き開いた。

扉のすぐ向こうには、恰幅《かっぷく》の良い男が一人立っていた。派手な法衣を身にまとうその小男は、今しも部屋の奥に向かって祈りの印を切っているところだった。

「それでは、夫人、御機嫌よう。またお伺いいたします」

「もう二度と我が園の敷居を跨《また》ぐことのないよう、お願い申し上げますわ。貴方《あなた》は、パヴァリアの面汚しです」

部屋の奥から、低く冷たい声が聞こえる。薄く開かれた扉の隙間からはその姿を窺い知ることができなかったが、おそらくこれが、アルノー夫人の声であろう。

法衣の男の方は、じりじりと後ずさりした後、はっしと扉の把手《とって》を摑《つか》んで部屋の外に躍り出てきた。すると男は、部屋の外に待ち受けていたアルベリクと、真正面から顔を突き合わせることとなった。

アルベリクもその男も、互いに顔を知っていた。それもそのはず、つい先日大聖堂で相対したばかりだったのだから。

アルノー夫人から悪罵《あくば》され、為《な》す術《すべ》なく追い出された男は、偉大なる皇国の大司教、コンスタン・ルロワであった。

コンスタンはアルベリクの姿を見るなり、たった今晒した醜態などなかったかのように、尊大にふんぞり返りながらアルベリクを下から見下した。

「これは、ブランシャール様。かような場所でお会いできるとは、奇遇ですな」

「コンスタン大司教。この騒ぎは、いったい何事ですか」

「夫人は未亡人となられてから、癲の病を患っているようです。しかし、己の魂の未熟の責を、私に転嫁するようではいけません」

この言葉を聞いて黙っていなかったのは、アルベリクの傍らに立つ使用人の女だった。

彼女は声を震わせながらも、憤りに目を爛々と輝かせ、聖職者の王たる男に楯突いた。

「僭越ながら、私からもお願い申し上げます。お引取り願えますか」

アルベリクは、ぎょっとして女を見た。大司教相手に、たかが一介の使用人の分際で、流石に僭越が過ぎる。しかし、女は怒りのあまり、立場すらも忘れているようだった。

案の定、コンスタンは激怒した。彼は丸い顔を茹で蛸のように赤く染め、唾を飛ばして喚き立てた。

「下賤の者が、大司教たる私に指図をするか、不届き者！ 貴女はたとえ以後いかなる善行を積み上げようと、死後天上に招かれることは決して無いと知り置きなさい！」

使用人はここにきてようやく、自らの言葉がいかに割当たりなものか、気づいたようだった。彼女は顔を真っ青にしてうつむき、ガタガタと震え始めた。だが、それでも決して、彼女は赦しを乞おうとはしなかった。

156

コンスタンは顔をしかめつつ、懐から懺悔《ざんげ》の石を取り出し、女の鼻先に突きつけた。

「この懺悔の石を購《あがな》うならば、神も貴女の暴言を赦しましょう。しかし、貴女の収入では、一生かかっても購えるような品ではありませんが、ね」

女の瞼《まぶた》の端に涙が滲《にじ》む。その様子を、悪趣味なる大司教は愉悦の表情でもって眺めていた。

と、薄く開いた扉の向こうから、アルノー夫人の穏やかな声が聞こえてきた。

「良いのよ、ジョゼ。その男の言葉などに、耳を貸す必要はありません。天上にゆけぬというなら、私も同じ。来世でも私に仕えてくれますね？」

主のこの言葉を聞いた瞬間、ジョゼと呼ばれた使用人は、はっとして顔を上げた。瞬《また》く間にその目から、大粒の涙が溢《あふ》れ出し、一滴、二滴と頬を伝って床に落ちた。

彼女は夫人への永遠の忠誠と奉公とを、声を詰まらせながら何度も何度も、繰り返し誓った。

その場に居合わせた客人二人は、突然主従間で始まった劇的な盛り上がりに全く乗り切れず、鼻白んだまま佇むしかなかった。

やがて我に返った大司教は、主従をそれぞれ一瞥《いちべつ》してから、これみよがしに鼻で笑った。

「主が主なら従者も従者ですな。とんだ三文芝居を見せつけられたものです。私はこれにて、失礼いたしますよ。いや、ご心配召されるな、二度とかような場所には近寄りませぬ故。……ブランシャール様、また後ほど」

大司教コンスタンは、アルベリクのみに会釈すると、肥《ふと》った身体《からだ》を揺らして階下に下りていった。

（思ったより、厄介なお方だな……）

コンスタンの後ろ姿を見送りながら、アルベリクは、これから始まるアルノー夫人とのやり取りに思いを巡らせていた。

このアルノー夫人という人物。今のやり取りを見る限り、神をも恐れぬ上、大変に狷介《けんかい》でもあるようだ。加えて、大司教の言う通り、癇癪《かんしゃく》もありそうである。しかも、侍従まで似た者同士で固めているために、その性質が増幅されている恐れすらある。

羽で触れただけで爆発する薬品を扱うような慎重さが、彼女とのやり取りには求められることだろう。

アルベリクは意を決して部屋の中に足を踏み入れる。

アルノー夫人は、壁際の机に向かい、部屋の入り口に背を向けて座っていた。その肩越しに、金属同士のぶつかり合う冷たい音が聞こえてくる。どうやら、彼女は机の上の宝石箱から、お気に入りのネックレスでも取り出しているところのようだった。

アルベリクが近づくと、彼女は背を向けたまま、誰ともなく語り始めた。

「巷《ちまた》で噂《うわさ》の懺悔の石とやらがいかなるものか、知りたくて。それであの男を呼んだの」

夫人は語りながら、ひと連なりのネックレスを、己の目の高さに掲げて眺め始めた。

(ボーマルシェのネックレスか……。ネイライの作だな)

ネックレスの意匠を夫人の肩越しに一瞥しただけで、アルベリクは売り手と技師の名を見抜いた。たったそれだけでわかるほど、優れた特徴を持つ作品であった。

「ところが、実物を見てびっくり。とんだ粗悪品だったわ。少しだけ期待していた私が、莫迦《ばか》みたいね」

アルノー夫人がネックレスを首に巻こうとしたので、アルベリクは留め金を引き取ってそれを手伝った。ネックレスが首に馴染《なじ》むや、アルノー夫人はやおら振り返り、アルベリクに向き直った。

その顔は、アルベリクが想像していたよりも、ずっとやつれたものだった。目には光がなく、たるんだ瞼の下には隈《くま》がくろぐろと張り付いている。

先程の大司教とのやり取りから、どんなに苛烈な眼光を放つ女であろうと身構えていたアルベリクは、内心拍子抜けしてしまった。

アルノー夫人は、露骨な嫌悪を顔に出しつつ、目の前の男の名を呼んだ。

「アルベリク・ブランシャール。まさか、マドレーヌが貴方を紹介してくるなんて」

「お聞き及び頂いていたのでしたら光栄です、アルノー夫人」

「ええ、聞いているわ、貴方の悪評は。マルブールの赤目烏《がらす》。宝飾を愛する者なら誰でも、その名を一度は耳にするはず。コンスタンと懇意にしているところを見ると、改心したわけでもないようね」

「ご苦言痛み入ります。しかし、このアルベリク、皇后陛下のお眼鏡に適《かな》ったとあらば、きっと貴女様のお役にも立てるかと存じます」

「お眼鏡、ね。どうせその実相は、コンスタンから例の屑石《くずいし》でも借りて、あの子の気を引いたとか、そんなところでしょう。あの子は純粋過ぎるものだから、そういう底意ある行為を、疑いなく額面通りに受け取ってしまうのです」

完璧に図星を突かれ、アルベリクは心中穏やかではいられなかった。しかし、彼は商売人の本領を発揮し、その動揺を一切表に出さなかった。

おそらく夫人は、生誕祭に参加した貴族の誰かから、あの一連のやりとりについて聞き及んでいたに違いない。

アルベリクはひたすらに平身低頭しつつ、申し開きをしはじめた。

「底意など滅相もございません。そも、陛下が私を遣わす決意をなされたのは、我がブランシャールの新作をご覧になったが故でございます」

「なら、その新作とやらを見せなさい」

「そうおっしゃられると思い、本日現物をお持ちいたしました。こちらです」

アルベリクは懐から掌《てのひら》ほどの大きさの化粧箱を取り出し、その蓋を開いてみせた。

夫人の瞼の中に収まる、虚無の穴と化した瞳が、気怠《けだる》げに箱の中の宝飾品を見やる。

何の希望の光も灯《とも》っていない瞳だった。しかし、ナタリーの黒アゲハの姿を見るうちに、その瞳の内に少しずつ生気のようなものが宿り、その顔貌はみるみるうちに引き締まっていった。

彼女はついに椅子から身を乗り出し、アルベリクの手から化粧箱を奪い取った。

震える指が、箱からアゲハ蝶《ちょう》の身軀《しんく》を拾い上げる。

窓から差す陽《ひ》の光が、蝶の身に反射して瞬いていた。翅《はね》の上を、光が露のように滴ってゆく。

蝶の胸に埋めこまれた蒼玉《そうぎょく》が、その滴る光を吸い込み、底深い輝きを放つ。

黒いアゲハ蝶は、アルベリクが初めて出会った日となんら変わることなく、今もはるか遠くの何かを請い求め、静かに、しかし激しく、胸を焦がしていた。

「マドレーヌ……貴女……」

夫人は沈痛な面持ちで、友を慮《おもんぱか》った。

皇后も、その友であるアルノー夫人も、この蝶と同じだった。この蝶と同じように、はるか遠く届かぬものに焦がれ、望み求めている。

蝶の青い心臓は、夫人の鼓動と共鳴するように、ちらちらと瞬いていた。

アルノー夫人は顔を上げ、アルベリクをまっすぐに見据えた。その表情は、先ほどまでとは打って変わって、真摯そのものだった。

「どうやら、貴方をコンスタンの同類として扱うわけにはいかないようですね」

「恐れ入ります」

「マドレーヌは、貴方にこう頼んだのね。――私のために宝飾を作れと」

「おっしゃるとおりです」

夫人はブローチを化粧箱にそっと戻し、アルベリクに返した。アルベリクが化粧箱を懐に収めるのを見届けてから、彼女は椅子に深く身を沈め、思案を始めた。

「『マルブールの赤目鳥は至高の輝きを運ぶ』とも聞く。どちらが正しいのか……。あるいは、どちらの評価も正しいのか……」

やがて、彼女は小さな溜息《ためいき》をひとつ吐《つ》くと、疑《うたぐ》るような、それでいて縋《すが》るような目つきで、アルベリクを再び見やった。

「では、こうしましょう。私は立場上、特定の宝飾業者と私的な取引をすることができません。しかるに、貴方には私の『サロン』に出品する権利を与えます。永遠に終わらない、私のサロンに……。貴方の真贋《しんがん》、そこで見極めさせていただきましょう」

アルノー夫人のサロン。

夫人の私的な趣向から始まったこのサロンは、当初は参加者の持つ宝飾品を鑑賞し合うだけの集まりだった。しかし、いつしかここに気鋭の作家が集い、互いの技を競うようになった。やがて権威ある審査員がつくようになってからは、本格的な品評会として急速に成長していった。

この品評会の特筆すべき点は、参加者に上級貴族や皇族が多く含まれることだった。ここで皇族の目に留まった結果、皇室御用達《ごようたし》になった宝飾店もあるのだ。皇都の宝飾関係者であれば誰もが憧れる、登竜門とも言うべき場なのである。

しかし、このサロンは完全な紹介制であり、アルノー夫人の許可を得なければ敷居を跨ぐこともかなわない。

アルベリク率いるブランシャールは、夫人とのコネクションが無いがゆえに、今までこのサロンの存在を知りつつも、参加する機会を得られずにいたのだ。

皇后という大きな人脈が、新しい機会の呼び水になっている。良い流れだった。

二つ返事で承諾するアルベリクの鼻腔《びこう》を、聖地グリアエの森の香りがかすめたような気がした。

浮かれあがったアルベリクの目を覚ましたのは、アルノー夫人の冷ややかな声だった。

「そうそう……。私の品評会の審査員には、裏金を摑ませに来た人間を報告するよう厳しく言いつけてあります。そのこと、ゆめゆめお忘れなきよう」

お得意の搦手《からめて》は、封じてやるからそのつもりでいろ、ということである。

アルベリクは、喉元まで出かかった悪態を呑《の》み込み、にっこりと微笑《ほほえ》んだ。

「皇都ではそのような輩《やから》が跋扈《ばっこ》しているようですからな。流石は名高きアルノー夫人の品評会。すべての品評会がそうあれかしと願うばかりです」

「いけしゃあしゃあとまあ。烏なのやら狸《たぬき》なのやら……」

半ば呆《あき》れ顔の夫人を、アルベリクは悠然とした笑顔で見返していた。

◇

品評会の日取りなど諸々《もろもろ》のすり合わせを終え、アルベリクは夫人の部屋を辞した。

すると、部屋の外で待ち構えていた使用人が、足早にアルベリクの元に近づいてきた。先刻豪胆にも大司教に嚙《か》み付いた、あの女だった。

彼女は神妙な面持ちでアルベリクを見上げ、小さく会釈した。

「ブランシャール様。恐縮ですが、すこしお話が」

「貴方はたしか……ジョゼ殿でしたか。如何《いかが》しましたか？」

努めて紳士的に応ずるアルベリク。すると彼女は、出し抜けにこんなことを言い出した。

「どうか、奥様をお救いください」

「奥様を、救う……？　それは、いったい……」

一瞬の逡巡《しゅんじゅん》の後、ジョゼはゆっくりと語り始めた。

「――旦那様が戦地に出られて以来、奥様の神経は耗弱《こうじゃく》されてゆくばかりです。あのご様子をご覧になったでしょう？　可哀想《かわいそう》な奥様……。あのままでは早晩、床に臥《ふ》してしまいます」

言う間にも、彼女の瞼から、みるみるうちに涙が滲み出す。それを隠すように、彼女はそっと目を伏せた。

泣かれたところで、アルベリクとしては対処に困るばかりである。彼は額に汗し、必死に抗弁した。

「いや、しかし……私は、聖職者でもなければ、医者でもないのだが……」

「無論、それは承知しております。ですが、もはや、奥様をお救いできるのは、奥様がこよなく愛する宝飾をおいて他にないのです。聖職者はあの通りですし、医者も心の持ちようと繰り返すばかりで……」

「そうはおっしゃられますが、宝飾品は所詮《しょせん》宝飾品。さような効果を期待するべきものではないかと……」

「本当に、そうお思いですか？　宝石商たるブランシャール様が、宝飾の持つ力を、信じていらっしゃらないのですか？」

軽く咎《とが》めるような口調で、ジョゼが問う。純真な瞳に見つめられては返す言葉もなく、アルベリクは黙り込むしかなかった。

「奥様は、常々おっしゃられていました。宝飾品は、ただ人を飾り立てるだけのものではないと。良い宝飾品には、人の魂を導く力があると」

彼女はそう言って、胸元を手で強く押さえた。夫人と過ごした日々の思い出を、胸の中に押し留《とど》めようとでもするかのように。

アルベリクは、思案した。彼女らが宝飾品に何らかの特別な力があると信じたいのなら、迎合し寄り添うのが商人としての筋であろう。

また、一流の芸術作品が、人の魂を救う場合があるということくらいは、アルベリクもよくよく承知していた。

だが、一つの懸念が、アルベリクを躊躇《ちゆうちよ》させていた。ナタリーの作品はたしかに素晴らしいが、とはいえこの使用人の語るような呪術めいた力を保証することなど、一商売人としてできはしなかった。保証できない効果を約束して、運悪くそれが実現しなかった場合、宝飾店としての信用を少なからず失うことになるのだから。

そこでアルベリクは、さり気なく責任の所在を相手に押しやろうと試みた。

「なるほど、たしかにおっしゃるとおりです。しかしながら、よしんばそうした力のある宝飾を作れたとして、我々は夫人の魂をどこに導けばよいのでしょう？　あのお方は、何をお望みになられているのでしょう？」

ジョゼはアルベリクの質問に対し、「それは……」と呟《つぶや》いたきり口をつぐんでしまった。

唇を引き結び、やや思考した後、彼女はがっくりと肩を落とし、頭を垂れた。

「……申し訳ありません。私には、計り知れません……」

苦悶《くもん》の声が、女のか細い喉から漏れる。

「奥様のサロンに出品する方々は、皆様、奥様をお助けしようと、類稀《たぐいまれ》な作品をご用意していらっしゃいました。ですが、そのどれも、奥様をお救いするには至りませんでした……」

アルベリクはさも無念そうに首を振って、心にもない同情の素振りだけを見せた。

「謝らないでください。私とて、御婦人方の力になれぬのは辛《つら》いのです。……ですが、やはり、そうなると難しいですな。あの方が本心では何を求められているのか。それがわからない限りは……」

若く非力な使用人は、手を固く握りしめ、俯《うつむ》いたまま震えていた。

――ここで妥協案を差し出せば、必ず食いつく。そう判断し、アルベリクは口を開こうとした。

その瞬間、突然ジョゼが決然と目を上げた。その目はいまだ涙に濡《ぬ》れていたが、今や決意をはらんで凛《りん》と吊《つ》り上がっていた。

「……私が、なんとかします。なんとかして奥様のお気持ちを汲《く》み取り、それを貴方様にお伝えいたします。品評会に間に合うよう、必ず……」

突如変容した女の姿に、アルベリクは驚きを禁じ得なかった。大司教に楯突いた一件といい、この女は華奢《きやしや》な見かけによらず、なかなか意思強堅であるらしい。

アルベリクは内心の動揺をさとられぬよう、努めて穏やかに尋ねた。

「……それは、品評会の運営上、不正になりはしませんか？」

ジョゼは首を横に振る。

「無論、他の出品者の方にも、同じ内容を主題と称してお伝えしたいと思います」

「夫人に内緒でですか？　不興《ふきょう》を買うのでは？」

「サロンの運営は、私に一任されておりますから、ある程度は自由がききます。差し出がましいことは、承知の上です。あの方のお怒りを買い、暇を出されたとしても、あの方が救われるのなら、私はそれで構いません」

見上げた忠誠心である。この皇都において、これほど純粋に主を思う従者は、他にいないであろう。

彼女に引く気がない以上、アルベリクとしてはこう答えるより他なかった。

「……わかりました。善処いたしましょう」

アルベリクが重々しく頷《うなず》くと、ジョゼの満面に安堵《あんど》の表情が広がった。

「どうか、どうか、よろしくお願いいたします……！」

彼女はアルベリクの手を両手で摑み、拝むように幾度も頭を下げながら懇願していた。

◇

明くる日、アルベリクは早速アルノー夫人のサロンに足を延ばすことにした。

アルノー夫人のサロンは、皇都郊外の本邸で開かれている。この本邸の規模というのが大変なもので、敷地は端から見て向こうの端を目視できぬほど広く、邸宅は宮殿と見まごうばかりの巨大さと荘厳さを誇っていた。

夫人のサロンは、その巨大な邸宅の一部を利用して行われていた。サロンという言葉は、元々は応接間を意味するものである。通常の邸宅であれば応接間は一室しかないが、部屋数が二十を超えるアルノー本邸では、応接間も四つ存在した。

夫人のサロンは、その四つある応接間のうち一つないし二つを利用している。品評会のある日は大きめの応接間を二つ使い、それ以外の日は小さな部屋を一つ使うという具合である。

今日は単なる情報交換会であるため、参加者も少なかった。

案内された応接間を見回すと、小ぶりな（と言っても他の部屋と比較して、だが）部屋の中に、人々が幾人か集って島を作っているのが見えた。彼らはめいめい、デザインカタログを覗《のぞ》き込んで討論したり、試作の蠟細工《ろうざいく》を手に感想を言い合ったりしている。

アルベリクはこの場の空気の中に、どこか心地のよさを感じていた。欲望と見栄《みえ》にまみれた社交界とも、賃金のためにやむなく仕事をする者の集う職場とも、明らかに空気が違う。ただ純粋に宝飾を愛し、技倆《ぎりょう》を高めようとする者たちが集っている。そのためか、人数こそ少なくとも、そこには熱い力が満ち満ちていた。

さて如何《いか》にしてこの場に浸透してゆくべきかとアルベリクが思案していたところ、彼の肩を後ろから誰かが叩いた。

「やあ、ブランシャールの。まさか、君のような輩がこのサロンに顔を出す日が来るとはね。まったく驚いたよ。夫人は一体何を考えていらっしゃるのやら……」

聞き覚えのある嫌味たらしい言い回し。顔を見ずとも、声の主が誰で、今どんな表情をしているか、アルベリクには想像がついた。

あまり関わり合いになりたくもない輩だったが、知り合いが誰も居ないこの状況では、ある種渡《しゅ》りに船でもある。

アルベリクは聞こえよがしに溜息をつきつつ、振り返って声の主に相対した。

「……リュファス。この間のオークションでは世話になったな。ボーマルシェ宝石店を抵当に入れたと聞いたときは、もう二度と会うこともないと思ったものだが。しぶとく生き残っていてくれて嬉《うれ》しいよ」

目には目を歯には歯を、皮肉には皮肉を。それが皇都式の挨拶である。

ボーマルシェのリュファスはその端整な貌《かお》を歪《ゆが》ませて、苦々しげに笑った。

「ぐ……。で、例のブローチの制作はどうなんだ。進捗のほどは」

「順調だ。貴様にくれてやるのが惜しいほどの出来だよ」

「それはなによりだ。それで？　例の技師はどこかな？」

「今日は来ていない」

仏頂面で言い訳するアルベリクを、リュファスは「ハッ」と鼻で嘲《あざけ》り笑い、鬼の首を取ったような面《つら》で見下した。

「このサロンは技師が主役なんだ。ことに新参者なら、品評会に出す前に挨拶回りをしていた方が審査員の心象も良くなる。それを知らないわけじゃないだろう？」

「言われずとも判っている。今日は単に下見に来ただけだ」

いい加減にリュファスの相手も面倒になってきた頃、また別の男が近づいてきて、アルベリクに声をかけた。

「アル！　アルベリクか？」

これも、アルベリクにとっては聞き覚えのある声だった。だが、その記憶は随分と古く、彼が皇都にやってくる前のものだった。

声のした方に顔を向けると、上背のある男が朗《ほが》らかな笑顔でもって近づいてくるのが見えた。アルベリクと同じ黒髪を短く刈り上げ、一見すると僧の如き趣《おもむき》がある。顔つきはアルベリクより若々しく見えたが、その実、年齢は彼よりも少しだけ上回っていた。

アルベリクは、ほっと頬を緩め、親しげにその男の名を呼んだ。

「ネイライか」

男はアルベリクから名を呼ばれ、人懐っこく破顔した。

「久しぶりだな、アル。マルブールで別れて以来か。立派になったものだ」

「あんたは変わらんな。だが、活躍の噂は、うんざりするほど聞いている」

親しげな二人の様子を見て、リュファスが怪訝《けげん》そうに片眉を釣り上げた。

「なんだい、二人は知り合いかい？」

リュファスの問いに、ネイライと呼ばれた男は嬉しげに首肯した。彼は雇い主であるリュファスに対し微塵《みじん》も遠慮せず、まるで友人を相手にするような気軽さで語りかけた。

「リュファス、この男は俺が案内する。構わんよな？」

「好きにすればいいさ」

すっかり興が冷めた様子で、リュファスは視線を泳がせた。彼はサロンに来ていた女技師の一人に目を留めると、そちらに向かってそそくさと立ち去ってしまった。

その後ろ姿を苦笑いしながら見送った後、ネイライはやおら振り返って話を切り出した。

「ガストンが逝ったと聞いたが」

「ああ」

「クズほど長生きするというのはどうやら本当らしいな。お前の店にとっては痛手だろうが」

「まあな」

アルベリクは気のない返事をしてから、翻《ひるがえ》ってネイライの顔を見上げた。

彼にとってネイライは、旧知の友であった。二人はかつてマルブールで、同じ時間を過ごしていたのだ。

ネイライは、ガストンの一番弟子である。技師としての腕は確かだったが、師匠のガストンはなかなか彼の才能を認めようとしなかった。そのことにしびれを切らしたネイライは、成人を機にマルブールから出奔。皇都で活動を始めて以降は、めきめきと頭角を現していった。

感慨深く旧友の顔をひとしきり眺めた後、アルベリクはかねてより気になっていた話題を切り出した。

「現任の御用職人がお役御免になるらしいな。あんたが皇室御用達になるのも時間の問題だろう。違うか？」

「どうかな……。最近どうも雲行きが怪しい」

奥歯に物の挟まったような答えに、アルベリクは一抹の不安を覚える。

「このサロンに出品すれば、皇族の目にも留まると聞いたが、あれは間違いか？」

「それは間違いではないさ。現に、前回の品評会で最優等を取った作品は、アルノー夫人の手から皇太子殿下に献上されている。だがな……。──見てみろ」

ネイライが、応接間の壁際にたむろする一団を顎で指し示した。

「あれが品評会の主席審査員、ギヨーム・ド・アレヴィだ。パヴァリア出身の上級貴族で、熱心なユミリテ教の信徒でもある。未来の教皇候補の一人と言われているな」

一団の中央に陣取り、大仰《おおぎょう》に身振り手振りを駆使しながら演説する男がいる。その男を冷たい目で見据えながら、ネイライが話を続ける。

「あの男が来る前までは、このサロンはもっと人間味に溢れ、もっと創造的な場だったのだがな。泰皇《たいこう》陛下がこのサロンから御用職人を召し上げた途端、あの男がやってきて場を仕切り始めた。曰《いわ》く、皇室に献上される品には相応の格式が必要だとか何とか」

「よくある話だ」

「ああ、よくある話だ。それで場が陳腐化することも、な。……確かに格式の高い作品が並ぶ立派なサロンにはなったが、今はもう誰もこのサロンの当初の目的を省みようとしない」

ネイライはアルベリクに目配せして、ついてくるよう促した。

彼が案内したのは、応接間に隣接する小部屋だった。壁一面に飾られた額縁が、質素な内装のその部屋において、ひときわ目を引いた。

何気なく、アルベリクは手近な額縁を見やる。飾られていたのは、女性の手元を写した写真だった。素朴だが表情豊かな指輪が、その指に嵌っている。額縁の下には、おそらく写真が撮影されたであろう日付と、人名、そして工房の名の書かれた札が添えられていた。

「ここには、歴代の受賞作品の写真が掲示されている。受賞作の作風の変遷から、サロンを取り巻く状況の変化を観察できて、なかなか面白い」

アルベリクの視線を追いつつ、ネイライが解説する。

してみると、彼の語るとおりだった。掲示された写真を古い方から眺めてゆくと、回を追う毎に宝飾品の質が上がり、細工の手が込んでゆくのがはっきりとわかった。

やがて、二人の足は、ひとつの額縁の前で止まった。

レースのように金糸を編み込んだ幅広のネックレスが、夫人の首元を抱いている。糸と糸の間にちりばめられた無数の小金剛石が、あまりの眩さで、ところどころ写真を白飛びさせていた。

「五年前の受賞作。現御用職人の最高傑作だ。この辺りが、このサロンのピークだな」

ネイライが、目を細めて写真のネックレスを称える。その表情には、かつての栄光を懐かしむ様子が、そこはかとなく感じ取れた。

だが、アルベリクには、その作品がさほど優れているようには見えなかった。写真を端まで眺め終えたところで、その考えは確信に変わった。

「正直に言って、俺は最近の作品の方が好みだがな。直近の最優等作などは、ことに素晴らしい。皇太子殿下がお召し上げになるのも、むべなるかなというものだ。洗練されたパヴァリア様式。繊細かつ緻密で、ただただ目に美しく映える。宝飾というのは、かくあるべきだ」

アルベリクが熱のこもった声で弁ずる。

――『絶対的な美の実現』。それこそが、アルベリクが宝飾に求める究極の理想だった。

だが、対するネイライの声は、あくまで冷ややかだった。

「鑑賞者の立場でいえば、そうだろうな。だが、くどいようだが、このサロンの元来の目的は違う」

「元来の目的……アルノー夫人の慰撫《いぶ》……か」

「ああ。元はあの方の友人たる技師たちが、悲嘆にくれる夫人を慰めるために宝飾を作ったのが、この品評会の始まりだ。俺は今もそのつもりで品評会に出品しているが、おかげで入選からは遠ざかっている」

その言葉を聞いた刹那、アルベリクの目の色が変わった。だが、彼はすぐに平静を装い、ネイライに対して同情してみせた。

「そうなのか……あんたほどの男が」

「リュファスからはそのことで随分と小言を言われていてな。方針を変えて、もっと審査員に受けるものを作れとせっつかれている。誰かの下で働くというのはなかなか難しいことだ」

アルベリクは、かの使用人ジョゼが語っていた話を思い返していた。

多くの技師が、夫人の心を癒やそうとして傑作を持ち寄ったが、その心を救うことは未だできていないという。

そして、ネイライの話を聞く限り、既にサロンからは当初の目的が忘れ去られ、言ってしまえば一般的な品評会の体に変化しつつあるらしい。

アルノー夫人のサロンは、今や、二つの側面を持ち合わせている。夫人の慰撫というごく私的な側面と、宝飾業者の登竜門としての公的な側面である。そして、今は後者の側面の方が優勢であり、今後の出世を見越すなら、夫人の個人的な事情など横に置いておくことが肝要であろうと推察できた。

そこまで考えた時、アルベリクの頭脳の中で、成功に至る皮算用が完成した。

（おそらく、このサロンで最も力のある宝飾技師は、今目の前にいるネイライだ。その強敵がアルノー夫人の慰撫などという些事に囚われているとあらば、これは千載一遇の好機。こいつがくだらぬ作品を作って入選ラインすれすれのをたくっている間に、こちらはギョーム好みの格式高い宝飾を完璧に作り上げ、審査員たちの鼻先に突きつけてやればどうなるだろう？）

数秒のうちにアルベリクはそこまで考え、計画を組み、その計画を早速実行に移した。

「ネイライ、あんたの気概は天晴なものだ。夫人の使用人からも聞いたが、アルノー夫人はもはや限界が近い。彼女をお救いすることができるとすれば、あんた以外にはありえないだろうと、俺は思っている」

思ってもいないことを、ごく真摯な表情で、アルベリクは言ってのけた。

対するネイライは、この言葉を額面通りに受け止めたらしい。彼は感慨深げに、旧友の横顔を見やった。

「アル……」

アルベリクは真面目くさった顔で頷きつつ、話を続ける。

「――いいか、ネイライ、よく聞いてくれ。夫人の別邸で、俺は見たのだ。あの方が、あんたの作ったネックレスを首にかけているのを」

「それは、本当か」

「ああ。俺がこの手で夫人の首にかけて差し上げたのだから、間違いない。あの方は、あんたの作品に心を動かされている」

思案げに、ネイライが顎を擦《さす》る。

その様子を横目に見つつ、もうひと押しとばかりに、アルベリクは三文芝居の締めに入った。彼は眉根を寄せて苦悶の表情を浮かべ、無念そうに首を横に振った。

「俺も夫人の使用人から、夫人をお救いするよう乞われているのだが、正直、今の俺たちには荷が重い。しかし、その苦衷《くちゅう》も察して余りあるものでな……。なんとか、努力はしてみようと思っている」

ネイライはすっかり感極まった様子で、真《ま》っ直《す》ぐにアルベリクの目を見据えていた。

「アル……。この街で赤目烏などと呼ばれていると聞いて、俺はお前のことをとても心配していた。

だが、お前はマルプールにいたあの頃から、決して変わってはいなかったのだな」

「よしてくれ、恥ずかしい」

「安心しろ、アル。あの方のことは、俺に任せてくれていい。必ずや、俺のこの手で、あの方のお心を癒やしてみせよう」

ネイライの大きな手が、アルベリクの肩を力強く摑む。彼の瞳は使命感に燃え盛り、口元は強い意志に引き結ばれていた。

アルベリクは希望に目を輝かせる素振りを見せつつ、内心ではほくそ笑んでいた。

ネイライという男は昔から義理がたく、情に厚い男だった。しかし、皇都において、彼のような性格は、ただ単に与し易いばかりである。アルベリクはその性格を見込んで、一芝居打ったのだ。

それにしても、欲望と謀略、渦巻く皇都にありながら、この男はなんと素朴なのだろう。あるいは、技師として仕事をしている限り、そうした権謀術数からは無縁でいられるということなのだろうか。

二人は応接間から庭園に出た。乾いた冬空の下に、見事な赤い冬椿が花を咲かせている。この庭園は、各所に四季折々の花を植え込み、一日たりとも花を欠かすことのないよう工夫されていた。

二人は花壇横の椅子に腰掛け、足を休めた。ネイライが懐からおもむろにパイプを取り出し、マッチを擦って火を入れる。

青空に消えてゆくパイプの煙を見ながら、アルベリクは一つの疑問をネイライにぶつけてみた。

「しかし、解せんな。なぜこのような私的なサロンの品評会に、泰皇やパヴァリアが注目し、干渉

「もしもアルノー夫人の心を真に動かす技師がいるなら、その技師の作品を使って人心を掌握する

一方のネイライは、さして興味もなさそうにアルベリクの言葉を聞き流した。

幾度となく頭の中で繰り返された言葉が、再びアルベリクの脳裏を掠《かす》めた。

『彼女の作品は、決して世に出すな』

とっくの昔に死に絶えている」

「戯言《たわごと》だな。呪術と迷信の時代ならいざしらず、今は科学革命の時代だ。呪具としての宝飾は、

「もしも、宝飾に、人の魂を掌握する力があるとしたら、どうだろう？　それを権力者が手にすれば、どうなると思う？」

「宝飾の力？」

「アル、お前は宝飾の力を信じるか？」

だしぬけに、彼は問うた。

その問いに答えず、ネイライはパイプを一口吸いこんだ。青白い煙が空の雲に混じって消えてゆく。

「そういう話はよく耳にするが……。それが、このサロンにも影響していると？」

「パヴァリアでは、たかだか人差し指ほどの大きさのブローチで、荘園《しょうえん》の所有権が動くそうだ。ここまでくると、もはや立派な政治の切り札だな」

問われたネイライは、ぼんやりと空を眺めながら、つまらなそうに答えた。

するのだろう？」

ことができるかもしれん。そんな技師の台頭を防ぐために、ギヨームが送り込まれたとも考えられる」

「それは……流石に、考えすぎではないのか」

「まあ……どうかな……。いずれにせよ、この宝飾界隈《かいわい》が、政治上のグレーゾーンであることは間違いない。仮に泰皇がギヨームの件で教皇やパヴァリアを非難したところで、たかが宝飾のことと鼻であしらわれるだけだからな。パヴァリアにとっては、体の良い内政干渉の口実というわけだよ。この国の成り立ちにユミリテ教とパヴァリアが絡んでいる以上、この手の干渉は今後も続くことだろう」

ネイライはそこまで語ってから、パイプの煙を口に含み、空に向かって思い切り吐き出した。

「つまらんことだよ」

一言呟くと、彼はやおらアルベリクに顔を向け、真剣な顔でこう尋ねた。

「アルベリク。例のロートシルト宝飾を復刻させた技師は、この場に来るのか？」

「無論だ。それがここのしきたりなのだろう」

すると、ネイライは顔を輝かせ、これ以上ないほどの笑顔を見せた。

「そうか！　会える日を楽しみにしている。ロートシルトの復刻は、かつての俺とお前の夢だっただろう。その夢を掻《か》っ攫《さら》っていった技師がどんな面構えをしているか、非常に興味がある」

熱意を込めて語るネイライを、アルベリクは鼻であしらった。

「青春の夢など泡沫《ほうまつ》にすぎんよ。俺の夢は、既に別にある」

「大望に挫折した男の見る夢など、どうせ金か地位かといったところだろう？　宝飾史上の偉業達成に比べれば、些末《さまつ》なことだ」

ネイライはパイプを口に咥《くわ》えながら、寒空の向こうを遠く眺めていた。

◇

ブランシャール宝石店宛に、一通の手紙が届いた。マルブールから早馬で送られたものである。

差出人の名を見た瞬間、アルベリクの背筋が伸びる。

ナタリー・ルルー。封筒の端に、細字で小さくそう署名されていた。

彼は机の引き出しからペーパーナイフを取り出すと、恋文を開けるが如く、そっと封を切った。

中の手紙には、端にわずかばかり、黒い指紋がこびりついていた。インクかと思われたが、粘性があり、どうやら松脂《まつやに》の滓《かす》のようだった。

松脂は、加工に際して作品を固定するために使われる。これが指についているということは、彼女は手紙を書く直前まで加工の作業をしていたのであろう。

彼女は今も金の卵を産み続けている。アルベリクの口元にしぜんと笑みが浮かんだ。

だが、手紙の内容を読み進めるうちに、その笑顔は濁《にご》り、不快げな表情へと変わっていった。

手紙には、繊細な筆跡で、こうしたためられていた。

『拝啓　アルベリク・ブランシャール様

何度もお伝えした通り、皇都には参りません。

また、貴方様以外の方とお話しするつもりもございません。

敬具
ナタリー・ルルー』

以上である。驚くほど簡潔な手紙であった。

アルベリクは天を仰いで、短い悪態をつく。

アルノー夫人の品評会に参加するには、技師の存在が不可欠である。しかし、当の本人はマルブールの山小屋から意地でも動かない心積もりであるらしい。

宿痾《しゆくあ》を持っているという彼女の言を信じるならば、それも致し方ないことではある。だが、このままでは品評会への参加すら危ぶまれる。

アルベリクは腹の中で毒付きつつ、懐から燐寸《マッチ》を取り出した。そして、今しがた読んだ手紙に火をつけ、塵箱《ごみばこ》に放り込んだ。

——致し方ない。

アルベリクはかねてより構想していた策を実行に移すことにした。

ナタリーは、アルベリク以外と話す気がない。結構なことではないか。つまり裏を返せば、彼女はそう易々《やすやす》と他店に流れてゆく種類の人間ではないということだ。

だが、それだけを頼みに安寧の椅子に腰掛けているわけにはいかない。念を入れて二重三重の対策を取らねばならなかった。

側近の名を呼ぶ。だが、いくら待っても返事がない。アルベリクは舌打ちをして執務室を出ると、足早に事務室に向かう。

「ローラン！」

昼の休憩時間ということもあり、事務室では世間話の花が咲いていた。

部屋の中央でローランと経理部長のエレオノールが談笑している。二人を囲む事務員たちも、笑顔で冗談を飛ばし合っていた。だが、アルベリクが一歩部屋に入った途端、彼らは貝のように口を噤《つぐ》んで黙り込んだ。

もとよりアルベリクは、幹部からも従業員からも恐れられ敬遠される類の男だった。だが、生誕祭での失態以来、従業員らは目に見えてアルベリクを忌避《きひ》するようになった。それもむべなるかな。普段から売上を出せと口やかましくせっついてきた当の本人が、一番足を引っ張っているのでは、世話がない。

しんと静まり返る事務室に、アルベリクの冷たい声が響く。

「ローラン、例のリストを執務室に持ってきてくれ。今から検討する」

「『指人形』ですか？」

「そうだ、『指人形』だ」

『指人形』というのは、アルベリクが一部の部下との間で取り決めた符丁だった。

ローランはさっと立ち上がり、鍵付き棚から一冊のファイルを引き出した。それを携え、二人は連れ立って事務室を出る。

苦々しげな顔で足早に事務室から離れるアルベリク。その姿を、後ろから追うローランが気遣わしげに見やる。

「……アルノー夫人の品評会は、必ず成功させなければなりませんね」

「当然だ」

机の上にファイルを投げ出して、ばら、と開く。ファイルの中に詰められていたのは、経歴書の束だった。すべて、宝飾技師の経歴書である。それを二つの頭が覗き込み、一枚ずつ確認してゆく。

「この男はどうですか。腕は良いですし、十分な知識を持っています。それに、適度に社交性もあります」

「いや、女がいい。作風から性別を推察されるかもしれん」

「ではこの女は」

「悪くはないが、年かさだな。流行を作るのはいつも若い人間だ。できれば二十代が良い」

「そうなると候補は絞られますね」

紙束をめくるアルベリクの指が、一枚の経歴書の上で、ふと、止まった。書類に記載された名前を目にした瞬間、アルベリクの目がわずかに見開かれた。

その変化を機敏に察したローランが、先回りして説明を始める。

「この女は貧民街出の娼婦《しょうふ》で、内職としてうちの仕事を回しています。オリジナルの作品も作っていて、今も時折持ち込みに来ます。技術はさほどではありませんが、熱心さは評価できます。職業柄か人当たりも良いですし、適役かもしれません」

「ふむ……」

経歴書に記されたサラ・ダリューという名を、アルベリクは長いこと、押し黙って見つめていた。

やがて、彼はおもむろに目を上げ、ローランを見やった。

「よし、この女に連絡を取ってくれ。くれぐれも、競合に気取られないようにな」

承知したと答えて去ろうとするローランを、アルベリクが引き止めた。

「ローラン」

「はい」

──ルイーズと駆け落ちするというのは本当か？　正気かね？

喉元まで出かかった言葉を、アルベリクは呑み込んだ。

「……いや、なんでもない。行ってくれ」

ローランは僅かな当惑を顔に見せつつ、執務室を去ってゆく。その姿を、アルベリクは苦々しげに見送るしかなかった。

◇

『指人形』との会食は、皇都の恩賜《おんし》通りに面する一流レストラン『エピキュール』で執り行われた。

現代でも名高いこのレストランは、当時から政財界の著名人や貴人などが利用することで知られていた。一流レストランだけあって、料理の質はすこぶる良い。

だが、この店の真の強みは別にあった。このエピキュールという店は顧客保護の名目で会員制をとっていた。さらに全室個室で、壁は防音のために厚く造られていたという。その徹底ぶりが人気を博し、秘密多き人々の御用達となっていた。

アルベリクは候補者に先んじて店に入り、給仕に今日の段取りを伝えた後、『指人形』の到着を待った。

余った時間に未処理の書類を眺めていると、果たして、待ち人は時間通りにやってきた。

部屋の扉が開かれた瞬間、室内の空気が変わった。

現れたのは、息を呑むほど美しい、一人の淑女だった。彼女が現れるや、部屋の中の華やぎがいや増したのだ。

貴族の令嬢の如き清廉な銀糸の髪に、陶器のようななめらかな肌、宝石と見紛《みまご》うばかりの瞳と、果実を思わせるみずみずしい唇。それらが絶妙なバランスで調和をとっており、さながらよくできた彫刻を思わせる美貌であった。

彼女は絹のドレスを身にまとい、優雅な物腰でアルベリクの前に進み出た。

「見違えたな、サラ」

素直な感嘆の声が、ごく自然にアルベリクの喉から漏れた。普段部下を叱咤《しった》している苛烈な男の面影は、もはやそこにはなかった。

サラと呼ばれた女は相好を崩して、穏やかに応じた。

「馬子にも衣装よ。貴方のお店の方《かた》が、今日のために衣装をよこしてくれたの。エピキュールに入る人間がみすぼらしい姿では逆に目立つって。おかげさまで、私は今宵《こよい》、一夜限りの姫殿下よ」

女はアルベリクの向かいに座ると、真っ直ぐに彼を見た。蒼玉のように青い瞳の中には、活《い》き活《い》きとした魂の光が瞬いている。

アルベリクはその瞳の光からわずかに目をそらした。そして、挨拶もそこそこに、ぶっきらぼうに手を差し伸ばした。

「手芸をやっているそうだな。手を見せろ」

言われるがままに差し出された手は、華奢ではあるものの、やや節ばっていた。

触れた瞬間にわかる。紛れもなく技師の手だった。無数の豆やたこは昨日今日でできたようなものではなく、彼女の宝飾工芸への取り組みがいかに真摯であるか窺い知れた。

アルベリクは続けて尋ねた。

「宝飾工芸に関する一般的な知識に関して、受け答えはできるか？」

「当たり前でしょう。ブランシャールに納品だってしているのよ」

「宝飾の歴史は？　グリアエ様式、ロートシルト宝飾、シメイオン文化とその影響、近代パヴァリア様式」

「教科書に載っていることくらいなら、話せるわよ。家庭教師だってできるわ。稼ぎが悪いから、できればしたくないけれど、貴方の頼みなら……」

「今回の仕事は家庭教師ではない。――時事ネタはどうだ。最近、気になる話はあるかね」

「そりゃ、あるわよ。貴方、最近ロートシルトの復刻を達成させたって話じゃない。いったいどうやって……」

「合格だ。仕事の話は、これで一切合切済んだ」

えっ、もう？ と、サラが目を丸くする。実際のところ、手に触れた時点で九分九厘、アルベリクの心は決まっていたのだ。

食事を載せた皿が部屋に運ばれてきた。白身魚をオリーブオイルでソテーしただけの素朴な料理だったが、味は格別だった。二人はめいめいフォークをとり、香ばしく焼けた皮の食感や、ほくほくと口の中で崩れる白身の味を楽しんだ。ことにサラは、こんな美味《おい》しい食事は初めてだと言って、たいそう美味しそうに食べた。

アルベリクが、何気なしに問う。

「まだあの頃の夢を追っているのか？」

「悪い？」

「良《よ》し悪《あ》しではない。褒めるつもりはないが、とやかく言うつもりもない。君の人生だ」

「淡白ね」

「昔のようにはいかんよ。お互い年をとったしな」

「おじいちゃんみたいなことを言わないでよ。寂しくなるじゃない」

アルベリクは心外とでも言いたげに眉を上げ、肩をすくめた。それを見て、サラはまた屈託なく笑う。

彼女はその瞳に思わせぶりな光を宿しつつ、ひとりごちるようにこう付け加えた。

「まあ、でも、覚えていてくれて、ちょっと嬉しい」

サラは、アルベリクの旧友だった。

アルベリクがブランシャール宝石店の新米だった頃、度々店にやってくる子どもがいた。それが、サラだった。彼女はブランシャールの店先に並ぶ宝飾に魅せられ、いつか自分の手でこんな宝飾品を作るのだと語っていた。アルベリクはそんなサラを、年の離れた妹のようにかわいがり、ことあるごとに構ってやっていた。

当時はただの薄汚い貧民街の娘だったサラが、今や一人の女性として、一人前の技師として、自らの眼前に座っている。そのことに、アルベリクは静かな感動を覚えていた。

だが、気恥ずかしさからか、彼はその感情を表に出そうとせず、つっけんどんにこう答えたのだった。

「別に覚えていたわけではない。今回の仕事の候補者に、君の名前がたまたまあっただけだ」

「あ、そ」

――でも、私はずっと覚えていたわ。

ワイングラスの縁に唇を当てながら、彼女はたしかにそう呟いた。

「それで、また悪巧みでもしているの？　マルブールの赤目鳥さん」

「その名で呼ぶのはよせ」

「じゃあ、昔みたいにアルって呼んで良い？」

「好きにしろ。ただし、今日のような二人だけの時はな。表向きは、最近知り合った者同士という体でいてもらいたい」

「どういうこと？」

アルベリクは、『指人形』の概要を簡潔に説明した。説明のあいだ、サラは黙って彼の言葉に耳を傾けていた。話がすべて済むと、彼女は目を細め、大きく頷《うなず》いた。

「なるほどね、要領はだいたいわかったわ。要するに、私にその『天才』さんの身代わりをしろってことね」

「引き受けてくれるか？　候補は他にもいるにはいるが、君が了承すればそれで決まりだ」

アルベリクは懐から小切手を取り出すと、それに数字を書き付けた。冊子から上の一枚を引きちぎり、テーブルの上を滑らせる。

サラは自らの手元に滑り込んできた小切手を取り上げると、物珍しげにまじまじと見た。

額面一千万。契約金としてはなかなかの額である。アルベリクとしては、サラが諸手《もろて》を挙げて喜ぶものとばかり思っていた。

だが、サラの反応は、芳《かんば》しくなかった。彼女は表向きには、にっこりと笑顔を作り、感謝の言葉を口にこそした。しかし、心の底から喜んでいるようには、決して見えなかった。それどころか、彼女の瞳の中には、わずかに寂しげな色すら滲んでいた。

アルベリクは軽い落胆を覚えていた。恩に着せるつもりはないが、嘘でももう少し喜んでくれてもよかろうというのが、本音だったのだ。

サラは小切手でひらひらと顔をあおぎながら、しばらくの間思案していた。やがて彼女は、悪戯っぽい笑みを浮かべてこういった。

「……ね、ひとつお願いしてもいい？」

無論だ、と答えつつ、アルベリクの胸のうちには不満がくすぶっていた。一千万クルトの契約金ではまだ足りないというのだろうか。

サラはテーブルの上に身を乗り出すと、内緒の話をするかの如く、小声で囁いた。

「いつかの約束、覚えてる？　どっちかが成功して、お金持ちになったら、ルタリエのショコラをお腹いっぱい飲もうってやつ」

ルタリエのショコラは、皇都の菓子屋が売り出している砂糖入りの飲料だった。一般販売はされておらず、特定の高級料理店にのみ卸されている。

「そんなことか。お安い御用だ。なんなら、今すぐ取り寄せさせよう」

言って、アルベリクはテーブルの上の鈴を鳴らした。甲高い音が部屋に響く。ややした後、部屋の分厚い扉を開けて、給仕がうやうやしく入ってきた。アルベリクが要望を伝えると、彼はすぐ用意できると言って戻っていった。

サラがアルベリクに苦笑を向ける。

「……お安い御用、か。ずいぶん変わったものね」

「お互い様だ」

給仕は間もなく戻ってきて、二人の手元に一つずつ、硝子《ガラス》の小瓶を配した。小瓶の中には、琥珀《こはく》色《いろ》の飲み物が、なみなみと注がれていた。

それを見て、サラがにわかに目を輝かせた。

「本当に、ルタリエのショコラだわ……！　夢じゃないんだ……」

求めていた反応を得られて、ようやくアルベリクも溜飲《りゆういん》を下げた。彼は満足げに目を細めて、いかにも楽しそうに笑った。

「前言撤回だな。君はあの頃から変わっていない」

「しょうがないでしょ。これはお金がいくらあったって、飲めないのよ？」

「エピキュールでもクシェルでも、好きな店に行って頼めば良いじゃないか」

「そうはいかないわ。ルタリエのショコラは、特別なの。貴方と飲まなきゃ、だめなの」

サラは小瓶を手に取ると、目の高さまで持ち上げた。

「これで契約成立ね。私たちの新しい始まりに、乾杯しましょう」

アルベリクも、サラに倣《なら》って小瓶を手にとった。

「俺たちの新たな栄光に」

二人はめいめい小瓶の縁に唇をあてがい、その中身を飲み干した。口の中に、鼻の奥に、異国の地より運ばれた香気が広がってゆく。

僅かな苦味を含む香ばしい甘味。その中に、アルベリクは来し方行く末のことを思い連ねていた。

第六章　魂を導く力

マルブールの山小屋で、アルベリクとナタリーが再び相対《あいたい》していた。

二人に挟まれたテーブルの上には、アルベリクの持参した革封筒が無造作に横たわっている。開かれたその口からは、幾枚かの書類が覗《のぞ》いていた。

ナタリーは一枚の写真に目を落とし、そこに写る人物の姿を見ていた。

「美しい方ですね」

「アルノー夫人。皇都でも指折りの名家を仕切る女主人だ。今回は、この女性が身につける装飾品を作ってもらいたい。首元か胸元を飾るものが良いな。ネックレスか、ブローチか……」

アルベリクは、アルノー夫人が未亡人であることを敢《あ》えて伏せていた。彼が封筒に入れた書類からも、そうした内容の記述は念入りに取り除いてあった。

品評会において審査員の心象を良くするには、あくまで格式高く、私情を排した作品を提出せねばならない。これにあたり、作家に与える情報からも、私情を惹起《じやつき》するような内容を、極力省くことが肝要だったのだ。

だが、書類に目を通すナタリーの表情は、芳《かんば》しいものではなかった。

彼女は複数枚に亘《わた》る書類を二度三度と繰り返し読んでいたが、その表情は終始曇っていた。

やがて、彼女は困ったような微笑《ほほえ》みを浮かべて、アルベリクに尋ねた。

「――この方は、どのような方なのですか？」

「どのような、とは？」

「性格や、趣味嗜好《しこう》など、この方の雰囲気を教えていただけると……」

「今回の仕事で、君がそうしたことを知る必要はない」

アルベリクが冷たく言い放つと、ナタリーは驚いたように目を丸くする。

「今回はこの方のための一品を作るのですよね？　復刻品だとか、大量生産品などではなく、特注品なのですよね？」

「ああ」

「なら、この方のことを、もっとよく知らなければ……」

「情報なら、そこに書かれているだろう」

「……全然、足りません」

「いいや、それで十分のはずだ。皇国屈指の荘園《しょうえん》を持つ大貴族にして、皇后陛下のご交誼《こうぎ》も厚い。この国で最も気高く、最も高貴な――」

「それは、この方がお召しになっている衣装の話でしょう」

アルベリクの言葉を遮《さえぎ》って、ナタリーがピシャリと言った。

「私が知りたいのはそんなことではありません。この方は何が好きで、何を好まないのか。今何を嬉《うれ》しく思い、何を悲しまれるのか。今、この方の心を占めているものは、何なのか。そうしたことが、この資料からは何一つ読み取れません。私は、この方の裸の魂を知りたいのです。その魂の傍《かたわ》らに添えるための宝飾を、私は作りたいのです」

「そういうものを作りたければ、趣味の範囲で、いくらでも妄想を捗《はかど》らせて作るがいい。だが、これは仕事だ。今回の仕事における君の使命は、個人的な情緒など一切排し、ただひたすら造形美を究めることだ」

「そんなものは、機械にでも作らせれば良いでしょう」

「機械は万能ではない。超一流の仕事は、未《いま》だ人の手の中で作られる」

「人がその手で作る以上、想《おも》いや願いを込めずに作ることなど不可能です。魂を込めて作るからこそ、最高のものができると私は信じています」

――埒《らち》が明かなかった。

いつまでも、かように不毛な議論を続けているわけにはゆかない。そこで、アルベリクは方便を使うことにした。

「いいか、ナタリー。これは、夫人御自身の要望なのだ。『限りない美への憧憬《どうけい》』。それが、今回夫人が指定したテーマだ。君は、顧客の要望すら無視するつもりかね？」

ナタリーは、ぐっと喉を鳴らして黙り込んだ。流石《さすが》に、顧客要望という錦の御旗《みはた》には彼女も勝てないらしい。

「君にしかできないことだ。頼む」

駄目押しにそうまで言われては、ナタリーとしては首を縦に振るほかなかった。

「……わかりました。善処します」

──と、その時。

山小屋の戸を叩《たた》く音が、二人の会話を遮った。次いで、扉の向こうから、しわがれた男の声が聞こえてきた。

「ルルーさん、ワシだよ」

「あら、テオドールさんだわ……！」

ナタリーは椅子を蹴って立ち上がり、慌てて玄関に向かって駆け出していった。

ナタリーが迎え入れたのは、マルブールの宝石商組合で末席に根を張る、あの老テオドールだった。彼は部屋の中にアルベリクの姿を認めるや、緩慢な動作で外套《がいとう》を脱ぎつつ、彼に向かって破顔した。

「なんだい、アルも来ていたのかい」

アルベリクは仏頂面をぶら下げながら、目だけで相槌《あいづち》を打った。

テオドールの外套をハンガーに掛けつつ、ナタリーが尋ねる。

「アルベリクさんのことを、テオドールさんはアルと呼んでいらっしゃるのですね」

「ああ、そうだよ。昔なじみは、皆そう呼ぶ。そうよな、アル？」

テオドールの答えに、ナタリーは頬をほころばせた。僅かであってもアルベリクについて知れたという喜びが、その微笑みから溢《あふ》れ出していた。

アルベリクは居心地の悪さに席を立ち、白湯《さゆ》を飲むため台所に向かった。

居間の方から、二人の話し声が聞こえてくる。

「ルルーさん宛に速達が来とってな」

「それは珍しいですね」

台所からカップを持ってきたアルベリクは、ストーブの上に載せられたポットを摑《つか》んで湯を注いだ。熱い湯に息を吹きかけつつ、テーブルに戻る。

椅子に座り、ふとナタリーを見ると、彼女は神妙な面持ちで手紙を読み込んでいた。

最後の一文を読み終えたナタリーは、やおらテーブルの上の写真に目を滑らせた。そして、そこに写るアルノー夫人の姿を、真剣な眼差《まなざ》しでしばらくの間見つめていた。

やがて彼女は顔を上げ、一転、咎《とが》めるような目つきでアルベリクを見やった。

「……これは、いったいどういうことですか。話がまるきり、違います」

話が違うとはどういうことか。アルベリクは怪訝《けげん》に思い、眉をひそめる。

「見せろ。何が書かれている。差出人は誰だ」

ナタリーはアルベリクの質問に答えず、封筒と手紙をまとめて差し出した。

受け取った封筒には、蠟《ろう》で封された跡があった。封蠟《ふうろう》に捺《お》されている印璽《いんじ》は、アルノー家の紋章を象《かたど》ったものだった。差出人の名は、使用人のジョゼ・トロワ――。

その名を見た瞬間、アルベリクは己のミスを察知した。この手紙は、多少強引にでも彼女の手から奪っておくべきものだったのだ。

次いで手紙の文字に目をやる。本文は、手書きではなく、活字だった。

『品評会へ参加される技師の皆様方へ、次回品評会の主題に関するお知らせ

拝啓

作家様各位に於《お》かれましては、日々お変わりなくご健勝のことと存じます。

この度、次回品評会の主題を、次のように定めることといたしました。

〝比類なき魂との邂逅《かいこう》〟

これこそが、我が主《あるじ》の切に望むるものに他なりません。

未だ戦地より帰らぬ公爵閣下を、我が主は幾星霜待ち続けたことでございましょう。その月日たるや、本年をもって実に十年にもなります。

もとよりこの品評会は、技師の皆様のご厚情により発足したもの。皆様ならば、この望みを叶《かな》えるためのご尽力を惜しまぬものと期待しております。

どうか、我が主を、奥様をお救いください。ただ皆様の心づくしの作品だけが、奥様のお心に、偉大なる陽光に比肩する温《ぬく》もりをもたらすと信じてやみません』

読み終えたアルベリクは、全身の空気を吐き出す勢いで、大仰《おおぎょう》に嘆息した。完全に、アルベリクの目論見《もくろみ》とは正反対の内容がしたためられていたのだ。

苦虫を噛《か》み潰したような顔で、アルベリクは添え状に視線を移す。

差出人は、経理部長のエレオノールだった。内容はどうということのない転送の案内だったが、追伸として次のような文面が添えられていた。

『この手紙は、技師様へ直接お渡しください。また、ボスがそちらにいらっしゃいましたら、次のようにご説明ください。事務員からの依頼により、私の判断で手紙を転送しました。技師向けの内容と推察いたしましたため、直接担当技師へ転送いたしました、と』

姑息《こそく》な申し開きだった。

この種の手紙の受け渡しは、事務員の仕事である。手紙を受け取った事務員は、使用人ジョゼがしたためた手紙の内容に心打たれ、これをアルベリクに手渡したくなったのではあるまいか。この手紙がアルベリクの手に渡れば、握りつぶされるに決まっているのだから。

そこで、報酬支払いの関係で技師の口座を知っている経理部長に頼み込み、手紙を転送させたのだろう。あるいは、経理部長も協調しているのかもしれないが。

(余計な真似《まね》をしくさって！)

憤然と歯ぎしりするアルベリクを、ナタリーは失望しきった瞳で見つめていた。

ナタリーにとってアルベリクは、既に見る価値のないものに堕《だ》したらしい。彼女は眼前の男から目をそらすと、みたび、テーブルの上の写真に視線を移した。

碧色《へきしょく》の双眸《そうぼう》が、夫人の姿をじっと見据える。その瞳の奥に、意志に満ちた強い力が宿ってゆく。

死地に向かう兵士の如《ごと》き目をして、彼女は決然と言い放った。

「――作らなきゃいけない」

言うより早くナタリーは立ち上がり、足早に半地下への階段を下りていった。

◇

「――説明しろ。これは、どういうわけだ」

出来上がった作品を前にして、アルベリクが圧《お》し殺した声で難詰《なんきつ》する。対するナタリーは、涼しい顔をしてさらりとこう答えた。

「貴方《あなた》の望む通り、『限りない美への憧憬』を心に抱いて作りました。……いかがでしょうか」

アルベリクは再び、手元の作品に目を落とした。

蓮《はす》の花に止まる蟬《せみ》の造形がなされた、繊細無比の作品である。

蓮の意匠は、言うまでもなく、例の蓮の指輪へのオマージュだった。だが、実現に用いられた技巧は、今回のものの方が圧倒的に優れていた。

粒金を駆使して蓮の花に結ぶ朝露を表現する技法は、ナタリーの精巧な彫金の技術と相まって、至高の次元へと達していた。蟬の翅《はね》の部分に黒蛋白石《ブラックオパール》を大胆にあしらっている点も、この作品の幻想美に大きく貢献している。

こと宝飾品としての造形においては、アルベリクも思わず唸《うな》らされたほどであり、なるほど自然美や幻想美への限りない憧憬を表していると読めなくもない。

だが、一点、如何《どう》しても看過できない造形があった。

清楚《せいそ》に咲く蓮の花弁から、朝露が一筋、涙のように伝っていた。ペアシェイプにカットされた金剛石の涙だった。蟬の黄金の前脚がまっすぐ伸びて、その一滴の涙に今しも触れようとしていた。触れ合おうとする命と命――。限りなく零に近いその間隙の中に、アルベリクは作者の強い想いを感じずにはいられなかった。

「誤魔化そうとしても無駄だ。……確かに――まごうことなく、このブローチは美しい。だが、この作品の主題は、そこにはない」

ナタリーの表情が、わずかに曇る。

「……貴方には、判《わか》るのですね。本当に、良い目をお持ちです――。それほど素晴らしい目を持ちながら、なぜ貴方は心無い金の亡者に堕しているのでしょう。私にはそれが残念でなりません」

「『利を追わぬは善なきなり』。商家ブランシャールの教えだ。君の矮小《わいしょう》な差し金で、果たして多様な人の魂を測れるかな」

「そうかもしれません。ですが、今回のお仕事に関しては、絶対に私が正しいと断言できます」

あくまで、ナタリーは抗弁し、退《ひ》かなかった。アルベリクは喉の奥で低い唸り声を上げ、じりじりと彼女を睨《ね》めつけていた。しかしやがて、堪《たま》りかねたように、彼はテーブルを激しく叩いた。

「この仕事に責任を負うのは俺だ！　君は作って手放せばそれで終わりだが、俺は違う！　この仕事で、百人からの従業員とブランシャールの店を守らねばならんのだ！」

アルベリクの怒声に対して、ナタリーは一瞬怯《ひる》んで、小さく身を震わせた。だが、彼女はすぐに身を乗り出し、果然と抗する構えをみせた。

「そうやって内向きの目的に汲々《きゅうきゅう》としているうちに、大事がおろそかになっては本末転倒ではありませんか……！　人間の営みは、より大きな目的を達成するためにあると私は信じています。私には、自分の都合を優先して、顧客の本願をないがしろにすることなどできません」

「御託をぬかすな！　もう時間がない。すぐに作り直せ。今日中に作り直さねば、ブランシャールは終わりだ」

「この程度で終わる店など、潰れてしまえばよいのです。私には、これを作り直す気など毛頭ありません。品評会には、必ず、この作品を出品してください」

強い言葉とは裏腹に、彼女の瞼《まぶた》には涙が滲《にじ》んでいた。もとより彼女は、争い事を好まぬ温厚な性格なのだろう。だが、今はどうしても、眼前のこの男と対決しなければならなかったのだ。その向こうにいる、真の顧客のために——。

アルベリクとしても、打つ手が見つからなかった。並の技師相手ならば、即刻契約を破棄すべき事態である。だが、ことこの技師に関しては、そうするわけにもいかない。

技師というものは、とかく御しがたいものだ。今回の件は勉強と割り切って、別の案件で彼女を活用する道を模索すべきか。

しかし、店内での自分の立場や経営状態を考えると、是が非でもアルノー夫人の品評会は成功させなければならない。アルベリクの心中で、そのような葛藤が繰り広げられていた。

議論は膠着《こうちゃく》状態に陥り、二人は押し黙ったまま互いを見つめ合っていた。

ここでも、先に目を逸《そ》らしたのはナタリーの方だった。彼女は泣き出しそうな顔をしながら、つなぎのポケットに手を差し入れ、中から一つの指輪を取り出した。今回彼女が作ったブローチの、そのオマージュ元である、あの蓮の指輪だった。

彼女は震える手で指輪をはめると、祈るように目を伏せた。

——この女は一寸《ちょっと》苦しいことがあると、すぐあの指輪に救いを求める——。

アルベリクは彼女のこの悪癖を見逃さなかった。

「……その指輪を二度と見せるなと言ったはずだ」

苦々しげに、アルベリクが唸る。ナタリーは目を伏せたまま、これに答えた。

「——貴方には、判らないのですか？　この指輪こそ、宝飾品の持つ力を、まさしく証《あかし》だてているというのに」

アルベリクを一瞥《いちべつ》し、ナタリーは悲しげに首を振った。

「……貴方にも、きっと必要なのだと思います。この指輪のように、貴方を正しく導く存在が……」

今のアルベリクが正しくないと、暗に滲ませる物言いである。

アルベリクはいい加減、彼女の独善的な言動に嫌気が差しつつあった。

——悪癖は、ここらで矯正せねばならんか……。

彼は、決然と顔を上げた。

「なら、教えてやろう。君がそこまで入れ込む、その指輪の正体を」

「……正体？」

ナタリーが、怪訝そうに眉を寄せる。

その刹那、ナタリーの中で、なにか、動物的な予感が働いたらしかった。彼女は身をすくめ、命より大事な指輪を、守るように胸元に押し抱いた。

アルベリクは、彼女の無意識の畏れを、その目でしっかりと認識していた。その上で、彼は敢えて『矯正』を断行した。

「なんということはない。その指輪を作ったのは、俺だ」

◇

沈黙が山小屋の空気を支配していた。薪《たきぎ》のはぜる音だけが、どこか遠くに聞こえる。

ナタリーは、困惑気味の笑みを顔に張りつけて、固まっていた。眼前の男の言葉を、たちの悪い冗談と思い込んだまま、思考が停止したらしい。

ついに彼女は、自らの聞き間違いを疑ってか、おずおずと微笑みながら、こう問うた。

「……すみません、今、なんとおっしゃりましたか？」

アルベリクは面倒そうに身を乗り出し、先程の言葉をもう一度、真顔でゆっくりと繰り返した。

その言葉が決して冗談ではないと、判らせるために。

「そのくだらん指輪は、俺が作った」

再び、沈黙が訪れる。

ナタリーの目は、しばしの間、呆然《ぼうぜん》とテーブルの上を眺めていた。その眼球が次第に神経質に微動しはじめ、呼吸は荒くなってゆく。頭の中で必死に、アルベリクの言葉を咀嚼《そしゃく》しようとしているのであろう。

やがて、彼女の口から、かろうじて聞き取れるほどの、か細くかすれた声が零《こぼ》れ出た。

「嘘《うそ》……でしょう?」

「そう思うのなら、指輪の裏を見てみろ。A. L. というイニシャルが彫られているだろう。アルベリク・ラブリエ。それが、養子になる前の俺の名だ」

ナタリーの顔が、にわかにこわばった。指輪を外すまでもなく、彼女はそのイニシャルの存在を知っていたのだ。

おそらく彼女は、これまでに幾度となく指輪を眺め、そこに彫られたイニシャルから作者の名前を夢想していたのだろう。オーギュスト・ルイエ、アラン・ロカール、アントアーヌ・ルブラン……。そんな名前を夜ごと思い浮かべ、作者の顔を想像しながら眠っていたに違いない。彼女の夢の中に現れるその顔は、おそらく、大聖堂の肖像画にでも描かれるような、聖人君子然とした微笑みを湛《たた》えていたに違いなかった。

しかし今や、理想化された相貌《そうぼう》の数々は無残に打ち砕かれ、俗悪な男の顔に取って代わったわけである。

ナタリーの顔色は、みるみるうちに青ざめていった。彼女は震え出す身体《からだ》を抑えようと、自らを

強く抱きしめて縮こまった。

「……嘘……うそ……だって、これは……そんな……」

余程ショックだったのか、その唇から悲壮な響きの独語が漏れる。

アルベリクは彼女の様子を無表情で眺めながら、なおも容赦なく追撃の言葉を浴びせかけた。

「まだ信じられないか？　なら、テオドールにでも聞いてみるがいい。俺は元々、技師見習いとしてガストンに師事し、この山小屋で修業していた。言うなれば、君の兄弟子に当たるわけだ。そいつは、かの偉大な技師である、オーギュスト・ヴァニエに憧れて作ったものだ。君もヴァニエの『泥濘《でいねい》の蓮』くらいは知っているだろう」

ナタリーは、もはや何も答えなかった。ただ焦点の合わない目で、手元の指輪を見るともなしに見るばかりである。

やがて、歯の根の合わぬ様子で、ナタリーが言葉を切り出した。

「……貴方の……こと、言葉が本当なら……」

「残念ながら本当だ」

「……っ。どうして……なぜ、もっと早くおっしゃってくださらなかったのです……？」

「今の君のその体たらくが答えだ。君との関係に、無用な波風を立てたくはなかった」

「……なぜ、貴方は今、技師をされていないのですか……？」

「君と同じだ。俺の作品など、誰も顧みることがなかった。だが、今、立場を変えて改めて自分の作品を見るに、それもむべなるかなと言わざるを得ないな。未熟。若気の至り。気持ちばかりが先行し、何もわかっちゃいない。自己満足と衒《てら》いが鼻につき、とても売り物になどならん。それで職業技師を目指していたというのだから、恥ずかしい限りだ。道を諦めて正解だったよ」

今にも泣き出しそうになりながら、ナタリーはゆっくりと、しかし、幾度も、首を横に振った。

「違うッ……！　違います……貴方の作品は、私を……」

アルベリクは手を胸先に掲げて、ナタリーの言葉を遮った。

「それは以前聞いた。しかしなぜ君が、その指輪にそこまで固執するのか、俺にはまったく理解できん」

「わ、私……私は……」

ナタリーの眼差しが、手元の指輪に落ちる。伏せられた長い睫毛《まつげ》に、小金剛石のような涙が、幾粒か光っていた。

「この指輪に、何度救われたかわかりません。……師匠からこの指輪を渡されたあの日だけじゃない。自分の技量のなさに絶望しかけたあの赤い夕暮れの日も、師匠が亡くなった日も、孤独で凍りつきそうだった夜も……。この指輪は、いつだって私に寄り添って、私を導いてくれた……。この指輪があったから、暗闇に呑《の》み込まれずに済んだのです……。これを……これを、貴方が創ったなんて……」

ナタリーの真っ白な頬の上に、涙がひと筋、ふた筋と跡をつけてゆく。

声もなく泣き濡《ぬ》れる女の、その悲しげな顔を見て動揺せぬほど、アルベリクは鉄面皮ではなかった。彼は気まずそうにしつつ、ナタリーから目を逸らす。

「俺如きで悪かったな。君の夢を壊したことについては、謝ろう。だが――」

「ち、違……」

アルベリクは再び、手でナタリーの言葉を制した。

「変な気を遣うな。俺はその指輪にも、技師としての自分にも、思い入れなどない。それより俺が言いたいのはだ」

彼は一旦言葉を切って、肺に呼気を溜《た》め込むと、語気を強め、残りの言葉を一気呵成《いっきかせい》に吐き出した。

「諸々《もろもろ》、君の思い込みだったということだ。宝飾に人の魂を導く力などない。宝飾はただ、人を美しく飾りさえすれば良い。君もそのように割り切って、ありもしない力を捻《ひね》り出そうとするのは金輪際やめることだ。その蓮の指輪はもう捨てろ。この蟬のブローチも、残念だが作り直そう。……おい、聞いているか？」

既にナタリーは、アルベリクの話など聞いていなかった。彼女は両手で顔を覆い、項垂《うなだ》れたまま動かなくなっていた。

二、三度呼びかけても返事がなかったので、アルベリクは立ち上がって彼女の側《そば》に回り込んだ。その華奢《きゃしゃ》な肩に手を触れようとした瞬間、顔を覆う手の内側から、細い声が漏れた。

「……すみません……。今日はもうお引取りください……。こ、心が……心が乱れて………」

「いや、しかし、納品物は、まだ……」

ナタリーはやおら立ち上がり、目を合わせずにアルベリクと向かい合った。鼻白むアルベリクに向かって、彼女の両腕がおずおずと差し伸ばされ、幅広い胸板をそっと押しやる。か弱い女の細腕には、大人の男の身体を押し動かす力などありはしない。だが――。

彼女の手は、ひどく冷たく、震えていた。その氷のような体温と震えは、アルベリクの胸から身体の芯に向かってゆっくりと伝わり、そのさらに奥にあるものを強く揺り動かした。

ナタリーの前髪の奥から雫《しずく》が滴り、床に黒いしみを作ってゆく。

これ以上、彼女と仕事の話をするのは、難しそうだった。

「……ええい、くそッ」

悪態と共に、アルベリクは身を翻《ひるがえ》した。そのまま、ずかずかと足音をたてて、玄関の扉に歩み寄ってゆく。

外套を引っ掴み、無造作に玄関の戸を開く。その途端、厳しい寒気《かんき》が、肌の露出した顔と手に突き刺さってきた。

外から扉を閉めて立ち去ろうとすると、小屋の中からハタハタと駆ける足音が聞こえてきた。次いで、くぐもった声が、扉越しにアルベリクを呼び止めた。差し迫った声だった。

「明日っ……！　明日、必ずまた来てください！　それまでには必ず、気持ちに整理をつけますから、どうか……」

アルベリクは再び玄関前まで戻ると、入り口の扉に額を押し付け、静かに答えた。

「わかった。だが、俺が恥を忍んであんな告白をした理由をわかって欲しい。俺は、君を史上最高の宝飾技師にしたいと思っているのだ」

返事は、なかった。

ムチのつもりで打った言葉は、いささか強すぎたらしかった。だが、後悔したところで、もはや後の祭である。

痛む頭を抱えつつ、アルベリクはとぼとぼと山を下っていった。

◇

明くる日のこと。アルベリクは今日こそ成果物を検収するべく、再び山小屋を訪れた。幸いなことに、初対面の時のような門前払いをされることもなく、快く迎え入れられた。

昨日同様、二人は再びテーブルを挟んで差し向かいに座った。途端に沈黙が訪れ、痛痒《いたがゆ》い緊張感が肌に纏《まと》わりつき始める。

アルベリクの二つの目は、眼前に座る女の姿を、注意深く観察していた。憔悴《しょうすい》は見られるものの、過日のような動揺した様子は見受けられなかった。少なくとも、会話は成り立ちそうである。

アルベリクは胸に安堵《あんど》を覚えつつ、単刀直入に切り出した。

「落ち着いたようで、なによりだ。では早速で悪いが、ブローチの作り直しを頼みたい」

すると、ナタリーは待っていましたとばかりに、手元に用意してあった化粧箱を取り上げ、アルベリクの前に据え置いた。

「――これを、お受け取りください」

昨日の今日で、彼女は既に作り直しを済ませていたということか。どうやら、『矯正』は奏功したようだ。見込み通りの結果に、アルベリクは心のなかでほくそ笑んだ。

――しかし、それは完全なる早合点だった。

化粧箱の蓋を開いた瞬間、アルベリクの表情があからさまに曇った。

箱の中に収まっていたのは、見慣れぬ造形の指輪だった。

アルベリクは眉をひそめる。

「――俺はブローチを作り直せと言ったはずだぞ」

非難を受けてもナタリーは身じろぎ一つせず、アルベリクの緋色《ひいろ》の瞳を静かに見据えていた。先日の暴風雨のような有様とは打って変わって、今日の彼女は、凪《な》いでいた。

至極穏やかな声で、彼女はこう答えた。

「それは、貴方です」

「何?」

「その指輪は、今の貴方です」

同じ内容の言葉が、二度繰り返される。それ以外の答えは、どうやら返ってきそうになかった。

――奇妙な指輪だった。

モチーフは、茨。それ自体は、さして珍しいものではない。問題は、その構造である。

本来石の嵌《は》められるべき場所が、細い銀糸の蔦《つた》で覆われていた。そして、その蔦で囲まれた檻《おり》の奥に、尋常ならざる輝きを放つ石が、垣間見《かいまみ》えた。石は、見事にカットされた金剛石だった。その輝きは大変よく作り込まれており、蔦の隙間から差し込む光が、うまいこと石の中で反射するように計算されていた。

また、茨であるからには、当然棘《とげ》もある。指輪の本体からは、幾筋もの棘が突き出ていた。ただ、おかしなことに、その棘は環《わ》の内側にも突出しており、おかげでその指輪を指に嵌めることは、到底できそうになかった。無理に嵌めようとすれば、その指は傷だらけになってしまう。

実用性を完全に無視した、芸術作品としての指輪だった。

つまるところナタリーは、依頼した仕事もせず、一クルトの金にもならぬ手技に精を出していたということになる。

アルベリクの顔が、たちまち険を帯びた。彼は指輪をテーブルの上に放り投げると、吐き捨てるように呟《つぶや》いた。

「くだらん。こんなものは二度と作るな。すぐに潰せ！」

「それは、貴方に差し上げます。潰したければ、貴方自身の手で潰してください」

あくまで平然と、ナタリーはそんなことをのたまった。

その余裕ぶった様子が、アルベリクを大いに苛立《いらだ》たせた。

「ならば、お望み通り、破壊してやろう」

彼はやおら立ち上がり、ずかずかと足音を立てて工房に下りていった。

ややした後、戻ってきたアルベリクの手には、工作用の木槌《きづち》が握りしめられていた。

茨の指輪は、先程放り投げられたままの姿で、テーブルの上に泰然と横たわっている。

王者の如きその姿を、アルベリクは忌々《いまいま》しげに見下ろしていた。すわその身を粉砕せんと、木槌を持つ手が振り上げられる。

しかし、一番高く掲げたところで、彼の手は静止した。

破壊するつもりでいざ指輪を前にしてみると、如何しても手が動かなくなったのだ。

指輪の腕に巻き付く蔦はたおやかな流線を描き、磨き上げられた銀糸は晴天の下の雪のように輝いている。その造形美が、輝きが、凶行に及ぼうとする彼の腕を押し止《とど》めていた。

もしも彼に子が居て、その子を手にかけなければならない状況に陥ったとしたら、今と同じ気持ちになったに違いない。かわいい我が子を木槌で殴り倒せるようなら、それはもう人ではない。

しかし、振り上げた手を、ただ下ろすわけにもいかない。そんなことをすれば、己の沽券《こけん》に関わるとアルベリクは思い込んでいた。

玉の汗が額に吹き出し、こめかみを伝って顎から落ちる。

ついに、彼は動いた。

きっかけは、ナタリーの声だった。

彼女が気遣わしげにアルベリクの名を呼んだ瞬間、アルベリクは弾《はじ》かれたように身を震わせ、下ろしかけていた腕を再び高々と持ち上げた。

もはや、躊躇《ちゆうちよ》の暇はなかった。

破裂音に似た激しい音が、小屋の中に響き渡る。すまし顔で座っていたナタリーも、流石にこの瞬間は、怯《おび》えたように身体を竦《すく》めた。

……アルベリクの視線の先で、茨の指輪は、依然変わりない姿と輝きを保っていた……。

木槌はテーブルの表面を打ち据えただけで、指輪に掠《かす》るどころか、触れることすらなかったのだ。

打ち損じではない。彼の意思による選択だった。

——その指輪は、破壊するには、あまりに美しすぎた。

再び木槌を振り上げる気力は、もはや残されていない。是非も無かった。

アルベリクはやむなく木槌を放り捨てると、額の汗を袖《そで》で拭い、言い訳とも痩せ我慢ともつかぬ風情の言葉を口にした。

「……買いかぶったものだな。こんなものが、俺であるはずがなかろう」

「どうしてそう思うのです？」

「……これは、あまりに美しい。俺はこれほど美しい人間ではない」

「いいえ、貴方はこの指輪の通りなのです。貴方の魂は、本当はとても美しく、こんなにも輝かしい……」

「よせ！　薄気味悪い！」

アルベリクは、思わず眼前の技師から顔を逸らした。すると、彼の視界に、窓の外の風景が飛び込んでくる。

純白に覆われた、山腹の雪原。それが、快晴の空の強い陽射《ひざ》しを受けて、激しい輝きを見せている。その輝きは、茨の指輪が放つ輝きに、ひどくよく似ていた。

視線のやる方なく、アルベリクはやむなく瞼を固く閉じた。

瞼の裏の視界が、陽の光を受けて赤く染まる。

「……それは、最初の指輪です」

赤い視界の向こうに、ナタリーの声が聞こえる。

「私は、貴方のために、三つの指輪を作ります。それらを一つ、また一つと手にするうちに、貴方はきっと、貴方自身の魂を取り戻してゆくことでしょう」

尋常ではない発言だった。

――よもや正気を失ったのか。そう考えたアルベリクは、刮目《かつもく》して再びナタリーの姿を見やった。

澄みきった瞳が、アルベリクを見つめ返していた。屈託のないその表情は、世の摂理《せつり》をまるで知らぬ、少女のようにすら見えた。

一瞥しただけでは、彼女の正気を判断できなかった。かといって、彼女に直接「正気か？」などと尋ねたところで、無意味であることもわかりきっていた。己が正気か狂気かなど、自覚できるものではない。

言葉に迷った挙げ句、アルベリクは唸るような声でもってこう尋ねた。

「俺がいつ、魂を失ったというのだ」

「それは存じません。ですが、貴方の魂は、ここにこそあるのです」

そう言うと、ナタリーは右手を掲げてみせた。その中指には、例の蓮の指輪が、彼女の身体の一部でもあるかのように鎮座していた。

アルベリクの視線の先で、彼女の目が、ゆっくりと据わってゆく。

「私の全身全霊をもって、必ずや貴方の心を取り戻してみせます」

その瞬間。澄んだ碧色の瞳の奥に、アルベリクは確かに狂気の光を見た。

それは、殉教者の目だった。

――彼女は恐ろしい女だ。

ガストンの遺書に書かれた言葉が、アルベリクの脳裡《のうり》に遠く警鐘を鳴らす。

心の声が問う。止めるべきか、と。

答えは即座に出た。無論、否《いな》、である。

開けてはならぬ扉が、今まさに開こうとしている。だが、それを止める道理はない。なぜなら、その扉の先には、未だ見たこともない輝きが待っているかもしれないのだから。

一つ目の指輪がこの品質というなら、残り二つの指輪は、果たしてどれほどの輝きを放つことだろう。宝飾を愛する者なら――ましてマルブールの赤目烏《がらす》ならば、それを見ずして死ぬことなどできはすまい。

アルベリクの手の中で、彼の魂を模した指輪が、強い輝きを放って瞬《またた》いていた。

第七章　永遠の品評会

そのブローチは弾《はじ》けるほどの輝きを放ち、純白の台座の上にあってなお、夜空の星のように強く煌《きら》めいていた――。

その煌めきを眼下に置いて、アルベリクは悔しさに歯噛《はが》みをしていた。

――品評会の当日。アルノー家本邸において最も広い応接間を利用し、朝一番から作品の展示が行われていた。白いテーブルクロスを掛けられた長机の上に、二十を超える粒ぞろいの作品が等間隔で並べられている。そのどれもが珠玉の作品であったが、とりわけ秀逸な作品の前には、黒山の人だかりができていた。

特に衆目を集める出品は二つ。ブランシャールとボーマルシェの作品である。

わけても最も多くの人目を集め、会場内の話題を独占したのは、ブランシャールの作品であった。蓮《はす》と蟬《せみ》をモチーフとしたブローチ。この作品が何を目的として作られたものかは、誰の目にも明らかであった。寄り添い合う二つの命の姿は、『比類なき魂との邂逅《かいこう》』という主題に相応《ふさわ》しいものだった。

しかし、この作品を出品したのは、アルベリクの本意ではなかった。――結局のところ、ナタリーはアルベリクの要求――作り直しの要求に、最後まで応じなかったのである。

一方のボーマルシェの出品作は、ブランシャールのものと比べると、まるで性格を異にしていた。

それは、雪の結晶をモチーフとしたブローチだった。小ぶりではあるが、雪よりも白いその輝きは、神聖不可侵にして、人の心の付け入る隙を与えなかった。

『天の雪』と題されたそのブローチは、ボーマルシェ会心の作であった。

しかし、同時にその輝きは、人の心に寄り添うどころか隔絶甚《はなは》だしく、人の手の届かぬ遥《はる》か高みにこそ存在しうるものだった。

人ではなく、天に顔向けする――要するにネイライは、アルノー夫人の願いではなく、ギヨームの好みに迎合したのだ。

作品の傍《かたわ》らでは、ネイライが気まずそうな顔をぶら下げて立っていた。アルベリクは、皮肉めいた笑いを口元に浮かべつつ、その男の顔を正面から睨《にら》みつけた。

「猪口才《ちょこざい》な真似《まね》をするものだな、ネイライ。口では威勢のいい綺麗事《きれいごと》を並べておきながら、腹の中では俺を油断させ出し抜こうなどと目論《もくろ》んでいたわけか」

「違うぞ、アル。話を聞け」

「アルノー家からの手紙は、貴様のところにも届いただろう。よもや読んでいないなどとは言わせんぞ」

詰め寄られたネイライは、額に汗しつつ必死の抗弁をし始めた。

「ああ、読んだとも。あの手紙を読んで、この俺が奮起せぬはずがないだろう！――しかしな、アル、これは、ボーマルシェ宝石店としての方針なのだ」

ネイライはそう言って、傍らに立つリュファスを横目で見やった。アルベリクは即座に視線を横に滑らせ、狡猾《こうかつ》なパヴァリア商人の顔面を睨みつけた。

剣呑《けんのん》な視線を向けられたリュファスは、至極心外とでも言いたげに目を丸くし、胸の前で手をひらつかせた。

「何を勘違いしているのか知らないけれど、これは決して、僕の一存というわけではないよ。ましてや、君への対抗意識などでは、決してない」

そう前置きした後、リュファスは自らの言い分を滔々《とうとう》とのたまい始めた。

「アルノー家からの手紙は品評会に参加予定の全ての技師に送られたわけだが、内容が内容だけに、ギヨーム卿《きょう》の耳にも入ったらしい。すると、それが卿の逆鱗《げきりん》に触れたらしくてね。追って、彼からも手紙が届いた。先の手紙の内容に惑わされず、会の品格を厳守せよ――だそうだ」

「そんなものは、俺のところには届いていない」

「そうか。まあ、手違いだろうね。新参者には、そういうことがよくある」

白々しくそう語るリュファスの口元には、嘲《あざけ》りの笑みが隠しきれずに浮かんでいた。頬をひくつかせるアルベリクを愉快そうに眺めながら、リュファスは饒舌《じょうぜつ》に語り続ける。

「アルノー家はこの品評会の主催でこそあるが、出品作の優劣を決めるのはあくまで審査員たちだ。言ってしまえば、ここではギヨーム卿が王様なのさ。まあ色々とややこしいことだが、何度か参加すれば慣れるだろうさ。――今回はまあ、お勉強ということで」

語るだけ語り倒して満足したのか、リュファスは満面の笑みを見せた。

その横で所在なげに佇《たたず》んでいたネイライが、取り繕うように語りかけてくる。

「出品作を一通り見たが、皆ギヨーム卿の手紙に忖度《そんたく》した無難な作りだった。その中で、アル、お前のところだけは違った。ブランシャールだけは、夫人に寄り添った作品作りをしていた。それだけが、せめてもの救いだ。お前の出品したあの作品――。俺は、感動したよ。あれは、俺が生涯目にした中でも、最高の作品だ……！」

一通りの絶賛を口にするネイライだったが、その目は、全く笑っていなかった。

アルベリクは心の中で、この男への評価を完全に改めていた。

ネイライが本気で夫人のためを思って作品に取り組んだというのであれば、その気持ちは必ずや、完成品に顕《あらわ》れてくるはずである。ところが、彼の作品からは、夫人への思いやりなど微塵《みじん》も感じられなかった。それどころか、その作品から溢《あふ》れる輝きには、『天』への憧憬《どうけい》――すなわち皇室御用《ごよう》達《たし》への野心がありありと見て取れた。

以前アルベリクは、久しぶりに会ったこの旧友のことを、『素朴で与《くみ》し易《やす》い』などと心の中で密《ひそ》かに評していた。だが、それは単に表の顔に過ぎなかったのだ。この男は、腹の中に飼う強烈な野心と競争心とを、人畜無害な人当たりで覆い隠していたのである。

――こいつ、しばらく見ぬ間に、とんだ食わせ者に姿を変えたな。タヌキめが！

腹の底で毒づきつつも、アルベリクは表面上、あくまで平静を装っていた。そして彼は、傲然《ごうぜん》とした態度でネイライのおもねりに応じてみせた。

「最高の作品、か。当然だろう。俺の店の技師が作った作品だぞ」

すると、ネイライの瞳に一瞬、妖しげな光が瞬《またた》いた。彼は油断なくアルベリクの周囲を目で探りながら、こう問うた。

「そう、その技師の話がしたかった。今日の品評会に来ているはずだな。紹介してくれないか」

この申し出に、リュファスも同意して小さく頷く。

アルベリクは二人の背後に視線を送り、そこで『天の雪』を鑑賞する技師の名を呼んだ。

「リアーヌ、こっちに来い。ボーマルシェの方々を紹介しよう」

果たして、アルベリクに促されて二人の眼前に現れたのは、世にも美しい一人の女だった。大きな濃紺の瞳に、なめらかな白い肌、形の良いふっくらとした唇と、その美貌には非の打ち所がない。場を弁えた簡素なドレスに身を包んでいるものの、その肉体からは、隠し難い色香が馥郁と薫っていた。

案の定、彼女を見るなり、女好きするリュファスの目の色が変わった。アルベリクは非難がましい目を彼に向けてはいたが、その内心、我が意を得たりとほくそ笑んでいた。

『指人形』サラは、蕩けるような笑顔を二人の商売敵に向けつつ、己の名を口にした。

「リアーヌです。よろしく」

◇

「なんだ、この愚にもつかないブローチは！　ブランシャールだと？　そいつはどこの馬の骨だ！」

品評会の出品作を鑑賞していたアルベリクは、遠くで喚き散らす声を聞いた。戦闘開始の合図であった。

おっとり刀で自らの展示に戻ったアルベリクを待っていたのは、先程よりさらに人数を増した人集《ひとだか》りだった。彼は丁寧に人の群れをかき分け、その環《わ》の中心を目指した。

ブランシャールの展示の前では、サラが来客の相手を務めていた。

そのサラの前には一人の背高な男が立っており、芝居がかった身振りと口調で彼女を難詰《なんきつ》していた。

男の対応に苦慮していたサラは、アルベリクが近づくや、安堵《あんど》の表情で彼を出迎えた。

「アルベリク」

アルベリクは小さく頷《うなず》くと、彼女の前に立つ紳士に向かっておもねりの笑顔を向けた。

「ギヨーム卿。どうか怒りをお鎮めください」

「なんだ、貴様は」

深緑色のフロックコートを着込んだその男は、アルベリクに向き直るや、ぎょろりとした金壺眼《かなつぼまなこ》で睨《ね》め据えてきた。

面長の輪郭の両端に配置された金壺眼と、小さな口。この男の相貌《そうぼう》を一言で表すなら、『蟋蟀《きりぎりす》』が好適であった。

(こいつも、皇都に巣食う化け物の一匹か。上に近づくに従って、化け物と鉢合わせする機会が増すというのは本当らしいな)

――などという不躾《ぶしつけ》な思考はおくびにも出さず、アルベリクは慇懃《いんぎん》に頭を下げた。

「ブランシャール宝石店の店主、アルベリク・ド・ブランシャールでございます」

すかさずギヨームは、先程サラに見せたものと同じ三文芝居を再開した。役者ならば大根そのものだが、彼は幸いなことに役者ではなかった。

「いったい何を考えてこんな出品を許したのか知らんが、こんなものを、私は認めんぞ！　栄《は》える当サロンにおいて、かような出品が許されてよいと思っているのか！」

「お怒りごもっともでございます。この度の出品には、諸々《もろもろ》の手違いがありまして」

「手違いで済むと思うのか！　貴様らは、気高き公爵夫人の胸に、醜い蟬を止まらせようというのか!?」

アルベリクのこめかみに、うっすらと血管が浮き出てきた。早くも彼は、この男の金切り声に嫌気が差しつつあった。

彼は下げていた頭をもたげると、慇懃な笑みを崩さぬままに、作品の解説を試みた。

「蟬は輪廻《りんね》転生の象徴です、卿。たとえ今生《こんじょう》で会えずとも、かの方々《かたがた》は必ず再び相まみえる。その願いと祈りを込めて、我々はこの作品を作りました。その観点から、今一度ご覧になっていただければ、また印象も変わるのではないかと……」

ギヨームは鼻を鳴らして、アルベリクの言葉を一笑に付した。

「変わらんよ。まず見るに値せんね。醜いものは醜い。虫のモチーフなど、邪道である！」

アルベリクの緋色《ひいろ》の瞳に、険が宿る。彼はギヨームに詰め寄ると、その妖しげな光を放つ瞳で、金壺眼を睨め据えた。

「古来、虫は宝飾品のモチーフとして、様々な形で用いられております。近東方古代文明の金のスカラベ、遠東方に伝わる玉虫を用いた聖櫃《せいひつ》は言うに及ばず、半島史においても、蝶《ちょう》をモチーフとした装飾品の例は、枚挙にいとまがない。パヴァリア王室に献上された品の中にも、見事な黒アゲハのブローチがあったと聞きます。卿は、そうした宝飾の歴史をも否定されるおつもりか」

アルベリクの宝飾史講釈を前にして、ギヨームはあろうことか、容易に言葉を詰まらせてしまった。

その瞬間、アルベリクの中で、この男に対する評価が地に堕《お》ちた。

（こいつ、宝飾のことを何もわかっちゃいないな。そのくせ——）

アルベリクがふと目を上げると、二人のやりとりを遠巻きに見るボーマルシェの面子《メンツ》が視界に入った。期待の籠もった目でこちらを見つめるネイライの後ろで、リュファスがニヤニヤと嫌らしい笑みを浮かべている。

二人の様子を見て、アルベリクは瞬時に、この品評会における人間関係の機微を把握した。

要するに、あのボーマルシェの二人も、腹の底ではこのギヨームという男を軽蔑しているのだ。

それ故に、これまではギヨームの意図に反する制作を敢《あ》えて行ってきたのだろう。

だが、ブランシャールが参加するとなると話は別である。是が非でも最優等を取らねばならぬから、今回は敢えてギヨームの顔を立てたのだろう。

してみると、他の参加者たちの表情にも、どこか期待含みのものが窺《うかが》えた。少なくとも、眉をひそめてアルベリクを見るような者は、一人としていなかった。

（たしかに、色々とややこしいことだな、リュファス）

再び眼前の蟋蟀に目を戻す。この人外は、額に汗を浮かべ、しどろもどろになりながらも、もうひとりの人外たる赤目烏《がらす》に向かって抗弁した。

「れ、歴史は歴史。先人の偉業には敬意を覚えるが、それとこれとは話が別である。皇室御用達の品を生む品評会であれば、扱われるモチーフも厳選されねばならない！　私はそのために、ここにいるのだ！」

「卿。この品評会は元々、アルノー夫人を慰撫《いぶ》するために催されたもののはず。この度、主催者より改めてその目的に立ち返ろうという檄文《げきぶん》が届き、それに我々は呼応したものでございます」

「貴様は、私の送った通達を読まなかったのか!?」

「その通達、我々のところには届きませんでした」

「私の落ち度だとでも言いたいのか！」

「滅相もありません。我々が新参者ゆえ、手違いがあったのでしょう」

「とにかくだ！　私が醜いと言えば、その作品は醜い！　故に貴様の出品作は醜いのである！　即刻、この出品を取り下げよ！」

ギヨームが、ブランシャールのブローチを指差し喚く。

その瞬間。アルベリクの表情から、おもねりの色が消えた。

――みたび。この男は、三度、ナタリーの作品を『醜い』と評した。宝飾芸術に対する目も知識も、思い入れすらも持たぬ、この男がである。

アルベリクは再び顔を上げ、周囲をぐるりと見回した。そして彼は、二人のやり取りを遠巻きに見る参加者たち一人ひとりを、順繰りに睨みつけた。彼らは皆、アルベリクと目が合うと、気まずそうに目を逸《そ》らした。

（こいつら……！）

アルベリクの緋色の瞳が、溶岩のように赤く滾《たぎ》った。

宝飾の歴史が、精神が、このつまらぬ男に、今まさに踏みにじられているというのに。ここにいる誰も、そのことに不満も憤りも示そうとしないのは、どういうわけか。

アルベリクの口元から、聞こえよがしの独語が漏れ出した。

「……話にならんな……何もかも」

「何!?」

不遜《ふそん》な言葉を聞き咎《とが》め、ギヨームが訝《いぶか》しげに眉を上げる。

対するアルベリクは、今一度周囲を睥睨《へいげい》した後、その燃える瞳の矛先を眼前の男に振り向けた。

赤目の烏は、わずかに怯《ひる》む蟋蟀に向かって、静かにこう宣言した。

「この出品を、私が取り下げることは、決してありません。また、ギヨーム卿に於《お》かれては、この作品に対するこれ以上の愚弄を差し控えていただきたい。この作品は、上代より連綿と続く装飾文化の、その末裔《まつえい》です。貴方《あなた》の莫迦《ばか》な目で理解できないのなら、金輪際お黙りいただきたい」

物言いこそ静かではあったが、その形相は凄《すさ》まじかった。

あまりのことに、対面の男は言葉を失い、鯉《こい》のように口を開け閉めするばかりだった。そんなギヨームに対して、アルベリクは行きがけの駄賃とばかりに、さらなる追い打ちをかけた。

「さらに、付け加えて言うなら、たとえ貴方からの手紙を受け取ったとしても、我々は同じ作品を提出したことでしょうな。主催者の要望を飛び越えて審査員が横車を押すなど、本来あってはならないこと。──一つお伺いしたいのですが、卿にとって最も大事なのは、何でありましょうか？宝飾ですか。夫人ですか。この品評会ですか。ご祖国のパヴァリアですか。それとも……」

ここまで言って、アルベリクは、はっとして口を噤《つぐ》んだ。

(何を言っているのだ、俺は)

元々アルベリクは、ギヨームに与するつもりで会に臨んだのだ。もしも、つつがなく彼からの通達が届いていれば、それを錦の御旗《みはた》にナタリーを説き伏せていたに違いない。

ところが、今、口をついて出たのは、正反対の言葉だった。

感情が昂《たか》ぶった故のことか、それともギヨームに対するあてつけか。アルベリクには、自らの言動の正体を説明付けることができなかった。

応接間は既に完全に静まり返っていた。皇都に巣食う化け物共の対決を、皆、固唾を呑《の》んで見守っていた。

痛いほどの沈黙が続く中、やがてその静寂を破る者が現れた。

──あの神をも恐れぬ使用人、ジョゼである。

人の輪の最前列に陣取っていたジョゼは、長いことギヨームの顔を冷たい目つきで睨み据えていた。その彼女が、やおら両手を打ち合わせ、拍手をし始めたのだ。その拍手の音は、人集りの輪を越えて、広い応接間全体に甲高く響き渡った。

すると、これに続く者が現れた。ネイライである。彼がその大きな手で拍手をし始めると、人集りの中から、わずかながら、彼に同調する者が現れ始めた。その多くが、礼服の似合わぬ技師風の人々だった。

こうして、少しずつ、会場内に拍手の波が広がっていった。

喝采とまではいかなかった。手を打つ人々の多くは、気後れ気味に互いの顔を窺い合う有り様だった。だが、それでも、少なくない数の人間が、アルベリクに対して賛同の拍手を送っていたのである。

ギヨームにしてみれば、いい面《つら》の皮である。彼は耳まで真っ赤にしてぐるりを睥睨すると、最後にその視線をアルベリク一人に定め据えた。

ギヨームはふいに、白く整った歯をむき出しにして、破顔した。

それは、笑顔ではなく、威嚇だった。

「……ブランシャールといったな。貴様らに次はない」

◇

アルベリクとサラの二人は、庭園の片隅に据え置かれたベンチに腰掛け、めいめい物思いに耽《ふけ》っていた。かたやアルベリクは乾いた冬空を振り仰ぎ、一方のサラは、気まずそうな顔をぶら下げつつ、庭園に敷かれた石畳の継ぎ目を目で追っていた。

天を仰いだまま、アルベリクが呻《うめ》く。

「やってしまったな。あそこでギヨーム卿におもねることができなかったのは、失策だった。どうかしていた」

痛恨の様子を見せるアルベリクに対し、サラは気遣わしげな様子で、慰めの言葉を贈った。

「そうかしら。あの蟋蟀のような男にやり返した時の貴方、堂々としていて、素敵だったわ」

「しかし、次に繋《つな》がらなければ、無意味だ」

再び、気まずい沈黙が二人の間に流れる。

やがて、沈黙に焦《じ》れたサラが、顔を上げてアルベリクに問うた。

「これからどうするの？」

「状況次第では、商いを移すかもしれんな。パヴァリアは無理だろうから、諸侯連合か、はたまた極東まで逃げるか……。またイチからやり直しになるが……」

これを聞くや、サラはぱっと目を輝かせ、アルベリクに向かって身を乗り出した。

「私もついていく」

「君はやめておけ。ろくなことにならんぞ。着る服どころか食うものにも困る日々に逆戻りだ」

「構わないわ。二人でなら、どこでだって、なんとかやって行けるわよ」

「言うようになったじゃないか」

アルベリクは目だけ動かしてサラを見やり、さも愉快そうに笑った。その笑顔を引き出せたことに満足したか、サラもまた嬉《うれ》しそうに目を細めるのだった。

と、その時、館の方から一人の小さな人影が、こちらに向かって駆けてくるのが見えた。その人物は大きく手を振って、アルベリクに向かって呼びかけてきた。

「ブランシャール様！」

「ジョゼ殿」

近づいてきた姿を見て、アルベリクは立ち上がった。

使用人のジョゼは、アルベリクに駆け寄ると、抱きつかんばかりの勢いで、彼の胸元まで身を寄せてきた。

肩で息をしながら、彼女はアルベリクを振り仰ぎ見た。泣いているような、笑っているような、不思議な表情だった。

彼女の様子を怪訝《けげん》な表情で見守っていたサラが、その気安さを咎《とが》めるように、二、三度咳払《せきばら》いをしてみせた。すると、ジョゼは自らの醜態を恥じてか、頬を赤く染めてアルベリクから距離を取り、居住まいを正した。そして、サラに対しても、深々と頭を垂れた。

「……審査が済みましたので、こちらにお越しください」

ジョゼはそう言って、手で館の方を指し示す。ブランシャールの二人は、不可解な面持ちで互いに顔を見合わせた後《のち》、ジョゼに従って館の方に歩みだした。

アルノー夫人の品評会では、先述の通り、審査員の判断により明確な優劣が定められる。そして、この優劣は、展示される部屋の違いによって可視化される。劣等な作品は一階の応接間に配され、優等なものは、二階の大広間に配されるという具合である。

アルベリクは、無意識のうちに一階の応接間に足を向けていた。先程のギヨームとのやり取りから、ブランシャールの作品は劣等のものとして扱われるに違いないと思いこんでいたのだ。

だが、そんなアルベリクを、ジョゼが静かに引き止めた。

「こちらですよ」

どういうわけか、彼女は二階に続く階段に足を掛けていた。アルベリクは、慌てて踵《きびす》を返す。

「二階にいらっしゃるのですか」

アルベリクの問いに、ジョゼは気取った様子で首肯する。

二階の大広間に足を踏み入れると、途端に視界が開けた。広々とした空間の中央に、ぽつねんと人集りができている。どうやら、優等を獲得したのは、一作品のみだったらしい。

人集りに近づくと、案の定、そこにはあのボーマルシェの傑作『天の雪』が、まばゆい光を放ちつつ鎮座していた。

作品の傍《かたわ》らには作者であるネイライが立ち、愛想良く振る舞っている。彼は、アルベリクの姿を認めるや、破顔して近づいてきた。

「アル」

「ネイライ。あんたが最優等か。おめでとう」

「それは、こちらの台詞《せりふ》だ。――俺は今、猛烈に感激している。お前なら、やってくれると思っていた」

「どういう意味だ」

ネイライは答えず、離れたところに立っているジョゼの方に目配せをした。ジョゼは小さく頷《うなず》いて、再びアルベリクたちを促す。

「ブランシャール様、こちらへ」

案内されるさなか、アルベリクは大広間のソファに座るギヨームの姿を見た。彼は椅子の肘掛けに肘をのせて頬杖《ほおづえ》をつき、至極不機嫌そうな顔でアルベリクたちを見送っていた。

ジョゼが案内したのは、別の大広間との間を繋ぐ、画廊とも言うべき小部屋だった。部屋の壁には歴代当主の肖像画が飾られており、この家が皇国建国前から続く名門であることを証立《あかし》てていた。

この小さな部屋の一角に、異様な数の人集りが出来ていた。その人の数たるや、ネイライの『天の雪』を囲むそれより遥かに多い。アルベリクたちはその人集りをかき分け、輪の中心に近づいていった。

やがて一行は、壁に掲げられた一つの肖像画に行き着いた。軍服姿の勇壮な男。それでいて、目元には優しげな笑みが隠しきれずに滲《にじ》んでいる。それは、ベルティーユ・ド・アルノーの夫であり、未《いま》だ戦地より帰らぬアルノー公の肖像画だった。

この肖像画に寄り添うように、小さな額縁が掲げられていた。その額縁を見た瞬間、アルベリクは息を呑んだ。

それこそ、まさしく、ナタリーの作った蓮と蝉のブローチに相違《そうい》なかった。肖像画の傍《そば》に置かれた今、ブローチはかつてなく自然な輝きを見せており、最愛の相手に寄り添い眠るように、ゆっくりと瞬いていた。

額縁の下に目をやると、そこに小さな紙片が貼られていた。紙片には、選評と思《おぼ》しき言葉が、短い言葉で書き付けてあった。

アルベリクは紙片に近づき、書かれた文言に目を滑らせる。

ごく短い言葉だった。


《これこそが、私の求めていたもの。

これ以外は、何もいらない》

それは間違いなくアルノー夫人の筆跡であり、彼女の私的かつ純粋な想《おも》いそのものだった。

絶賛とすら言って良い。普通の出品者ならば、諸手《もろて》を挙げて喜んでいるところである。

だが、アルベリクは違った。彼は苦虫を嚙《か》み潰したような顔で、ナタリーのブローチをじっと見つめるばかりだった。

――ナタリーが宝飾に込めた想いは、間違いなく、夫人の心に届いた。

二人の女たちは、宝飾を通じて、たしかに語り合ったのだ。住む場所も、身分も隔たる二人が、まるで、遠い異国の言葉で語らうかのように。

アルベリクとて、ある程度までは、理解していたのだ。その言葉が響き豊かで、純粋な美しさを湛《たた》えていることも、その言葉の意味も。

だが、彼女らの間に流れる、ある種の強い文脈的な共感のようなものだけは、彼にはどうしても理解できなかった。親密な二人の語らいを、彼はただ、羨望の眼差しで眺めることしかできなかったのだ。

金糸の繊細な曲線の奥に秘められた想い。石の放つ僅かな囁き。

千里を見通すアルベリクの目をもってしても、それは見えなかった。地獄耳と呼ばれた耳にも、それは聞こえなかった。

──まだまだだな、アル。

草葉の陰で、ガストンがせせら笑った気がした。

一方、使用人のジョゼは、潤んだ瞳でアルベリクを見上げていた。彼女は涙声になりながらも、主催者としての責務を全うすべく、声を張り上げた。

「──ブランシャール様、それに、ご参加頂いた皆様。まずは心から感謝の意を表したいと思います。ベルティーユ様の品評会は、これにて十年の歴史に幕を下ろします。長い間、想いを込めて作品作りに勤しんでくださった技師の皆様方には、多大なる感謝と、敬意とを抱かずにはおれません。また、この度、初参加にもかかわらず、我が主のためにご尽力くださったブランシャール様にも、同様の敬意を覚えるものでございます。皆様、この素晴らしい匠を擁する商家に、心よりの拍手を──」

彼女が語り終えるや、周囲を取り囲んでいた人々の間から、割れんばかりの拍手が沸き起こった。その肩を、突然の事態に、アルベリクは鳩が豆鉄砲を食ったような顔をして目を瞬かせていた。

誰かが親しげに叩く。隣室からついてきたネイライだった。人懐こい笑顔を浮かべて、彼は素直にアルベリクを褒め讃えた。

「おめでとう、アル」

「おめでとう、と、言われてもだな……。俺には、何が起きたのやら、さっぱりわからん」

「彼女の言ったとおりだ。終わらない夜が明けたのだよ」

「よく判らんが、ブランシャールが最優等を取ったということで、良いのか?」

違うだろうとは思いつつ、アルベリクは一応訊いてみた。案の定、ネイライは首を横に振る。

「いや、もっと大事なことだ。十年続いたこの会の本来の目的が、今日にしてようやく、達成されたのだ」

ネイライはいかにも感慨深げにそう語った。

しかし、である。今回初参加であるアルベリクにとって、十年の月日や品評会の目的など、正直なところ、知ったことではなかった。

それゆえ、勝手に盛り上がり、興のそそらぬ理由で賛辞を贈ってくる人々には、薄ら寒い感情しか抱きようがなかった。

結果的に、品評会に参加することでアルベリクが達成できたのは、アルノー家とのコネクション獲得と、皇后陛下に対する義理立てのみであった。

むろんそれらもブランシャールにとっては悪くない成果ではある。だが、膨らみに膨らんだ皇室御用達という妄想は、あえなく潰えたわけで、その落胆は小さくなかった。

238

今回の仕事について、どうにもケチが付きすぎたと、アルベリクは感じていた。頼みの綱の技師は制御しきれず、情報のやりとりに幾度も齟齬《そご》が生じ、場の有力者との関係構築にも失敗した。散々である。

しかも、結果として案件が失敗したならば納得もゆくが、何故《なぜ》か案件は見かけ上成功してしまった。これは、あまり良い兆候ではなかった。勝ちに不思議の勝ちありという格言があるが、こういう勝ちを拾うと、結果の分析が困難になる。

往々にして、こういう成功の後には手酷《てひど》い失敗が待っているものだ。気を引き締めてゆかねばならない。そうアルベリクは心に誓った。

ふとアルベリクは顔を上げる。向こうの大広間で不機嫌そうに座っていたギヨームが、憤然と立ち上がり、大股で立ち去ってゆくのが見えた。

ネイライも、アルベリクの視線を追って同じ様子を見ていた。すると彼は、いかにも満足げに口元をほころばせた。

「あのギヨームがこの先どうなるかはわからんが、もう顔を合わせなくて済むのは嬉しい限りだ」

してみると、あのギヨームも自分と同じではないか。そんな考えが、アルベリクの脳裏をよぎった。

舌鋒《ぜっぽう》鋭く彼の無理解を指弾したものだったが、自分とて、ナタリーの作品の核心部分を全く理解できていなかったではないか――。忸怩《じくじ》たる思いが、アルベリクの腹の底に淀《よど》んでいた。

かようなアルベリクの想いをよそに、画廊にはじわりと祝賀のムードが広まりつつあった。

パヴァリアの色男・リュファスは、この状況にかこつけてサラに近づいてゆき、彼女を口説きにかかっていた。

彼は物腰柔らかにサラの手を取ると、うやうやしく頭を下げた。

「リアーヌ嬢。貴女《あなた》の成された仕事は、その……大変に素晴らしかった……！　もしよろしければ、近いうちにわがボーマルシェの店を訪れていただけませんか」

「お申し出、嬉しく思います。ですが、私はブランシャール様と専属契約を結んでおりますの。申し訳ありませんが……」

「いえいえ！　決してそのようなやましい意図はありませんよ。ただ、私は……僕は、貴女への敬意のやる方がなくて……その。正直に申し上げますと、貴女と個人的にお近づきになりたいと思っているのです」

「まあ……！」

流石《さすが》に看過するわけにもいかず、アルベリクは二人の間に割り込んで話を遮《さえぎ》った。

「個人的な知己とはな。そちらの方がやましいことではないか、リュファス」

アルベリクが冷やかすと、リュファスは口元を歪《ゆが》ませ、あからさまな敵意を彼に向けてきた。

「ブランシャール、これは僕とリアーヌ嬢との個人的なやり取りだ。君は黙っていてくれたまえ」

アルベリクは心のなかで苦笑していた。この男の単純なところが、どうにも嫌いになれないのである。

彼は翻《ひるがえ》ってサラに向き直ると、わざとらしく改まった仕草でもって、彼女に尋ねた。

「技師の個人的交友関係にまで口出しをするつもりはないが……どうする、リアーヌ」

「私は構いませんわ。名にし負うボーマルシェ様とお近づきになれば、色々と楽しいお話もできるでしょうから」

あくまで優雅に、サラ扮《ふん》するリアーヌは微笑《ほほえ》みを見せる。事前に打ち合わせていたこととはいえ、彼女はよくよく役になりきっていた。

彼女の役割は、ボーマルシェの目を引きつけておくこと。

今後、ナタリーの作品の知名度が上がるにつれ、彼女を引き抜こうという手合いは増えてゆくとアルベリクは予想していた。その手合いの筆頭が、今眼前にいるボーマルシェだった。

早いうちに偽物の方に目を向けさせておけば、マルブールに住むナタリーの存在を隠しきれるとアルベリクは踏んでいたのである。

リュファスの挨拶が済むと、彼に代わってネイライが進み出てきて、サラに向かって会釈をした。

「リアーヌ嬢。この度の貴方の仕事、実に見事でした。同じ技師として、心より敬意を覚えます」

愛想こそ良いが、その目は笑っていなかった。それどころか、心なしか憎悪のようなものすらちらついて見えた。

サラも彼の向ける敵意を感じ取っていたようで、警戒気味に身を引きつつ、最低限の愛嬌《あいきょう》を振りまいてみせる。

「有難うございます。たしか、ネイライ様でしたわね」

「名を覚えていただけていたとは、光栄です」

サラの差し出した手を、ネイライのごつごつした手が摑《つか》む。

その瞬間、サラは苦痛に顔を歪ませ、小さな悲鳴を上げた。

「痛ッ！」

ネイライは、摑んでいた手を慌てて引っ込めた。

「失礼！　山育ちで、女性の扱いに慣れていないもので……」

いけしゃあしゃあと、ネイライはそんなことを嘯《うそぶ》く。当然、わざとであろう。

（狸《たぬき》だな……）

アルベリクが呆《あき》れた様子でネイライを横目で見やる。

一言たしなめようとアルベリクが口を開いた瞬間、彼を差し置いてリュファスがネイライに詰め寄ってゆき、凄まじい形相で彼を非難し始めた。

「ネイライ！　貴様、宝飾界の至宝の手に怪我《けが》の一つでもさせてみろ！　二度とボーマルシェの敷居を跨《また》がせないからな！」

ものすごい剣幕だった。アルベリクは、僅《わず》かに目を見開いて、この金髪の色男の顔をまじまじと見た。

リュファスの反応は、アルベリクの想像の範疇《はんちゅう》を超えるものだった。商売敵の技師をこうまで真剣に慮《おもんぱか》るとは、思っていなかったのだ。

（これは、もしや……）

邪推に目を光らせるアルベリク。

ひとつこの男を冷やかしてやろうか。そんなことをアルベリクが考えていた折、背後から声がかかった。

「お話し中、失礼するよ。君がブランシャール？」

声の主は、長く美しい銀糸のような髪を結い上げた、やんごとない様相の男だった。切れ長の瞼《まぶた》の中に収まる碧色《へきしょく》の瞳は、強い輝きを宿しつつ、アルベリクの姿を油断なく吟味している。

身に纏《まと》う装いは一見質素だが、その実しっかりした作りをしていて、品が良い。スカーフに一点のみ留められたブローチは、楓《かえで》の葉を黄金で模した逸品であり、小振りながら繊細かつ凝った作りをしていた。

おそらくは、皇都に住まう上級貴族の一人であろうと推察された。

アルベリクは慇懃《いんぎん》に腰を折り、男に向かって会釈する。

「左様です。――貴方は？」

アルベリクが友好的であることを見て取ると、男は相好を崩し、アルベリクに会釈を返した。

「はじめまして。私には生憎《あいにく》決まった名が無く、どう呼んでもらっても構わないのだが――。皆はラウルと呼んでくれているので、君もそう呼んでくれると嬉しい」

「ラウル殿ですか。決まった名がないとは、また異《い》なことをおっしゃられますな」

屈託なく笑うアルベリクの脇腹を、ネイライが横から肘打ちする。

「――アル、この御方《おかた》は……」

ラウルと名乗った男は、鷹揚《おうよう》に頷《うなず》いて微笑んだ。

「まったく、おっしゃるとおり、異なことだ。この国の皇族というものは、色々と無用なしきたりの中に囲われ不自由している。いずれ、父と共に諸々整えてゆかねばとは思っている」

アルベリクの全身に、冷たい汗が噴き出した。

――皇族。

夫人の品評会には、皇族もお忍びで参加しているという。その噂《うわさ》は、アルベリクも人づてには聞いていた。だが、こうもだしぬけに対面することになるとは、思ってもみなかったのだ。

この目の前の男は、一体何者か。アルベリクは、混乱する脳を必死に働かせ、推察を試みはじめた。

彼の動揺を知ってか知らずか、男は不敵に笑って語りを続けた。

「アルベリク・ブランシャール。またの名を、マルブールの赤目烏、か。異名があるというのは、良いものだ。人々の記憶に残りやすい。しかも君の場合、けっして名ばかりというわけでもない。君はその名にふさわしい、見事な働きを見せた。母が見込んだだけのことはある」

母、という単語を耳ざとく聞きつけ、アルベリクはこの男の正体をある程度まで絞り込むことができた。母とは言うまでもなく、アルベリクにも面識のある皇后陛下のことであろう。となれば、彼はおそらく親王――。それも、宝飾に造詣の深い第二皇子であろうと推察された。

第二皇子は奔放な人物として知られ、毀誉褒貶《きよほうへん》あるが、総じて共通する評価は『切れ者』であった。若くして武勇に優れ、外交にも類稀《たぐいまれ》なる手腕を振るう、皇国を支える国士である。未来の暗君と嘲笑される皇嗣《こうし》とは、その評価に天と地ほどの開きがあった。

しぜん、アルベリクの背筋が伸びる。

「夫人の品評会を完了させた者たちになら、我々の要求を満たす仕事もできようものだろう。いずれ、君たちの力に托《たの》むことになるだろうが、その時は、是非によろしく」

そう言いおいて、ラウルは踵を返し、颯爽《さっそう》と去っていった。

後に残されたアルベリクは、身の底から震えが来るのを感じていた。

この品評会において切に望んでいた収穫が、今ようやくアルベリクの手に滑り込んできたのだ。

遅《おく》れ馳《ば》せながらやってきた勝利の感触に身を熱くしつつ、アルベリクは拳を強く握り込んだ。

そんなアルベリクの姿を、壁に飾られた蝉の目が、ただ静かに見つめていた。

第八章　グリアエの楽園

トーブマンのオークションと、アルノー夫人の品評会。宝飾界隈《かいわい》における主要な催しで話題を独占したものの、ナタリーの作品は未《いま》だ流行を生み出すまでには至っていなかった。

装身具は、身につけられて初めて話題にのぼり、追随者を生むものである。これまでの売り出し方では、コレクターや宝飾業界関係者の間で話題にのぼりこそすれ、一般的な貴族やブルジョワジーの憧れを得ることはできなかったのだ。

こうした点や、先の品評会での反省も踏まえ、ブランシャールはブランド構築の戦略を立て直す必要に迫られていた。

そんな折、ブランシャールの事務所に一通の手紙が届いた。この手紙が、店内に小さな騒動を巻き起こすこととなった。

封蠟《ふうろう》の印璽《いんじ》が、皇室の紋章だったのである。差出人は、皇后陛下その人であり、手紙は直筆のものだった。

内容はごく簡単なもので、ブランシャールの店主アルベリクを、聖地グリアエの庭園に召喚する旨が書き付けてあった。招待ではなく召喚である。

この手紙の内容が読み上げられた瞬間、執務室に集《つど》った幹部連の、アルベリクを見る目が一瞬で変わった。

これまでは、上司と部下という関係であれど、あくまで同じ土に立つ人間同士として、両者の間にはある種《しゅ》の気安い空気が流れていたものだった。

しかし、今やアルベリクとその他の間には、明白な境界が生じていた。

天上に連なる者と、そうでない者の差。翼を持つ者と、そうでない者の差。天国の錠前に差す鍵を持つ者と、そうでない者の差。そういう類《たぐい》の格差が、二者の間に深く広い溝を刻み、その心の距離を近づきがたいものにしてしまったのだ。

そんな中、側近のローランだけは顔色一つ変えず、アルベリクに寄り添い、額を突き合わせて手紙を覗《のぞ》き込んでいた。

彼は手紙を一読するなり、渋面を作った。

「……直筆の署名に割り印入りとは念が入っていますね。逃がす気はない、ということでしょう」

「そうだな。だがまあ、皇后陛下をダシに使った以上、こうなることは想定していた」

「何か問題でもあるのかね」

人事のディミトリが、アルベリクではなくローランに向かってそう尋ねた。

ローランは小さく頷《うなず》き、幹部連に向かって要点を講釈し始める。

「現皇室は、表向きには一枚岩のように見えますが、その実、大きく二つの派閥に分かれているのです。一つは、パヴァリアから来た者やユミリテ教の関係者で構成される、通称パヴァリア派。皇后陛下はこちらに属します。もう一つは、泰皇《たいこう》陛下を筆頭としてグリアエ王国の復古を志向する、通称皇国派です」

「む……？　夫婦で派閥争いしているということなのかね？　それはまた……」

ディミトリが、のけぞりながら顔をしかめる。

「夫婦としての仲はとても宜《よろ》しいと聞いています。ただ、いかんせんお二方とも公人である以上、それぞれの政治的立場というものがあるのです」

ローランの語りに、アルベリクが後ろから身を乗り出して注釈を差し挟んだ。

「問題は、建前上にせよ主権が泰皇陛下にある以上、皇室御用達《ごようたし》の道もそちらにあるということだ。これは言い換えれば、皇后陛下と懇意になればなるほど、国内での栄達が遠のくということになる」

「これまで、皇后陛下がお抱えになった業者は無数にありましたが、皆非公式の存在として扱われ、やがて雨上がりの水たまりのように消えていきました。噂《うわさ》では、皇国派の干渉によりお取り潰しになった業者もあるとかないとか……」

二人の語る内容は、ブランシャールの未来に暗い影を投げかけるものだった。重苦しい空気が執務室に満ちる。

ディミトリもまた、口髭《くちひげ》の奥から低い唸《うな》り声を漏らして呟《つぶや》いた。

「いかにもまずいですな。断ることはできんのですか」

この問いかけに対し、アルベリクは手にした手紙を目の高さまで掲げ上げ、ディミトリに向かってひらつかせてみせた。

「これは召喚状だ。反古《ほご》にすれば叛逆《はんぎゃく》の罪に問われる」

彼は手紙を慎重な手付きで封筒に戻し、幹部連たちを凜然《りんぜん》と見返した。

「しかし、これはむしろ好機《チャンス》だと俺は考えている。皇后陛下とはうまく距離を取りつつ、本命の皇国派に取り入るというのが、俺のプランだ。現に、アルノー夫人の品評会では第二皇子との面識を得ることに成功した。グリアエに出入りできるようになれば、皇国派と接触する機会も増えるだろう」

「なるほど……」

「馬の骨と呼ばれた宝石店が、ようやく摑《つか》んだ天国への切符だ。大事にせねばな」

見上げた窓の外、空には重い雲が隙間なく立ち込めており、未だ冬半ばであることをアルベリクに思い知らせていた。

◇

聖地グリアエに向かう途上で、アルベリクの乗る馬車は、大きな群衆の中に飛び込んだ。祭だった。南方の諸侯連合領での戦で戦功を上げた、第二皇子の戦勝記念式典が執り行われているらしい。

――第二皇子。先日の品評会で、ラウルと名乗ったあの男である。

諸侯連合は南方の異教徒軍からの領土奪還のため、皇国軍の助力を要請していた。これに対し、泰皇は軍略の才ある第二皇子を派遣することで求めに応えた。第二皇子は、慣れぬ異国の地で八面《はちめん》六臂《ろっぴ》の大活躍を見せ、異教徒軍からの領地奪還に大きく貢献したという。

皇国としては、体《てい》よく隣国の諸侯連合に恩を売ったことになる。これが、後々の半島情勢に大きな影響を及ぼすことになるのだが、現時点でその事態を予期できている人間はごく僅かだった。

繁華街の大広場も、多くの人でごった返していた。広場の中央には壇が設けられ、その上に幾人かの人物の姿が見える。その中にいる、ひときわ絢爛《けんらん》な装いの人物が、第二皇子であろうと思われた。しかし、馬車から壇上までは遠く、その表情を窺《うかが》い知ることはできなかった。

むしろ、より印象的だったのは、広場の周囲で巻き起こっているシュプレヒコールの方だった。

——同化政策反対！

——グリアエ王国の復古を！

——皇国に真の栄光を！

このガロア皇国という国は、隣国であるパヴァリア・ユミリテ神聖王国の傀儡《かいらい》国家である。

前代のグリアエ王朝が打倒された際、内乱の首謀者である王弟のシベールは、劣勢にある己の軍勢を補強するため、パヴァリア・ユミリテ神聖王国に援助を頼んだ。パヴァリアはその見返りとして、ユミリテ教を新国家の国教とさせ、政治中枢に神官を送り込んだのだ。さらに、パヴァリア貴族と皇国の貴族との間で積極的に婚姻を結ばせ、同化を図《はか》ってきた。

第二皇子は、この状況を良しとしていなかった。故に彼は、皇国の真の独立を望む『皇国派』と呼ばれるグループを立ち上げ、一時期はその首魁《しゅかい》も務めていたという。

第二皇子に対する大衆の人気は、留《とど》まるところを知らなかった。戦勝記念式典がこれほど活況なのも、パヴァリア・ユミリテ神聖王国への暗然たる反感が、大衆の中にあるからこそなのだろう。

パヴァリア派と皇国派――。立身出世を目指すにあたり、どちらに与するのが得策か。今のアルベリクの立場では、判断が付きかねるところだった。

――当面はどちらにも良い顔をしておくのが無難といったところか。だが、いずれは天秤にかけて身の振り方を考えねばならんのだろうな。

熱狂する群衆を窓越しに眺めつつ、アルベリクはそのようなことをつらつらと考えていた。

◇

広大な聖地グリアエの奥深くに馬車を進めてゆくと、そこに楽園が広がっていた。

透き通った水を湛える湖を中央に配し、その周りを黄金色の芝生が取り囲んでいる。湖の向こうには後宮の威容がそびえ、その手前に、美しい庭園が見えた。

馬車は今まさにその庭園を目指し、湖をぐるりと巡ってゆこうとしていた。燦々たる陽光が湖面に当たると、波の端が銀色に輝いては弾けてゆく。

人の姿は見当たらない。ただひたすらに、寧静かつ神妙な空間が広がっている。皇都の真只中に、かような天上の如き世界が秘されているなどと、誰が想像できるだろう。

やがて、馬車は庭園の鉄門の前にたどり着いた。アルベリクは御者に促されて馬車を降り、門の中に歩を進める。

251　マルブールの赤目鳥と滅びの宝飾師 1

庭園は全てよく手入れされ、整えられていた。ほんの僅かほども、乱れたところや、逸脱したところが見当たらない。狂的なほどに完璧な造園だった。

冬薔薇で彩られたアーチを抜けると、不意に視界がひらけた。広々とした芝生の向こうで、先程巡ってきた湖が、静かなさざなみを打ち寄せている。そしてその水辺には、白いサンルームが一軒、寂しげに佇んでいるのが見えた。

サンルームの中には三人の女が居た。皆、女神の如く美しい女だった。それらが、白大理石のテーブルを挟んで座り、談笑していた。

一人は紛れもなく、皇后マドレーヌその人だった。生誕祭の時と違い、質素な外着を纏うばかりだったが、それでも彼女の放つ気品は隠しきれない。

もう一人は、その皇后マドレーヌの友、ベルティーユ・ド・アルノーと見えた。

最後の一人は、栗色の髪の上にベールを被った小柄な女だった。こちらに背を向けていることもあり、遠目では誰とも判然としなかった。

語らい合う女、静謐の森、彩り豊かな花々、そして、限りなく透明な湖水……。アルベリクはしばし立ち止まり、今見ている全てを、目に焼き付けようとしていた。それはまさに神話の世界を描いた、一幅の絵画のような光景だった。

アルベリクは三人の女たちから距離をおいて跪き、頭を垂れた。

「ご機嫌麗しくございます、陛下。アルベリク・ド・ブランシャールが参内いたしました」

「顔をお上げなさい、アルベリク・ド・ブランシャール。この庭では無礼講よ」

252

アルノー夫人の声が、アルベリクに命じる。

顔を上げ、三人を見やる。皇后は、アルベリクと目が合うや、花開くように微笑《ほほえ》んでみせた。

「ようこそお越しくださいましたね。貴方《あなた》がいらっしゃるのを、心待ちにしていたのですよ」

「望外のお言葉でございます、陛下」

皇后の隣に座るアルノー夫人が、アルベリクに向かって破顔する。

「そんなところに立っていないで、中にお入りなさいな。話しづらいでしょうに」

アルベリクは勧められるままにサンルームに歩み入り、アルノー夫人に向かって頭を下げた。

「アルノー夫人もご健勝のようで、なによりです」

「ごきげんよう。その節はお世話になったわね」

アルノー夫人と相対するのは、初対面の日以来である。その顔相は、あの日とは比べ物にならないほどふくよかで、至極穏やかに見えた。そして、その胸では、ナタリーの作った蟬《せみ》のブローチが、秘めやかな輝きを放っていた。

アルベリクが直立不動のままでいると、皇后が気遣わしげに微笑んだ。

「そう畏《かしこ》まらず、お座りになって」

己の向かいに空いている椅子を、皇后がその手で指し示す。

アルベリクは物腰も柔らかに、手前に座る淑女に向かって声をかけた。

「――お隣に座ることを、お許しいただけますか」

「もちろん」

たおやかに頷《うなず》く淑女に会釈して、アルベリクは椅子に腰掛けた。

「——こちらの御婦人を、ご紹介いただいても？」

アルベリクが向かいの二人に問うや、隣の淑女が、やおら身を捩《よじ》って吹き出した。

アルノー夫人が悪戯《いたずら》っぽく目を細めて、隣の皇后を見やる。

「この庭園では、女は誰しも俗臭を失う——。賭けは、私の一人勝ちね」

「不思議なことね。やっぱり、そういうものなのかしらね」

アルベリクが当惑然としていると、アルノー夫人がおもむろにベールの淑女を見やって言った。

「——そのベールを脱いで、顔を見せておあげなさい」

言われるままに、女は己の頭からベールを取り払った。

彼女の顔を正面から見た瞬間、アルベリクは場にそぐわぬ頓狂《とんきょう》な声を張り上げた。

「ルイーズ！　君だったのか！」

「貴方、ひどい人ね。許嫁《いいなずけ》に気づかないなんて」

彼女は、僅《わず》かに片眉を釣り上げて、アルベリクを睨《にら》んでいた。

栗色の髪と白い肌。黒曜石の如き瞳。そして、情の深そうな厚い唇。その相貌《そうぼう》は、アルベリクの婚約者であるルイーズに相違《そうい》なかった。

アルベリクは怪訝《けげん》そうに眉根を寄せつつ、許嫁に向かって問うた。

「いったい、これはどういうことだね？」

「三人で賭けをしていたの。貴方がここに来た時、すぐ私に気づくかどうか」

そう答えた後、ルイーズは不敵な笑みを浮かべて顎をツンと上げた。

「惚《ほ》れ直したかしら？」

「黙っていれば、あるいはな」

意地の悪い答えを受けて、ルイーズは不満げに唇を尖《とが》らせる。

アルノー夫人はそんな二人の様子を、さも愉快そうに笑いながら眺めていた。

それから夫人はわずかに眉を寄せ、軽く咎《とが》めるような口ぶりでアルベリクにこう言い聞かせた。

「彼女はとても情に厚く、想《おも》い深い子よ。大事にしておあげなさい」

「判《わか》っておりますよ」

冗談めかすことなく、アルベリクは答える。その様子を目の当たりにした途端、ルイーズの頬から耳までが紅色に染まった。彼女はバツが悪そうに顔をそらし、サンルームの外に広がる湖を眺めるふりなどしはじめた。

彼らの様子を微笑みと共に見守っていた皇后が、やおら両手を軽く合わせ、周囲の注意を引いた。

「――さて、今日は所用あって、この殿方をお呼びしたの。おふたりとも、悪いのだけれど……」

皆まで言わせる前に、アルノー夫人は肯《うべな》い、ルイーズの方を振り仰ぐ。

「構いませんよ。ルイーズ、参りましょう」

「ええ、ベルティーユ様」

二人の貴婦人は、連れ立って庭園の中に歩み去っていった。二人の纏った明るい色のドレスが、白抜けするほどの晴天の下で、天衣の如く輝いて見えた。

アルノー夫人と愉《たの》しげに談笑するルイーズ。その様子を離れ見て、アルベリクは目を細めた。

「すっかりこの場に溶け込んでおりますな」

「彼女のおかげで、ベルティーユの顔にも随分と明るさが戻ってきました。貴方がたには、感謝の念に堪えません」

生誕祭の後、ルイーズはアルベリクに先んじてこのグリアエに招待されていた。そこで彼女は、皇后の友人であるアルノー夫人と出会ったのだ。

親子ほど歳《とし》の離れた二人だったが、そこは勝ち気な性格の似た者同士。二人は、僅かの時間のうちに意気投合し、昵懇《じっこん》の仲になったという。

アルベリクは皇后の謝辞を受けてゆっくりと頭《かぶり》を振った。

「恐れ多いことです。むしろ、感謝すべきは私の方でしょう。あれは気難しい娘だったのですが、最近はとみに女性らしい気品と落ち着きを身につけて参りました。これもひとえに、陛下やアルノー夫人のご厚情の賜物《たまもの》でしょう。ブランシャール家として、心からお礼申し上げます」

「それは、彼女の中に本来秘められたものだったのでしょう。彼女には、他の者にはない魂の輝きがあります。彼女は、ここに来るべくして来たのだと思うのです。すべては神の思し召《おぼ》《め》しということでしょう」

「恐れ入ります」

平身低頭するアルベリクの顔を覗き込むようにして、皇后は身を乗り出した。

「貴方も、そうなのですよ。アルベリク・ド・ブランシャール」

「この俗骨《ぞっこつ》の貧相な魂など、なんのお役にも立てますまいが……」

「さて、それはどうかしら？　そのことについてもぜひお話ししたいのだけれど、今日はどうしても別のお話をしなくてはならないの」

相対する皇后は、その無垢《むく》な双眸《そうぼう》で、アルベリクの緋色《ひいろ》の瞳を覗き込んだ。心の中まで見透かしかねないその視線に堪えきれず、アルベリクは早々に口を開く。

「宝飾品のご入用《いりよう》でしょうか」

アルベリクの問いに、皇后は素直に小さく頷《うなず》いた。

「ある方のために、一品《ひとしな》創ってほしいのです。この世で唯《ただ》一つの、特別な宝飾品を……」

「ある方、とは？」

皇后は、ほんの一瞬、言葉を詰まらせた。彼女は僅かな逡巡《しゅんじゅん》の後に、囁《ささや》くような声でその者を示唆した。

「……我が夫にして偉大なる獅子《しし》神の子……」

直接その名を示すことは、どうしても憚《はばか》られるらしかった。だが、彼女の夫となれば、それは一人をおいて他にはない。

「……泰皇陛下、ですか」

アルベリクは念を押してそう問うたが、皇后は肯定も否定もしなかった。彼女は神秘的な微笑みを湛えたまま、静かにアルベリクを見据えるばかりだった。

やがて、彼女はおもむろに口を開いた。

「私は、この要求に応えられる業者を、個人的にずっと探していたのです。有望そうな者を、いくつかベルティーユの品評会に送り込んで……。彼女を利用する形になってしまうのは心苦しかったけれど、結果的に彼女も私も、求めるものを得ることができました」

「一石二鳥。商人が最も好む言葉です」

勿体《もったい》付けた仕草でアルベリクが頷《うなず》く。すると皇后は、悪戯《いたずら》っぽい笑みを浮かべつつ身を乗り出し、秘め事を打ち明けるようにこう囁いた。

「私も、皇后を廃業したら商人になれるかしら」

「陛下ならば大商人にもなれましょう」

「うふふ、そうでしょう」

アルベリクの世辞に、皇后はすっかり気を良くしたらしい。彼女は屈託なく笑って、再び椅子の背もたれに身を預けた。

人好きのする笑顔に、アルベリクはあわや、ほだされそうになる。しかし、これから待っているであろう交渉のことを考えると、無邪気に気を許すわけにはいかない。アルベリクは心の中で己の魂を叱咤《しった》していた。

皇后はふいと顔を逸《そ》らし、輝く湖面に視線を投じた。その横顔に、仄《ほの》かな憂いのような色が差す。

「時々思うのです。貴族の家などに生まれず、この国に嫁ぐこともなければ、私はどのような生涯を送っていたことか、と」

遠い目で見つめる先には、あり得たかもしれない彼女の人生が見えているのかもしれない。

しかし、すぐに彼女は頭《かぶり》を振り、自嘲気味に笑った。

「でも、だめね。私は出会ってしまったから。あの獅子の魂を持つ者に……」

己の言葉の重みを確かめるように、彼女は瞼《まぶた》を閉じて押し黙った。

やがて彼女は改まった態度で居住まいを正し、真剣な目でアルベリクをまっすぐに見据えた。

「ここから先の話を聞けば、貴方は、皇室の私的な部分に立ち入ることになります。そうなれば、貴方は依頼を拒否する権利を失います。――むろん、私とて判っています。わざわざ呼びつけて、このようなことを口にするのはまさしく横暴だと。たとえ私に無限の権利があったとしても、正道を歩むなら本来避けるべき所業でしょう。したがって、貴方には当然ながら、拒む権利を用意しています」

それは、交渉の始まりを示す合図だった。

皇后の口にした条件は、およそ穏当なものではない。しかし、皇室を相手にする以上、それはある程度予想されたことでもあった。

アルベリクは無意識のうちに皇后から目を逸らし、許嫁の姿を庭園の中に捜した。燦然《さんぜん》たる太陽の下で、踊るように歩むルイーズの姿を見た瞬間、彼の中の不安が口をついて出た。

「もし拒めば、我々はどうなるでしょう」

「ご安心なさい。貴方たちの命は保障しますし、宝飾店の存続も保証します。私は金輪際、ブランシャールとの関わりを断つことにいたします。それが有利か不利かは、貴方がたの判断次第でしょう」

アルベリクの視線を追いつつ、皇后が呟く。次いで彼女は、アルベリクにだけ聞こえるような小声で、こう付け加えた。

「——しかし、できることならば、貴方には私の依頼を受けてほしいと思っています」

皇后はあくまで下手に出ることに徹している。声音はあくまで優しげで、威圧するところは少しもない。

しかし、状況の本質はどうだろう。

帯刀した従者が、サンルームの側に一人と、ルイーズの側に一人。護衛のように見えるが、その刃の向き先は皇后のみが知っている。

そもそも、単に交渉するだけならば、アルベリク一人呼べば済むところを、なぜ敢えてルイーズを同席させたのか。

アルベリクの胸の中で、皇后に対する疑念が朝霧のように湧き上がる。

（できることならば、この依頼は断りたいところではある、が……）

アルベリクは薄い望みを抱きつつ、口を開いた。

「我がブランシャール宝石店には、皇室御用達という悲願がございます。失礼ながら皇后陛下には……」

「貴方の憂えていることは判っているつもりです。確かに私には、宮中の方針を決める権限があり ません。ですが、これが何を意味するか、貴方にはわかるでしょう。私は決して、貴方たちを独占できないのです。皇国派が貴方に仕事を頼んだとしても、私はそのことに関知も干渉もいたしませ

260

ん」

　ただし、と言って、皇后は言葉を続ける。

「私の依頼を請けるからには、必ず完遂していただきます。仮に皇国派が貴方を召し抱え、その時の発注の条件として、私の依頼の反古を挙げたとしましょう。その場合でも、貴方には面従腹背を決め込んでいただきたいの。たとえ秘密裏にでも、私の仕事は進めていただきたいのです」

「納品物という物証がある限り、そのような誤魔化しは難しいでしょう」

　泰皇の目が節穴でない限り、贈られた品物を見れば、ブランシャールの品であることはすぐばれる。その瞬間、ブランシャールが約束を反古にしたことも明らかになってしまうことだろう。

　しかし、皇后は首を横に振って、アルベリクの危惧を否定した。

「貴方はご自身の力を過小評価しています。彼らは今、有力な宝飾商を喉から手が出るほど欲しています。貴方を敵に回したり破壊したりするよりも、味方に付けることを望むはず。人質を取られて脅迫されたのだと言い訳すれば、彼らとて納得せざるを得ないでしょう」

　アルベリクは目を眇めて、皇后を見やる。

　ルイーズがここにいるのは、やはり偶然ではなかった。皇后は決して担がれるだけの神輿ではないし、単に容姿と家柄だけで皇国に嫁いできた人形というわけでもなさそうだった。その強烈なカリスマと人たらしの才を含め、魑魅魍魎の園たる皇都において、頂点に君臨するに足る力を、彼女は確かに備えていたのだ。

　ルイーズたちの側に立つ従者が、無表情のままこちらを見ている。その右手は今や、腰に佩いた太刀の柄頭《つかがしら》を握っていた。

なるほど、もし生まれが違えば、この女性はひとかどの商人になっていたことだろう。ルイーズの幸せそうな笑顔が、アルベリクには恨めしくてならなかった。

彼は短く嘆息した後、皇后に向き直り、問うた。

「……して、そのお話とは」

このアルベリクの問いを受けるや、皇后は弾けるように立ち上がり、アルベリクに向かって深々と頭を下げた。泡を食ったのはアルベリクの方である。自らも立ち上がり、顔を上げるよう皇后に乞うた。仮にも皇国の頂点に立つお方が、臣下に頭を下げることなどあってはならない、と。

だが、彼女はなかなか頭を上げようとしなかった。ようやく持ち上がったその顔には、悲しみの表情がありありと浮かんでいた。

苦悶《くもん》とともに、彼女は呟く。

「……あの方は今、狂気に駆られつつあります」

それから彼女はアルベリクに、皇室の赤裸々な内情について語り始めた。その大枠については、ブランシャールの情報網の力によって、既にアルベリクの方でも把握していたものであった。だが、皇后の口から語られた内容は現実に彼女が体験したものである分、ただの情報よりも真実味があった。

泰皇を盟主とする皇国派は、宗主国たるパヴァリアに対して叛意《はんい》を抱いている。これはもはや疑いの余地もない。だが、皇后の懸念は別のところにあった。

「人としての心が、日に日に薄れてゆくようなのです。まるで、尽きかけている蠟燭《ろうそく》の火のように……」

皇后が、唇を震わせてそう呟いた。

彼女が語るところによると、ある時期を境に、泰皇は人が変わったような振る舞いを見せるようになったという。

「太子だった頃のあの方は、誰にでも分け隔てなく優しく、冗談がお好きで、いつも朗《ほが》らかにお笑いになられていました。ですが、今は……」

「魔の類が乗り移ったとでもおっしゃるのですか」

「……わかりません。貴方には、わかりますか？　人がなぜ、変節してゆくのか。人がなぜ、優しさを失い、冷酷になってゆくのか」

——お前は変わった。

アルベリク自身、旧知の者たちから嘆きともつかぬ言葉を向けられることが多々あった。そして、彼自身、自らの性質が過去に比べて変化していることも自覚していた。だが、彼にとってその変化は生きるために身につけた『強さ』に他ならなかった。

泰皇の変節も、あるいはアルベリクのそれと似たようなものなのかもしれない。

しかしながら、人にはそれぞれの事情というものがある。自らの人生という物差しだけで、一概に他人の人生を判断するわけにはいかなかった。

皇后もどうやら、同じようなことを考えていたらしい。伏し目がちに思案めいた表情を浮かべつつ、彼女は言葉を継いだ。

「国家元首としての立場が、あの方をあるべき姿に矯《た》めつつあるのだという向きもあります。確かに、そうかもしれません。あるいは、私にも明かせぬ差し迫った理由があって、心を鬼にせざるを得なくなっているのかもしれません。……私には何もわからないのです……」

誰よりも近くに居る人間にもわからなければ、誰にもわからないだろう。そう心の内でぼやきつつも、アルベリクはあくまで気遣わしげな表情を崩さなかった。

「本国のお目付け役は、なんとおっしゃられているのですか？」

「叔父は——内大臣は杞憂《きゆう》と申していました。それこそ、立場が人を創るものだと……」

アルベリクも内大臣とやらと同意見だった。男という生き物は、立場に生かされ、育てられるものだ。

しかし、皇后はその意見に納得していないようだった。テーブルの上に置かれた彼女の手が、強く握り締められる。

「ですが、私は、即位される前のあの方のほうが、好きでした」

彼女は目を上げ、アルベリクをまっすぐに見据えた。すがるような、あるいは祈るような、そんな切なげな表情で、彼女はアルベリクに訴えかけた。

「私は、あの方にもう一度、真心から微笑みかけていただきたいだけなのです……」

彼女の依頼は、決して政治的なものではなかった。ただ一人の人として、女性として、妻として、愛する者から愛されている証拠を得たいという、至極普遍的な希求に過ぎなかったのだ。——彼女が大女優並みの演技をしていない限りにおいてだが。

自分の国の元首を変節させるための仕事というわけである。もし失敗に終われば、最悪の場合、責められるのは皇后ではなくブランシャールとなることだろう。アルノー夫人の仕事以上の難題である。だが、もはや後には退《ひ》けなかった。

アルベリクはその日、皇后との間で秘密裏の契約を締結した。

そして、まるでこれらのやり取りを間近で見ていたかのようなタイミングで、一通の手紙がブランシャールにもたらされた。

差出人は、皇国の外務大臣を務めるクラヴィエール公爵だった。封蠟の印璽《いんじ》は大臣としてのものではなく、クラヴィエール家の紋章であるため、どうやら個人としての手紙らしい。

内容は、公爵の妻への贈答品を用意してほしいという、特筆すべきところのない仕事の依頼だった。

所望するのは外交の同伴時に着用できるようなフォーマルなブローチである。その用途故、国樹の楓《かえで》や国鳥の鶫《つぐみ》をモチーフにすることが必須の条件とされている。しかし、公爵はこれに加えて、いまだかつて誰も見たことの無いような独創性や、所有欲を掻《か》き立てるデザイン性を求めていた。

クラヴィエール家はブランシャールの顧客名簿の中にはないが、おそらくはアルノー夫人の品評会での噂を聞きつけて、依頼してきたものと思われた。

この差し込みの依頼に、ブランシャールはにわかに活気づいた。国政を担う貴族の顧客は紛れもなく上客であるし、なによりこのクラヴィエール家は『皇国派』の一員なのである。この依頼で成功を収めた暁には、悲願たる皇室御用達へ向けて、大きく前進することになるであろう。

ブランシャールは当然、二つ返事でこの依頼を受け入れた。そうなると必然的に、皇后の依頼は列後することになる。アルベリクは早速、皇后にその旨を手紙で伝えた。皇后は了承の返信を送ってよこしたが、どれほど時間がかかっても必ず依頼を完遂してほしいと釘《くぎ》を刺すことも忘れなかった。

かくして、店をあげての一大プロジェクトが、水面下で大きなうねりを伴って動き出したのである。

◇

一通の封筒が、執務室の机の上に置かれていた。

封筒の端には、松脂《まつやに》の指紋が張り付いている。差出人を見るまでもなく、それがナタリーからの手紙であることは明らかだった。

アルベリクは机の引き出しからペーパーナイフを取り出すと、慎重に封を開いた。

中に入っていたのは、一通の手紙だった。

『親愛なるアルベリク様

お手紙ありがとうございました。

アルノー様が私の作品をお気に召されたとのこと、また、夫人の体調が快癒に向かっているとのこと。お伝えいただいて、安堵《あんど》とともに深い喜びを感じております。

このお仕事をいただけたことを、私は誇りに思います。

今、胸に満ちるこの想いをどうしてもお伝えしたく、筆を執りました。

下の渓流が、雪解けの水を含んで、透明に美しく輝いていました。

敬具
ナタリー・ルルー』

何の変哲もない内容の手紙だった。

だが、今や、一つの衝動が、耐え難く彼の胸を浚《さら》っていた。

——郷愁という名の衝動。

ナタリーと出会うまでは、長いこと帰る気にもなれなかった故郷である。その故郷が、なぜか今、恋しくて堪《たま》らなかった。

送られてきた手紙は、故郷への誘惑に他ならない。

——早く、マルブールに帰ってこい。アルベリクには、ナタリーが言外にそう言っているように思えてならなかった。

だが、今はまだ、帰るわけにはゆかなかった。彼には、皇都で為《な》すべき仕事があと一つ、残されていたのだ。

第九章　真と偽

「こんな屑石《くずいし》を持って寄越《よこ》して、希石でございと貴様はほざくのか！」

今日も今日とて、ブランシャール宝石店の執務室に、ヒステリックな叫び声がこだまする。誰の声か。無論、アルベリクの声である。

クラヴィエール公の案件が決まってからこちら、彼の怒声の響かぬ日はなかった。

アルベリクの手には、大粒の金剛石の原石がひとつ、摘《つま》まれていた。その金剛石を、彼は目の前に立つ哀れな部下に向かって、掲げて見せていた。

「いいか、俺たちは歴史を作ろうとしているのだぞ。百年を超えて残る歴史だ。この石に、百年の時を耐えられる力があると、貴様は本当に思っているのか？」

「し、しかし、これは最高品質の金剛石です。現時点で、これ以上価値のある石は……」

アルベリクは眦《まなじり》を釣り上げ、手にした原石を部下の男の胸に押し付けた。

「金剛石では駄目だ！　生産調整によって価値が決まる石では――。石屋が手のひらを返して市場の流通量を増やせば、たちまちそこら辺に売られる土産物と同価値になるのだぞ」

「そうはおっしゃられましても、希少かつ品質の高い石というのは、なかなか市場に出回るものではなく……」

男の額に、玉の汗が光る。その額に向かって、アルベリクはしたたかに罵声を浴びせかけた。

「――それを何とかするのが、貴様ら仕入れ担当の仕事だろうが！」

男は肩をびくりと痙攣《けいれん》させ、身を縮こませる。

善処する旨を口の中で呟《つぶや》いたのち、部下の男は逃げるように執務室を去っていった。

部屋に一人残されたアルベリクは、興奮冷めやらぬまま目を爛々《らんらん》と輝かせ、肩で息をしながら立ち尽くしていた。

ふいにアルベリクは、震える手を懐に差し入れ、化粧箱を摑《つか》み出した。箱の蓋を開けると、中から一つの指輪が顔を覗《のぞ》かせた。件《くだん》の茨の指輪だった。

ここ最近、彼はこの指輪をいつでも鑑賞できるよう、肌身離さず持ち歩いていた。

心が乱れた時、あるいは不安に苛《さいな》まれた時、この指輪を見ると、不思議と落ち着きを取り戻すことができた。

今しも、アルベリクの緋色《ひいろ》の瞳は指輪を捉え、その姿をしげしげと見つめはじめた。すると、彼の目に宿っていた険は見る間に和らぎ、乱れていた呼吸も次第に整っていった。

その様子は、傍《はた》から見れば、蓮《はす》の指輪を眺めて安堵《あんど》するナタリーの姿と、なんら変わりなかった。

しかしアルベリクがそのことを自覚する気配は、皆無だった。

◇

好機を前にして、アルベリクの心は逸《はや》りつつあった。

悲願たる皇室御用達《ごようたし》へ向け、クラヴィエール公の案件はなんとしても成功に導かなくてはならない。

しかし、宝飾の主役となる要《かなめ》の宝石が、未《いま》だ見つかっていないのだ。

特に今回の相手は国政を担う大臣である。予算も青天井と考えられる。となれば、宝飾を扱う者として、この世にまたとない類稀《たぐいまれ》なる一石を用意したい。そうアルベリクが願うのは、ごく自然なことだった。

唯一、限りのある資源は、時間だった。納期は決まっている。材料が揃《そろ》わず着手が遅れれば、その分、製造に回す時間が足りなくなってしまう。

この状況が、アルベリクの心に焦りを生んでいた。焦りは得てして、付け入る隙を生むものだ。

ブランシャールが最高品質の宝石を血眼になって探しているという噂《うわさ》は、宝石商の間で大きな話題となっていた。もしも店主アルベリクのお眼鏡に適《かな》う品をもたらせば、巨万の富を得られると、まことしやかに囁《ささや》かれたものだった。

そんなある日、一人の男がブランシャール宝石店の門を叩《たた》いた。彼は業者用のエントランスで受付に相対するや、開口一番、「極上の石を持ってまいりました」とのたまい、一つの宝石を開陳した。商人を説得するには、百の言葉より一つの現物である。男はそれを充分に心得ていた。

男が持ってきたのは、見事な大粒の紅玉だった。

肉眼では内包物を認識できないほど透明度が高い。それでいて色味は限りなく深く、研磨も非の打ち所がない。まさに最高品質と呼ぶにふさわしい逸品だった。

また、質で言えば、男自身の様子もまた、大変に優れていた。東洋風の相貌を持つその男は、至極愛想がよく、物腰も柔らかで、身なりもしっかりしていた。つま先から頭の頂点まで丁寧に整えられており、最高の品をもたらす者にふさわしい立ち居振る舞いだった。

アルベリクは男を応接間に招き入れ、丁重にもてなした。そして、世間話もそこそこに、男の持ち込んだ石の鑑定に取り掛かった。

紛れもなく、真の紅玉だった。ルーペで見ると、石の内奥に僅かな内包物が見られたが、それこそまさしく、この石が本物の天然石であることを示していた。また、『鳩の血』と呼ばれる特等の色味を有し、その姿には、ある種の艶めかしさすら漂っている。

アルベリクは目を瞑り、瞼の裏で夢想した。この石が、新作のブローチの中央に収まり、煌めく姿を。わずか数瞬そうしていただけで、彼の脳裏には数十のデザインが、万華鏡のように形を変えて浮かび消えていった。

品物は、なるほど非の打ち所がない。しかし、こうした持ち込みの品を買い取る際には、より大事な観点があった。——その品の素性である。

アルベリクは宝石から目を上げ、男に向かってそれとなく尋ねた。

「素晴らしい品ですな。——これはどのようにして手に入れられたものですか」

「私共、中央トラク商会は、南トラク王国を本拠とする宝石商組ギルドです。私共は国内に多くの直営鉱山を保持しております。こちらの品は、私共の持つ紅玉鉱山から採れたものでございます」

地獄耳で鳴らすアルベリクをもってしても、中央トラク商会などというギルドの名は、聞いたこともなかった。だが、南トラクが紅玉石の一大産地であることは、宝飾で飯を食う者なら誰もが知っていた。

ブランシャール宝石店も、これまで幾度となく南トラク産の良質な紅玉を仕入れてきた。したがって、石の素性を知るための知見も、ある程度蓄えていたのだった。

「鑑別書を拝見したい」

「こちらに」

男はよどみない所作で、アルベリクの前に一枚の書類を差し出した。金刷りの飾り枠が施された色付きの上質紙に、産地や登録日、重量やサイズなどの諸情報が書きつけられている。

南トラク王国は原石採掘を国策産業としており、鑑別書も国の定めた様式に従って発行されていた。男の提出した鑑別書は、まさしくその様式通りの代物だった。

疑わしきところは、何一つない。この取引は、どこを切っても清廉潔白に見えた。

だが、アルベリクの緋色の目は、チラチラと光を放ちながら、油断ならぬ様子で男の姿を睨《ね》め回していた。

この商談の半ば辺りで、アルベリクはある種《しゅ》の違和感を覚え始めていた。

——あまりにも、何もかもが完璧すぎるのだ。

加えて、ある一つの情報も、アルベリクの疑念に拍車をかけていた。それは一ヶ月ほど前にブランシャールにもたらされた情報だった。

東方のさる王国の大貴族が、盗難に遭ったという。盗まれたのは家宝のブローチであり、そして、そのブローチには、見事な鳩の血色の紅玉があしらわれていたということである。

盗難されたブローチの形状については、一切情報が入っていなかった。そのことが、今まさに、アルベリクの仕事を困難なものにしていた。

そんな懸念をよそに、男は朗々と語り続ける。

「ご覧の通りの逸品でございますから、大変多くの方が興味を持たれていらっしゃいます。引き取り手は早晩にも現れることでしょう。しかし、手付金を頂戴《ちょうだい》できれば、お取り置きするに吝《やぶさ》かではございません。いかがいたしますか？」

この場合、手付金の提案をするのは定石であるが、もし彼が詐欺師なら、手付金の持ち逃げを狙っているとも考えられる。

アルベリクは顎髭《あごひげ》を指でなぞって思案した後、意味ありげな含み笑いを浮かべて目の前の男を見やった。

「私もこういう商売が長いもので、ある種の勘というものが働くのですよ。何が真で、何が偽か。裏付けも根拠もない、そんなものが真であることもあります。逆に、すべてが揃っているにもかかわらず偽であることもある」

「おっしゃりたいことは、よくわかります。しかし、多くの場合は、真らしきものこそ真。そうではありませんか」

男は動じることなく微笑《ほほえ》んだ。

ひとたび疑いの心が芽生えれば、何もかもが疑わしく見えてくるものである。

（……ここは、席を立つ場面では？　真に真であれば。引く手あまたの希石なのであれば）

アルベリクの脳裏に、そんな問いが反響する。

眼前の紅玉はあくまで綺羅《きら》びやかで、かすかな風が吹くだけでその身を揺らし、目を潰すほどの輝きを放つ。是が非でも欲しい、そう思わせる一品であった。

しかし、アルベリクの長年の勘と嗅覚は、控えめだがはっきりとした警鐘を鳴らしている。この取引は、なにか臭《にお》う、と。

男が一つ咳払《せきばら》いをする。無言の時間が長すぎたのだ。これ以上逡巡《しゅんじゅん》しているわけにはいかない。

──答えを出さねばならない。是か非か。白か黒か。

アルベリクは心の中で悶《もだ》えに悶えた挙げ句、血反吐《ちへど》を吐く思いで、このような場合の常套句《じょうとうく》を口にした。

「……残念ですが、当店では初取引の方には手付金をお支払いできない規則になっております。例外はありません。しかし、もちろん、これで交渉の終わりというわけでもありません。本件、前向きに検討させていただきますので、本日はお引取りいただけますでしょうか」

アルベリクがそう言うと、男は嫌な顔ひとつせず、柔和に微笑んでみせた。

「承知いたしました。もちろん、構いません。私共の連絡先はこちらになります。いつでもお呼び立てくださいませ」

男はそれだけ言って、粘るでもなくブランシャールを後にした。男の背中を見送ったアルベリクは、即座に店の中に取って返し、一人の部下を捕まえてこう命じた。

「今の男の後を尾《つ》けろ。気取られるな」

ほどなくして、部下が尾行から帰ってきた。彼の報告によると、男はまっすぐ皇都の高級ホテルに戻ったという。そのホテルは、まさしく連絡先に書かれた通りの場所だった。そして、宿泊者名簿には、男が語ったとおり『中央トラク商会』の名が記されていたという。

情報を集めれば集めるほど、男の正体は真に近づいてゆくような気がした。だが、現時点では、まだコインは裏も表も見せてはいない。最大の懸念である、盗品の筋が明らかになるまでは……。

アルベリクはあらゆる手を尽くし、盗まれたブローチの情報を集めるよう手配した。情報の到着を待つアルベリクの焦燥たるや凄《すさ》まじく、まさに居ても立ってもいられないという状態だった。

後日、ついにアルベリクは、アルノー夫人の伝《つて》で、盗まれたブローチの形状にまつわる文書を手に入れた。

そこに記載された形状を見た瞬間、アルベリクは快哉《かいさい》を叫んだのだった。ブローチの中央には、先日その目で見た紅玉が、まさしくそのままの姿で描かれていたのだ。

アルベリクは念のため、すぐに男の泊まるホテルを訪ねたが、男は既に出払った後だった。そして、その後、アルベリクの耳に『中央トラク商会』などという組織の名が聞こえることはついぞなかった。

強い欲望は、あらゆるものを引き寄せる。良いものも、悪いものも――。しかるに、それを受け取る者は、多大な注意を払い、良いものだけを選び抜かねばならない。

今回の一件は嚆矢《こうし》にすぎない。今後はさらに多くの魑魅《ちみ》魍魎《もうりょう》が、アルベリクを謀り食い物にしようと、彼の元を訪れることだろう。

油断してはならない。己の武器は、眼窩《がんか》に収まる緋色の双眸《そうぼう》のみ。その武器を駆使し、必ずや真なる希石に辿《たど》り着いてみせる。アルベリクはそう決意し、気持ちを引き締める。

そうこうしている間にも、アルベリクの元に、また新たな石の情報が届いた――。

◇

皇都の宝石商組合は、皇国最大の宝石市場を擁する。基本的に地産地消のマルブールと異なり、皇都の宝石市場は世界中から人と宝石が集まり、再び世界に向けて散ってゆく。人と物の集積地であり、同時に中継点でもある。そういう類《たぐい》の場所だった。

ブランシャールはガストンを重用していた都合上、マルブールの石を主に仕入れて使っていた。だが、ガストン亡き今、皇都の工房に仕事を依頼する頻度が上がり、その結果、宝石の仕入れ先も皇都の市場に移りつつあった。

その日、アルベリクは懇意にしている卸売業者から、特別な出物の情報を得ていた。そこで、幹部たちとの打ち合わせを済ませるや、彼はその足で市場に駆けつけたというわけである。

特別な出物というからには、通例なら、大々的な宣伝を経て競売が開催されるはずだった。となれば、各地から有力な商人が集い、市場は大変な賑《にぎ》わいを見せているはずである。

しかし、アルベリクが目にした市場の様子は、平時となんら変わらなかった。たしかに多くの人で賑わってはいるものの、人々の表情に飛び抜けた緊張感は見られない。何かが起きる時の、ある種《しゅ》ひりつくような空気は皆無だった。

奇妙に思いつつ、アルベリクは件の業者の店に足を運んだ。

業者は店先に立って、客引きに精を出していた。往来を行き交う人々の興味を惹《ひ》こうと、必死になって声を張り上げている。

アルベリクが前に立つや、男は芝居がかった態度で己の掌《てのひら》を叩き、その手でアルベリクを指さした。

「来たな、ブランシャール」

「ああ、来た。それで？　とびきりの出物とは何だ？」

「おいおい、挨拶もなしかよ。まあ、そう焦りなさんな。——おう、ちょっくら奥に行くから店番頼まあ」

男は売り子に番を任せ、アルベリクと連れ立ってバックヤードに潜り込んでゆく。

バックヤードは雑然としていた。林立する棚には書類やら商品やらが、整理されているのかされていないのかわからぬ状態で並べられている。そして、その棚の間を埋めるように、外国の文字が焼きつけられた木箱がいくつも積み重なっていた。

二人はこの『モノの森』の隙間を縫うように歩き、部屋の奥に分け入ってゆく。突き当りの最も乱雑になっているところに、応接用の椅子とテーブルが、半ば埋まるような形で鎮座していた。アルベリクは肩を小さく縮めて、狭い椅子の中に身を押し込んだ。

男はアルベリクの前に座り、おもむろに話を切り出した。

「あんたに紹介したい男がな、いるんだよ」

「それが用件か？　特別な品が入ったというから来てやったのだぞ」

「嘘《うそ》は言ってねえぜ。その男が、あんたを名指しにして、石の取引がしたいと言ってやがんだ」

その言葉を聞くや、アルベリクはうんざりしたように眉根を寄せた。

先般の紅玉の一件から、アルベリクの心には強い警戒心が宿っていた。ことに、ここ最近ブランシャールを訪ねてくる業者ときたら、惨憺《さんたん》たる有様だったのだ。

海千山千の赤目烏《がらす》を相手に石を売ったという実績を得れば、畢竟《ひっきょう》信用できる商人であるという証明につながる。そうした噂を聞きつけた有象無象《うぞうむぞう》の輩《やから》が、大した商品も用意しないまま口八丁で屑石を売りつけようとしてくるのだ。アルベリクがうんざりするのも無理はなかった。

しかし、目の前に座る問屋は信用できる男であるし、彼の紹介を無下に断るわけにもゆかない。アルベリクは頭の片側に痛みを感じつつ、話の続きを促した。

「そいつは、どんな男だ？」

「ジルベールって男でな。下町訛《なま》りが強いくせに、どうも……なんてえか、雑じゃねえ。変わったやつなんだ。やたらと目が肥えてやがる。それでいて、どこの店の所属でもないってんだ」

「素性の怪しい人間を、あまり出入りさせるなよ」

「それなんだがよ。ピエール・ド・カミユ伯爵直々の紹介だから、素性は悪くねえんだな、これが」

「カミユ伯爵か……」

ピエール・ド・カミユ伯爵は、皇国東部の鉱山地帯に古くから領地を持つ名門貴族の当主である。近年は中央から遠ざけられ、皇都で名を聞くことはなくなったが、それは彼らカミユ家が皇国派の最右翼に位置し、パヴァリア派と激しく敵対しているためであると言われている。その噂に違《たが》わず、カミユ家の泰皇《たいこう》への忠誠心は強く、たとえ皇国の権力中枢から外されようとも、泰皇に対する礼節は決して揺るがなかったという。

このピエール・ド・カミユという伯爵は、あらゆる行動が政治活動に結びついていると言われるほど、油断ならぬ男だった。そのカミユ伯爵が自分の名を出して紹介してきたからには、そのジルベールという男にもなんらかの政治的意図が存在するに違いなかった。

「そいつはなぜ、俺を名指しにしたんだ？」

「そんなこと、俺が知るかよ。例によって、クラヴィエール公の案件がらみじゃねえのかい」

「なら、ますます怪しいな……」

「だが、うまくすりゃ伯爵とのコネを得られるかもしれねえぜ。やばそうなら縁を切りゃあ良《い》い」

「やけに推すな。いくら摑まされた」

「まだなんにも。あんたとそいつを引き合わせることができりゃあ、それなりに貰《もら》える約束だ」

「まだ会うとは言っていないぞ」

「会うんだろ？　会うはずだ。あんたならな」

確信のこもった視線が、アルベリクに向かって注がれる。

言われるまでもなく、アルベリクは最初からそのつもりだった。相手がたとえ悪鬼であろうが、彼は会うつもりでいたのだ。

だが、面と向かって断言されてしまうのは、あまり気分の良いものではなかった。

◇

ジルベールという男が会合場所に指定したのは、貧民街の大衆酒場だった。周囲の治安はお世辞にも良いとは言えず、およそ貴重品の取引に向くような場所ではなかった。だが、ジルベールがのたまうことには、『信頼できる店』だということで、しぶしぶアルベリクはその提案を承諾した。

アルベリクは問屋の男と連れ立って、定められた日時に貧民街を訪れた。

貧民街は、皇都最大の面積を誇る街区である。皇国外から流れてきた難民や、稼ぎ手を失った寡婦、逃亡奴隷、物乞いなどが集まり、スラムを形成している。

実のところ、アルベリクが貧民街に足を踏み入れたのは、これが初めてのことだった。その名に違わず、町並みの荒《すさ》み具合は尋常ではなかった。

表通りの路端《みちばた》には、昼間だというのに働きもせず泥酔して眠る男やら、物乞いやらが、塵芥《じんかい》のように吹き溜《だ》まっている。

連なる家々は朽ちかけたあばら家ばかり。ほんの僅かな土地に無数の人間が密集して生活しているのが窺《うかが》い知れた。

およそ、治安のよろしい場所ではない。アルベリクのような小綺麗《こぎれい》な身なりの者は、目立つことこの上なかった。

二人が表通りを歩いていると、一台の巨大な馬車に出くわした。二階建ての幌《ほろ》馬車だった。荷台の中には、人間が酢漬けのように詰め込まれていた。詰め込まれた人間たちは皆、襤褸《ぼろ》を纏《まと》い、薄汚れていて、不潔だった。中には、年端も行かない子供の姿も多く見受けられた。汚い顔面の中にあって唯一光る彼らの目は、なんの感情も纏わぬまま、アルベリクたちを見つめていた。

馬車の幌に視線を向ける。そこには、ユミリテ教の聖印が焼き記されていた。

その印を一瞥《いちべつ》し、アルベリクは呻《うめ》く。

「あれが、噂に聞く聖徒徴用車か……」

聖徒とは、端的に言えば、ユミリテ教公認の奴隷である。神の名の下《もと》に、ユリミテ教は皇国の貧民層を二束三文でかき集め、国外に労働力として送り出しているのだった。

聖徒となった者は死後天国へ迎え入れられると、聖職者は口約束する。だが、それを信じる者は誰もいない。いるのは、家族や知り合いを売って小銭をせしめた者と、他国に連れ去られ二度と帰ってこられぬ者だけだった。

問屋の男は顔をしかめ、吐き捨てるように呟く。

「この国は上から下まで、ユミリテ教に搾取されていやがるんだ。けったくそ悪い話だぜ」

アルベリクの脳裏に、大司教コンスタンの笑みが浮かぶ。形こそ異なるものの、アルベリクもまた聖徒同様、搾取される側であることに違いなかった。金があれば金を搾取される。金がなければ人生を搾取される。それだけの違いだった。

泥濘《でいねい》と汚物まみれの路地裏に、目当ての酒場はあった。

酒場の中は想像したとおりに猥雑《わいざつ》で汚らしかった。床にも壁にもなにやら粘着質の垢《あか》のようなものがこびりつき、客も店員もおしなべて柄が悪い。そもそも、ここにいる誰も彼も、平日の昼間から悪びれもせず酒瓶を空にしている時点で、人間としての筋が知れたものだった。

問屋の男は、そんな屑共の合間を縫って、店の奥に歩を進めてゆく。

窓際の隅の席に、件《くだん》の男は居座っていた。

銀色の髪と、碧色《へきしょく》の瞳。そして、なめらかな白い肌。それらは、紛れもなく典型的なガロア人の特徴を示していた。埃《ほこり》まみれのボサボサの髪は、まるで獅子《しし》の鬣《たてがみ》のようだったが、その目の中に宿る光には、ただの貧民にはない活力が宿っていた。

男は、円形の大きなテーブルの前に座っていた。テーブルの上には、酒場であるにもかかわらず酒瓶の姿はなく、代わりに無数の書類が雑然と散らばっていた。男はそれら書類のうちの一枚に目を落とし、長いこと、じっと凝視していた。やがて彼はその文書の末尾の余白にペンを滑らせ、署名として己の名を書き記した。『ジルベール・ガロア』と。

彼はやおら目を上げ、アルベリクの姿を見るや朗《ほが》らかに破顔した。

「来たな。マルブールの赤目鳥ってのはあんたか」

「それは蔑称だ。初対面の人間からその名で呼ばれたくはないものだな」

「こいつは失敬。しかし、まあ、伝え聞いた通りの風体と態度だ。本人と見て間違いねえんだろうが……」

「無論、本人さ。俺が保証するぜ」

自信有りげに胸を叩く問屋の男を無視し、ジルベールは懐から二つの化粧箱を取り出した。と、彼はやおらもう片方の腕を豪快に振るい、テーブルの上の書類の山を床に払い落とす。そして、片手に持った二つの化粧箱を、テーブルの上にそっと並べた。

化粧箱の蓋が、ジルベールの手によってゆっくりと開かれる。

無音の音を立てて、化粧箱の中から光が弾《はじ》けた。箱の中の宝石が、窓から差す陽光を照り返して瞬《また》いたのだ。

その姿が詳《つまび》らかになった瞬間、アルベリクは、思わず息を呑《の》んだ。

「ヴァニエ……！　オーギュスト・ヴァニエか！」

天鵞絨《ビロウド》貼りの台座の上に鎮座していたのは、蓮の花を模した黄金のブローチだった。

目を剝《む》いて驚くアルベリクの姿を、ジルベールは愉快そうに見上げていた。

「流石《さすが》に、判《わか》るか。『泥濘の蓮』。今は亡きグリアエ王国、その名匠オーギュスト・ヴァニエが生み出した逸品だ。記録によると、これは本来一品物だ。この世に二つとない品のはずなんだ。――つまり、この二つのうち、どちらかは贋作《がんさく》ということになる――」

「見せてくれ」

かぶせ気味のその声には、懇願にも似た響きがあった。アルベリクはもどかしげに椅子を引き、ジルベールと向かい合わせに座る。そして、自らの手で二つの化粧箱を手元に引き寄せ、真上から覆いかぶさるようにして正視した。

眼下の二つのブローチは、まるで鋳型から取り出したように瓜二つ《うりふた》だった。しかし、鋳造ではない。折り重なる蓮の花弁を模したその立体的な造形は、人の手で矯め、繋《つな》げ、削り込まなければ到底実現できぬものだった。

花弁も葉も、その一枚一枚が優美な曲線を描き、今しも風にそよぎそうなほど生命感に溢《あふ》れていた。ことに彫金が見事なもので、人の目に触れる箇所は言うに及ばず、目立たぬ細部まで妥協なく繊細な加工が施されている。

ナタリーが心酔する、例の蓮の指輪によく似た姿をしていた。それもそのはず、件の指輪は、この『泥濘の蓮』のオマージュとして作られたものだったのである。

若き日のアルベリクが狂おしいほど恋い焦がれた、憧れの品だった。それが今、図らずも彼の前に現れ、あまつさえ触れることすら許されようとしている。その事実を前にして、アルベリクの鼓動は高鳴り、全身がうち慄《ふる》えた。

無論、浮ついてばかりもいられなかった。迸《ほとばし》る憧れのままにオマージュの指輪を作ったのは、十年以上も昔のことである。今のアルベリクは、その頃の彼ではない。

今は大事な交渉の前段であり、この『泥濘の蓮』もまた、今となっては仕事として対峙《たいじ》すべき相手にすぎない。

アルベリクは一度大きく深呼吸をし、昂《たか》ぶる心を落ち着かせようとした。存外それは上手《うま》くいき、再び眼下のブローチに視線を投じる頃には、彼はもういつもの冷静な宝石商に戻っていた。

「どこでこれを手に入れた？」

アルベリクはやおら目を上げて、詰問気味に問うた。

この『泥濘の蓮』というブローチは、元々はグリアエ国王に献上され、国の宝物庫に収められていたものだった。だが、ガロア皇国建国の際のどさくさで紛失したと言われている。

元来、ジルベールの如《ごと》き、どこの馬の骨とも知れぬ男が持ち出すようなものではない。よもや盗品ではないかと、アルベリクは疑っていた。

だが、ジルベールはけろりとした顔で、こともなげに答えてのけた。

「こいつはピエールの所蔵物さ。やつは皇国派の中でも極右に近いからな。グリアエ王国の復古を本気で信じていやがる。来たるべき時のためにレガリアが必要なんだとよ」

ジルベールの話を信じるなら、この『泥濘の蓮』は実際のところ、亡国の兆しが明らかとなる過程で、有志の手によって持ち出されたと推察される。それが巡り巡ってカミユ伯爵の手に渡ったということなのだろう。なにしろ、『泥濘の蓮』は亡き王国の往時をしのばせる、国宝級の逸品である。皇国派にとっては復権の象徴とも言える重要な品なのだ。

となれば、あまり深く問いただせば藪蛇《やぶへび》になりかねない。未だ皇室との取引もない状態で、くだらぬしがらみに囚《とら》われるのは御免被《ごめんこうむ》りたいところだった。

「身の証《あかし》だてをしたければ、この二つの真贋《しんがん》を見極めろと、そういうことかね」

「ま、そういうこったな」

マルブールの赤目鳥と呼ばれる男ならば、ヴァニエの真贋を明らかにすることなど朝飯前だろう。

ジルベールの目は、暗黙のうちにそう語っていた。

アルベリクは肩をすくめると、懐からルーペを取り出し、仕事にとりかかった。

オーギュスト・ヴァニエという作家は、『泥濘の蓮』の他にも、多くの作品を世に残している。幸運にも、アルベリクはかつて幾度か、それらの真作を目にする機会に恵まれた。その折に、真作の持つ特徴は、しっかりと目に焼き付けてあった。また、宝飾を生業《なりわい》にするからには、贋作を見せつけられることも幾度となくあった。

勘所を間違えなければ、真贋の判定が不可能でないことを、アルベリクはよく知っていた。

ルーペを用い、アルベリクは二つのブローチを交互に見比べる。

十倍のルーペをもってしても、二つのブローチは一瞥、同一の品にしか見えない。

しかし、アルベリクは焦っていなかった。むしろ、ルーペを覗き込んだ彼の表情は、鼻歌でも歌い出しそうなほど穏やかだった。その彼の口から、独語のような言葉が紡ぎ出された。

「ヴァニエの作品には、一人の名もなき天才贋作師《がんさくし》の影が常に付きまとう。その再現度は非常に高く、真贋の見極めは大変に困難だが……極稀《ごくまれ》に、その贋作師の手癖のようなものが見受けられる場合がある。二人の利き手が違うためだ。オーギュストが右利きなのに対し、贋作師は左利き――」

アルベリクはついに、真贋の差異をつきとめた。

葉の表面に付着した水滴を表現するための浮き彫り。それが決め手だった。雨粒が葉の上からいましも滑り落ちようとする様子を、その浮き彫りは小さな世界の中で見事に表現していた。

その浮き彫りが、一方のブローチではわずかに深かったのだ。角度的に、どうしても精密な彫りができなかったのだろう。しかし、その僅かな差のために、見る者は夢から覚めてしまう。これが黄金の葉などではなく、ただ金属を加工したものだと気づいてしまうのだ。

アルベリクは、全てが完璧な仕上がりであると見込んだ方を、ジルベールの手元に押しやった。鑑定前は、両方とも贋作である可能性も案じていたものだったが、その懸念は杞憂《きゆう》だったようだ。

案の定、アルベリクの選択を目にした瞬間、ジルベールは軽快に指を鳴らし、白い歯を見せて笑った。

「お見事。噂通りの目利きだな。──記念といっちゃなんだが、贋作の方は進呈するぜ」

ジルベールはそう言って、アルベリクの手元に残されたもう一方の『泥濘の蓮』を指差した。

贋作と言っても、しかしそれは、ただの贋作ではなかった。先程アルベリクが口にした天才贋作技師の作品であると見て、まず間違いない。

彼か彼女かはわからぬが、その贋作師の作品は、『贋作の中の真作』と呼ばれるほど、精巧無比な代物だった。その腕を評価する声も多く、真作ほどでないにしろ、市場価値も高い。贋作であることを承知で買う好事家《こうずか》が、ごまんといる。

そのような品を、飴玉《あめだま》をくれるような気安さで譲ってくれようというのである。気前が良いにも程があるというものだった。

それだけの品を無償で手にしながらも、アルベリクは、ジルベールの懐に戻ってゆく化粧箱を、名残惜しげに見送っていた。

（まさか、本当の真作とはな。この目で見られる日が来るとは……）

人の夢は、しばしば、思いもよらぬ形で叶えられることがある。血潮の脈打つほど強く望んでいる時ほど、その夢はひらひらと遠のいてゆくものだ。しかし、血を吐く思いで夢を諦め、時を経て、痛恨の記憶すらも忘却の彼方に押しやられた頃合いに、運命の女神はちょっとした労いのような気軽さで、しれっとその夢を叶えてしまうのだ。

その皮肉を心の中で嗤う。だが、どんな形であれ、夢は叶ったのだ。アルベリクはしばしの間、その感慨に酔いしれ、そして、しみじみと呟いた。

「――眼福だった。この仕事を続けてきて、本当に良かったよ」

するとジルベールは、再び白く整った歯を見せて笑った。

「そいつはなによりだ。俺はこの作品が滅法気に入ってる。完成された造形美もさることながら、この作品が作られた経緯もまた素晴らしい」

「家臣に国家を簒奪され、自暴自棄になっていた初代グリアエ王を諌めるために、忠臣がヴァニエに頼んで作らせたという話だな。たとえ泥の淀むどん底に身を落としても、王は変わらず王であれかし、と」

「おう、それだ。よく覚えているじゃねえか」

「常識だろう。宝飾を扱う者なら」

「そうか、常識か」

ジルベールはそう言って笑顔を見せる。爽やかで人懐っこい笑顔だった。彼はふと窓の外に目を向け、照りつく日差しに目を細めた。

「俺は今でこそ、見ての通りの馬の骨だ。上の奴《やつ》らから言われるままに仕事をするだけの、な。だが、いつまでもこのままではいられねえ。いつか、俺もこんな、俺だけの宝を――レガリアを、手に入れてみせる」

ジルベールの手が、『泥濘の蓮』を収めた懐を、上着の上から強く摑む。その目には、強い野心の光が閃《ひらめ》いていた。

「皇都に生きる男なら、誰もがそいつを願っている」

アルベリクはそう言って、我が意を得たりとばかりに大きく頷《うなず》いた。

ジルベールは軽く驚いたように目を見開き、しばしの間アルベリクの顔をまじまじと見ていた。やがて彼は、指で鼻の下をこすりつつ、はにかむように笑った。

「……妙に、気が合うじゃねえか。あんたとなら、酒でも飲んで楽しく話せそうだぜ」

「飲むかね？　お誂《あつら》え向きに酒場だ」

「そうしたいのは山々だが、まだ仕事が終わってねえ」

と、二人の傍《かたわ》らに立っていた問屋が、忘れられては困るとばかりに咳払いする。

ジルベールは面倒くさそうに問屋の男に向き直ると、小さな革袋をその胸元に突きつけた。

「ご苦労だったな。こいつが約束の金だ」

「へへへ……今後ともぜひご贔屓《ひいき》に……」

問屋はおもねりの笑みを浮かべて去っていった。

ジルベールの関心は既に、本題である交渉に移っていた。彼は足元から鞄《かばん》を引っ張り出すと、その中に手を差し入れつつ語り始める。

「宝石の価値を決めるのは希少性だ。今はどこぞの莫迦《ばか》が生産調整をしているために、金剛石が希少石として持て囃《はや》されているが、あんなものは本来希石などと呼ばれる類のものじゃねえ。本当の希石というのは――」

ジルベールの白磁のような白い手が、テーブルの上にこぶし大の革袋を載せる。

「本当の希石とは、いまだかつて、誰も見たことのない石のことを言う。そうは思わねえか、ブランシャール」

碧色の目が不敵に輝き、アルベリクを鋭く見据える。

アルベリクの指が素早く革袋の紐《ひも》を解き、その中身を取り出す。

革袋の中に入っていたのは、一個の研磨済みの裸石《はだかいし》だった。とびきりの大粒で、豊かな海のような青緑色をしており、テーブルの木目が透けて見えるほど透明だった。カットも素晴らしく、指で摘《つま》んだ瞬間、パビリオンの奥が激しく瞬いてアルベリクの瞳を刺すのだった。

「蒼玉《そうぎょく》……？　いや、これは……」

窓の光に透かしながら、訝《いぶか》しげに矯《た》めつ眇《すが》めつしていると、やおらジルベールが立ち上がり、鎧《よろい》戸《ど》を内側から閉めてしまった。

「何をする」

アルベリクが不満を顕《あらわ》にして眦《まなじり》を釣り上げる。しかし、ジルベールはまったく動じるふうもなく、悠々と隣のテーブルから燭台《しょくだい》を拝借してきて、蠟燭《ろうそく》に火を入れた。

「今度は、この蠟燭の灯にかざして見てみろ」

アルベリクは渋面を作りつつ、言われたとおりにしてみた。その瞬間、彼は思わず目を疑った。海のように深い青緑色だった宝石は、今や柘榴《ざくろ》の実の如き赤色を呈していたのだ。

「変色性か」

「ああ、それも、かなり強い。俺も色々珍しい石を見てきたが、こういう石は初めて見た。しかも、粒は重く、インクルージョンも少ない良個体ときている。カットだって一級品だぜ」

「どこでこれを手に入れた？」

「こいつは元々、ピエールの鉱山で偶然発見されたものだ。やつの主幹顧問である俺が、その取り扱いを委託されたというわけさ。だから、ほら、この通り、鑑別書だってあるぜ」

ジルベールはそう言って、アルベリクの鼻先に一枚の書類を突きつける。厚めの上質紙の上には、原石の発見日から、宝石のサイズ、透明度等が記され、紙の端には各種宝石商組合の割印が並んでいる。一瞥する限り、正当な鑑別書のように見受けられた。

しかし、アルベリクの表情は冴《さ》えなかった。ジルベールが、その表情を見咎《みとが》めて唸《うな》る。

「なんだよ、そのツラは」

「ブツは確かだ。しかし、それだけですべてを呑み込むわけにはいかんのだよ」

「ブツがあって、鑑別書もあって、後ろ盾まである。他に何が要るってんだ？」

「この石が、本当にカミユ伯爵のものであるという証がほしいところだ」

「まさか、盗品だとでも言いたいんじゃねえだろうな」

ジルベールは咎めるような目つきでアルベリクを睨《にら》むと、彼の手から宝石を奪い取った。つい先日も、盗品を掴まされかけたばかりなのだ。アルベリクが疑うのも無理からぬことだった。

しかし、ジルベールは鼻で笑って、その疑念を一蹴した。

「これほどの品が盗まれたとなれば、半島中にその噂が知れ渡るはずだ。地獄耳で知られるあんたが、その噂を耳にしないはずがねえ。どうだ？　そんな噂を耳にしたことが、あったのか？」

答えることができず、アルベリクは喉の奥で唸るばかりだった。それを見て、ジルベールはせせら笑う。

「ありゃしねえよなあ。なぜならこいつは――」言って、彼はアルベリクの眼前に名もなき裸石を掲げてみせた。「正真正銘、正規のルートでピエールの手に渡ったものだからだ。鉱山からピエールの会社に引き渡された時の納品書を後日郵送してやる。それで満足か？」

その納品書が偽造されたものであれば、意味はない。結局の所、疑いだせばきりがない。

文書偽造は、アルベリク自身がよく使う手段だった。ばれないように他人を騙《だま》し、陥《おとしい》れ、自らの有利になるよう仕向けるのが、彼の仕事のやり方なのである。そして、かようなあくどい手段を度々とってきたからこそ、他人も同じ手を使ってくるに違いないと考える。悪党の思考回路というのは、往々にしてそんなものである。

アルベリクは疑《うたぐ》り深い老人のような目で相手を見つつ、油断なく質問を続けた。

「ジルベールとか言ったな。あんたは何者だ」

「言っただろ。ピエール・ド・カミユの顧問……」

「悪いがあんたの経歴は既に調べてある。カミユ伯爵の顧問に、あんたの名前が連ねられたのは、つい一昨年《おととし》のことだ。そして、それ以前の経歴はどこにも見当たらん」

「なんてこたない、あんたと同業だよ。つい最近まで行商をやっていたから、皇都に記録がないんだろうさ。――ま、とはいえ、信用できないのも無理はねえ。気になるのなら、遠慮なくピエールに照会してくれ。なんなら、直接引き合わせたって良い」

「俺はカミユ伯爵の顔を知らん。俺のルートを使って照会させてもらう」

「好きにしてくれ。あらぬ疑いをかけられるのは俺としても本意じゃねえからな」

うんざりした様子で、大仰《おおぎょう》に手を振るジルベール。

矢継ぎ早に、アルベリクは質問を浴びせかける。

「なぜ俺を取引相手に指名した」

「あんた、クラヴィエール公から仕事を請けたそうじゃねえか。皇都じゃあ、一番でかい仕事だ。予算もそれなりにどでかいと踏んだ」

「よく知っているな」

「商人たる者、情報が命だぜ。もっとも、この件に関しちゃ、皇都で知らねえ奴はいねえよ」

「なぜ直接クラヴィエール公と取引しない？」

「それを言わせるのか？　パヴァリアに楯突《たてつ》いて左遷された伯爵が、同じ皇国派とはいえ一国の外務大臣と直接接触したらどうなるか考えてみろ」

考えるまでもなかった。宗主国であるパヴァリア国王や、ユミリテ教皇の逆鱗《げきりん》に触れるであろうことは、火を見るより明らかである。

しかし、アルベリクは負けじと追撃する。

「それを言うならば、あんたとウチを介した程度では、屁《へ》の突っ張りにもならないのではないかね？　この石の出どころから、カミユ伯爵とクラヴィエール公のつながりを疑われる可能性があるのでは？」

「そのあたりの誤魔化《ごまか》しは、ブランシャールの十八番《おはこ》だと聞いてるぜ。鑑別書の書き換えから公文書の偽造まで、手広くやってるって話じゃねえか」

「誰が言っていた？　そいつを、名誉毀損で訴えてやる」

「ま、あくまで噂だ。気を悪くすんなよ」

むっつりと不機嫌そうな表情のまま、アルベリクが唸る。

「カミユ伯爵は危険なお方だ。何を企《たくら》んでいるか知らんが、俺には政争の片棒を担ぐつもりはない」

すると、ジルベールの目に、突然鋭い光が宿った。その眼光たるや凄まじく、さしものアルベリクも気圧《けお》され、鼻白む。

ジルベールは押しかぶせるように身を乗り出すと、アルベリクの鼻先まで顔を寄せて凄《すご》んだ。

「ぬるいことを言ってんじゃねえよ。あんたら、皇室御用達を目指しているんじゃねえのか？　この程度の橋も渡れねえようじゃ、禁中では三歩も歩けやしねえよ。それにな、これ以上待っていたところで、盗品くらいしか出てこねえぜ。あんたはもう、こいつを使うしかねえんだ」

ガロア人の商人が語り終えると、沈黙が訪れた。落伍者《らくごしゃ》の集う猥雑な酒場は、昼間からなかなかに賑やかだったが、その中にあって、二人の座る一角だけは、不思議な静寂の中に沈んでいた。

ジルベールの語る内容は正しい。アルベリクはこれまで、辛抱強く良い出物の情報を待ち続けていたが、入ってくるのは盗品か紛《まが》い物《もの》か、あるいは価値の低い石の情報ばかりで、彼の望むような石の情報は、ついぞ現れなかった。

万一、目の前にある石が盗品の場合、厄介なことになる。元の所有者から権利を訴えられる可能性があるためだ。だが、少なくともこれは、盗品ではない。その点は問題にならないと見て良いだろう。

問題なのは、この石の素性である。しかし、鑑別書さえうまく化粧してしまえば、想定される限りのトラブルは回避できそうではあった。――このジルベールの語る内容が、正しければの話ではあるが……。

アルベリクは周囲を憚《はばか》りつつ、声をひそめてジルベールに問うた。

「この石は、他所《よそ》には見せていないんだな?」

ジルベールは、神妙な面持ちのまま小さく頷《うなず》く。

「今、この場が初お披露目だ」

「取引が成立すれば、諸々一蓮托生《もろもろいちれんたくしょう》だぞ。バレれば、俺もあんたも、カミユ伯爵もクラヴィエール公も、全員そろって叛逆《はんぎゃく》のかどで絞首台に上がることになる。梯子《はしご》を外さないと約束できるか?」

「できる。あんたがこれをネタにゆすってこない限りはな」

「それは俺のセリフだ」

「なら問題ねえだろう。互いの利害を人質にとっているってんなら」

「どうかな……わからんよ」

疑心はめぐる。このまま疑い続けたところで、交渉は永遠に終わらないだろう。

結局のところ、大切なことはなにかといえば、目の前の男を信用できるかどうか、それにつきる。人を信用できるかどうかは、相手が正直であるかどうかによると、アルベリクは考えていた。

そして、少なくとも目下のところ、目の前の男は嘘をついているようには見えない。

決断のしどころだった。アルベリクは天井を仰ぎ見て、一度大きくため息をつく。

一瞬の間の後、彼はやおら身を起こし、はっきりとした語調で短く尋ねた。

「いくら欲しい」

「リスク分を差し引いて、五十億クルト。ちと割安だが、それで譲ってやる」

金額を聞いて、アルベリクは弾けるように笑い出した。法外も法外である。カット済み原石の卸値で、それほどの価格がついたという話は、古今東西聞いたこともなかった。

「正気か？　本当に、売る気があるのか？」

「あるね。なければ、クソ忙しい中、こんな場を用意なんかしねえよ」

「残念だな。そんな金、逆立ちしても出てこんよ」

「クラヴィエール公にお伺いを立ててみろよ。俺の見立てでは、予算は青天井だぜ」

「なぜわかる」

「状況から考えてみろ。外務大臣の奥方の装いだぜ、公にとっちゃ必要経費だ。おそらく国庫から金も出る。誰も損しねえ」

禁中の知見に関しては、ジルベールに一日の長があるらしい。しかも、カミユ伯爵は、左遷される前は宮中で財務担当の官吏をしていたという。ここ数ヶ月でようやく皇室内に知人を持ったアルベリクとでは、持っている情報の量も質も、全く違うはずである。

「手付金は？」

「そんなケチな真似《まね》はしねえよ。あんたはこいつを必ず買う。あんた以外に売る気もねえ。買えるやつも他にいねえ」

彼の言う通り、アルベリクの心は既に決まっていた。だが、慎重を期するに越したことはない。

「……いずれにせよ、即答はしかねるな。クラヴィエール公にお伺いを立ててから決める。それで良いか？」

「ああ、もちろん良いぜ。方針が決まったら、ピエールに連絡してくれ。あんたのルートとやらが俺にはわからんから、一応こいつを渡しとく」

そう言ってジルベールが鞄から取り出したのは、切り欠きのある木片と、朱肉入れだった。朱肉入れの蓋を開くと、金属箔《はく》のようなものを含んで輝く上質の朱が目に飛び込んできた。

「ピエールに直接会うなら、この割符を持っていけ。手紙を出すなら、割符をこの朱肉につけて、すべての手紙に判を押せ。それが俺と会った証になる。ピエールからの返信には、この割符の片割れで判が押されているはずだ。印影とその割符が符合すれば、あんたは正しい人間と通信していることになるってわけだ。そんときゃくれぐれも、朱の材質には気をつけろ。本物の朱砂に諸々手を加えた特別製だ。たとえ割符の印影を偽造できても、この朱はそうそう偽造できねえ」

「朱肉まで用意するとは、随分と念入りなことだな」

なめらかな朱肉を指でなぞりながら、アルベリクは感心したように呟いた。朱にはどうやら真珠の粉末が含まれているらしく、虹色の粒が指先でチラチラと瞬いている。

「行商をやっていると、真偽のあいまいな取引が多くなるからな。これくらい慎重にやらにゃあ、やっていけねえ」

「勉強になったよ」

ジルベールは床に落ちた紙束を一枚ずつ拾い上げると、それらを抱えて勢いよく立ち上がった。

「今日はもう帰らにゃならん。だが、あんたとはもう少し宝石の話をしてえ。――気が向いたとき、この酒場に来いよ。運が良けりゃ、また会えるだろうさ」

「約束はせんのか」

「予定は未定だ。それに俺は、己の運命という呪いを信じている」

彼はそれだけ言い捨てると、踵《きびす》を返し、そのまま風のように酒場を出ていった。

残されたアルベリクの視界には、己の手の中で先程まで輝いていた宝石の残光が、未だ赤い影を引いていた。

第十章　薄汚れた魂（前編）

大聖堂の一角に、黒々とした焼け跡が残されていた。それはあたかも地獄への入り口のように、不穏な闇の口を開いていた。

その闇を、今まさに宮大工たちが懸命に普請《ふしん》し、塞ごうとしている。

アルベリクは彼らの仕事を眺めつつ、傍《かたわ》らの大司教に向かって語りかけた。

「不審火があったとか。とんだ災難で……」

「神に仇《あだ》なすとは、全くもって不届き千万なことです！」

丸々と肥えた顔を紅潮させ、大司教コンスタンが甲高い声で喚《わめ》く。

「しかし、誰がこんなことを……」

「犯人の目星はついています。おおかた、皇国派の連中でしょうな。連中の横暴は、昨今目に余るものがある」

吐き捨てるように呟《つぶや》いて、コンスタンは顔をしかめる。

しかしすぐ、彼のその肉団子のような顔面に、おもねるような笑顔が浮かぶ。

「……まあ、ブランシャール様には関係のない話でございましたな。ささ、どうぞこちらへ」

金満大司教コンスタンは慇懃《いんぎん》に腕を伸ばし、奥の間にアルベリクを誘った。

――ジルベールがもたらした宝石は、かつて誰一人として目にした者のない、稀代《きたい》の宝石だった。

それはまさに今回の案件にふさわしいものだったが、その対価として提示された金額は、それ相応に法外だった。

ジルベールは、クラヴィエール公に無心しろと言っていたものの、果たして、かの公爵がその莫《ばく》大《だい》な金銭を引き出せるものなのか、アルベリクは大いに懸念していた。

だが、アルベリクの不安は、またも杞《き》憂《ゆう》に終わった。クラヴィエール公は大金の支払いを、快く了承したのである。

すると、ここでアルベリクは一つ悪辣な手段を用い、臨時収入をせしめることに成功した。

彼は公爵に請求する費用を水増しし、差額を着服したのである。そういった不正は、皇都では珍しいことではなかったものの、彼が得た金額は、小悪党の小遣い稼ぎとは訳が違った。ここで得た金と、アルノー夫人の品評会の賞金を都合すると、その金額はしめて二億クルトにもなった。

さて、この莫大なあぶく銭を、アルベリクはどう活用したのだろうか。

言わずもがなである。

「一億四千二百万クルト。たしかに受領いたしました。――おめでとうございます。これで貴方《あなた》も、晴れて神の子の仲間入りを果たしたのです」

大司教コンスタンが、にこやかな笑顔を見せる。

彼の手元には、今しがた数え終えた金貨の山が堆《うずたか》く積み上げられていた。

金を払って家族になるなどという話が、どこにあるのだろう。

新興の政治結社の中には互いを兄弟と呼び合うものがあるというが、それとて、金銭ではなく血のやり取りで義兄弟の契りを交わすという。

（金を払って家族になるという話が、どこにある？）

アルベリクの心中で、この問いが幾度となくこだましていた。

だが、彼のそんな思いなどどこ吹く風で、コンスタンの朗々たる弁舌は続く。

「では、早速お見せいたしましょう。これが貴方の魂である、『懺悔の石』でございます」

コンスタンはそう言って、金貨の山の脇から黒い化粧箱を差し出してきた。安い作りの化粧箱だった。ブランシャールで使うものの方が、遥かに出来が良い。きしむ蝶番に内心鼻白みつつ、アルベリクは化粧箱の蓋を開けた。

――心のどこかで、期待していたのだ。借り物ではなく自ら購ったものならば、皇后の身につけていたものと同等とはいかないまでも、いくらかマシな輝きを見せるのではないか、と。

しかし、蓋を開けてみれば、その期待は儚く消えて失せた。箱の中に収められていた懺悔の石は、以前アルベリクが借用したものと寸分違わぬ、鈍い輝きしか放っていなかったのだ。

それもそのはず。コンスタンは、以前アルベリクに貸してよこした品を、そのまま箱に収めてアルベリクに売りつけたのである。粗悪な橄欖石の傷の位置から、石を留めた爪の歪みまで、完全にかつて見たそれと一致していた。腕利きの宝石商であるアルベリクが、それを識別できないわけがなかった。

アルベリクの目から、みるみるうちに光が消えてゆく。その様子を見て、コンスタンはますます嬉しそうに目を細めた。

303　マルブールの赤目鳥と滅びの宝飾師 1

「醜いと思われますかな？　皆、はじめはそうおっしゃるものです。しかし、それは貴方自身の魂が汚れているが故のことです。大切なのは『見えるようになる』こと。己の魂の穢《けが》れを自覚することが、清浄な生への第一歩なのです」

この豚には、自らの懺悔の石がどのように見えているのだろう。もしも光り輝く美しい宝飾に見えているというのなら、信仰心というのはたいそう素晴らしいものだと言わざるを得ない。少なくとも、本人は幸せになれるのだから。

そんな皮肉めいた思考が、アルベリクの脳裏を巡る。

ふいに、相対するコンスタンの目に妖しげな光が宿った。彼はおもむろに身を乗り出すと、内緒話でもするかのようにアルベリクに向かって囁《ささや》きかけた。

「ときに――ブランシャール様は、実に様々な評判をお持ちのようだ。私も、色々と耳にしたことがあるのですよ」

「と、おっしゃいますと？」

「毀誉褒貶《きよほうへん》とでも申しますか……。まあ、良い噂《うわさ》だけの人間というものはございません。貴殿にもいささか聞き苦しい評判があるようです」

話の流れが、全く読めなかった。アルベリクは怪訝《けげん》に思いつつも、いけしゃあしゃあと大司教の言葉に応じた。

「左様でしょうな。噂どころか、面罵《めんば》されることも常です。この皇都で生きる者なら、多かれ少なかれ皆そうではありませんか」

「そう、多少の罪であれば、神もお許しくださることでしょう。――子供が犯すような、小さな罪であれば、ですが」

「おっしゃりたいことが、いささかよくわかりません。はっきりおっしゃっていただいて結構ですよ」

アルベリクは苛立《いらだ》ちを顕《あらわ》にして、ぶっきらぼうにそう申し出た。すると、大司教はますます声をひそめ、周囲を憚《はばか》るようにわざとらしく目配せして囁いた。

「では、単刀直入に申し上げましょう。貴方のことを、人殺しと謗《そし》る者がいるのです。これは、なかなか聞き捨てならぬことです」

アルベリクの目元が、にわかに険を帯びた。

「……神に誓って、私に前科などありませんが」

「左様でしょうな。貴方は実にうまくやってのけた。自ら手を下すことなく、邪魔な人間を死に追いやることができたのですから」

「乏しい情報の中で鎌をかけていらっしゃるおつもりなら、無駄なことです。根も葉もないことですからな」

アルベリクの不機嫌そうな様子を見るや、コンスタンはいやらしく片眉を上げてせせら笑った。

「左様ですかな。まあよろしいでしょう。答えは、貴方自身の心の中にあるのですから。しかし、噂が真実であれば、その懺悔の石のみで贖《あがな》うことなど到底できはしないでしょう」

コンスタンはその太く短い人差し指で床を示し、テーブルの上をとんとんと叩《たた》いた。

「仲間殺しの罪は、親殺しに次ぐ重罪──。決して許されることではありません。本来ならば地獄の釜底にて永劫《えいごう》の苦しみを受け続けるべきところです。しかし──」

大司教はそこで言葉を切り、おもむろに袖の中から一枚の織物を取り出した。麻糸を織った安い作りのタペストリーだった。

彼はそれをアルベリクに向かって掲げ見せ、いかにも聖職者然とした勿体《もったい》ぶった態度でもって、こう囁いた。

「この『償いの織布』を購うならば、あるいは──」

話の終わりを待たずに、アルベリクは弾《はじ》けるように笑い出した。腰を折り曲げて笑いに笑い、ひとしきり笑った後、彼は目の端に滲《にじ》む涙を指で拭きながら答えた。

「……失礼！　まったく大司教猊下《げいか》は商いがお上手でいらっしゃる」

「笑い事ではありません。貴方の罪はそれだけ重いのです」

コンスタンはそう言って、しかつめらしく口を尖《とが》らせる。

対するアルベリクは冷笑にも似た笑いを口元に浮かべつつ、冗談交じりにこう問うた。

「……ちなみに、その償いの織布とやらは、いかほどですか」

「五十億クルトご寄進いただければ、いつでもお譲りいたします」

眼前に鎮座する肉塊の、下卑た笑いを見た瞬間、アルベリクの胸に、一つの強い信念が宿った。

死後の世界に審判があるならば、まず裁かれるべきなのはこのような男をのさばらせた神自身であるべきだ、と。この大司教はそのすぐ後に裁かれ、自分が裁かれるのはその後であるべきであろう、と。

アルベリクは夢想した。審判の庭もろとも、神も人もまとめて地獄に堕してゆく、その様《さま》を。自らこそは絶対安寧と信じ切っていた至高神が、慌てふためきながら失墜してゆく様は、さぞや痛快なことだろう。何もかもが終わった後、天は人も神もなく、空疎が故に清浄となるのだ。

捨て鉢な気分が、アルベリクの心中に含浸《がんしん》しつつあった。到底幸福な気分では居られそうもない。

彼は椅子を蹴って立ち上がり、暇《いとま》も告げずに部屋を出てゆこうとした。

その背中に、大司教が声をかける。

「お待ちなさい。貴方の魂をお忘れですよ」

彼の指が指し示すのは、他でもない、テーブルの上の『懺悔の石』である。

僅《わず》かに離れて眺めると、それはますますみすぼらしく見えた。いっそこの場で床に叩きつけて粉砕してやれば、憂さ晴らしになるのではないかと思えるほどに。

むろん、そのような真似《まね》を、アルベリクにできはしなかった。なにしろ、二億クルトもの大金を注《つ》ぎ込んだ高級品なのである。

アルベリクは苛立たしげに踵《きびす》を返すと、塵《ごみ》のような己の魂を手に摑《つか》み、部屋を後にした。

◇

恐慌と共に、アルベリクは跳ね起きた。

心臓は、全力で走った後のように、音を立てて脈打っている。寝間着は多量の汗を吸って、全身に冷たく張り付いている。

耳の奥には、死者たちの怨嗟《えんさ》の声がこだましている。低く、地の底から唸《うな》るような、そんな声だった。時が経《た》つにつれ、その声は次第に遠のいていった。だが、一人の女の悲鳴だけは、長いことアルベリクの耳の奥に残って消えることがなかった。

遅れて、アルベリクの目が現実を認識し始めた。

月明かりで青く染まった寝室は、硬質な静寂に満たされていた。女の悲鳴は現実の静寂によってアルベリクの内奥《ないおう》に押し込まれ、次第に遠のいていった。

「アルベリク。……ねえ、アルベリク、開けて」

部屋の扉の向こうから、ルイーズのくぐもった声が聞こえてくる。

扉には内側から鍵を掛けてあった。義父を除いては誰一人として、部屋の中に足を踏み入れることはできない。

鍵を掛けたのは、五月蠅《うるさ》い許嫁《いいなずけ》を締め出すためだった。うなされて起きる度に、彼女は部屋に入ってきて、色々と世話を焼き始める。それがアルベリクには、いい加減、煩わしくなっていたのだ。

ルイーズは扉の向こうからなおも声をかけ続ける。

「ねえ、貴方、本当に大丈夫なの……？　お願いだから、開けて頂戴《ちょうだい》」

ひどく不安げな声だった。

アルベリクはベッドから這《は》いずり出ると、扉の外の声を無視して、真《ま》っ直《す》ぐに壁際の戸棚に向かっていった。

戸棚には、鍵付きの引き出しがひとつ、備えられていた。鍵束から一本を選び、鍵穴に挿し込もうとするのだが、手が震え、なかなか思うようにいかない。幾度か穴の縁を小突いた後、ようやく挿入することができた。指をひねると、弾けるような音。すかさず引き出しを開ける。中に収められていたのは、いくつかの書簡と、一個の化粧箱だった。

アルベリクは僅かな逡巡《しゅんじゅん》の後、化粧箱を手に取り、その蓋を開けた。

天鵞絨《ビロウド》の台座の上に、懺悔の石が、しかつめらしく鎮座していた。

――やはり、醜い。

何度見たところで、駄作であることに変わりはなかった。インクルージョンだらけの救いようのない橄欖石《かんらんせき》は、適当に研磨され濁《にご》り切っている。鋳型から吐き出されただけの金属部分は、児戯の如《ごと》く拙《つたな》い。

『それは、貴方の魂です』

コンスタンの声が、アルベリクの耳の奥に響く。

アルベリクは衝動的に化粧箱の蓋を閉め、投げ棄《す》てるように引き出しの中に放り込んだ。そして彼は、懐から別の小さな化粧箱を取り出した。

本命は、こちらだった。

ゆっくりと、蓋を開く。すると、ナタリーから贈られた茨の指輪が、その白く繊細な姿を現した。

その肢体は薄光《うすあかり》の中にあってなお眩《まばゆ》く、台座を僅かに動かしただけで、チラチラと鋭い光を瞬《また》かせた。

台座を目の高さに掲げ見る。月の明かりを背にしても、細い銀糸は翳《かげ》ることなく透き通っている。そして、その銀糸に抱かれた金剛石は、この世のものとは思えぬ輝きで、アルベリクの赤い瞳を照らすのだった。

いつの間にか、彼の手の震えは収まっていた。

激しく動揺し、脈打っていた心臓も、今では平静を取り戻しつつある。

不思議なことである――。悪夢に眠りを妨げられた時、この茨の指輪を眺めると、妙に心が落ち着くのだ。

それで、ここ最近のアルベリクは、夢魔に襲われる度に、懐から化粧箱を取り出し、身につけられぬ指輪を手にして眺めるという行為を繰り返していた。

そう、この指輪は身につけることができない。ただ一点、そのことが、アルベリクを苦しめていた。指輪の腕の内側からさかさくれだった棘《とげ》は、何人《なんぴと》をも近づけることを許さず、触れる者を傷つけるのである。

アルベリクは今や指輪を直接手に取り、窓の光に向かって掲げ見ていた。その彼の左手の小指が、指輪の腕に近づいてゆく。

――この指輪が、己の指の中で瞬く様を見てみたい。

それは、抗《あらが》いがたい、欲望にも似た願いだった。

幾度となく試みたことだったが、その度にその試みは失敗してきた。しかし、やらずにはいられなかった。

小指の先を、極限まで指輪の肌に近づける。光り輝く棘の隙間を、爪の先が掠《かす》めてゆく。

瞬間、アルベリクの指に鋭い痛みが走った。

赤い血が、小指の腹の上で、粒の形を膨らませてゆく。

幾度となく試みた結果、幾度となく見てきた光景だった。

『その指輪は、今の貴方です』

ナタリーの声が、耳の奥にこだまする。

「なぜだ！　お前は、俺自身のはずだろう……？」

アルベリクを拒んだ指輪は、月明かりを受けて、ただ静かに光り瞬くばかりだった。

◇

アルバールの冬は長い。山腹を深く覆う雪は、いまだ融《と》ける気配を見せないでいる。だが、雪の下では確かに、新しい季節の萌芽《ほうが》が生じつつあった。

ナタリーの住む山小屋の中でも、同様のことが起こっていた。窓の外から差す光も、ストーブの中で爆《は》ぜる薪《たきぎ》も、一瞥《いちべつ》しただけでは何の変化もないように見えた。だが、その裏では確かに、新しい日々への内的な移行が、静かに進んでいたのである。

アルベリクは、胸に期するものを抱いて、この山腹の小屋に足を踏み入れていた。帰郷の主たる目的は、言うまでもなく、クラヴィエール案件の依頼である。だが彼は、さらに重要な目的を、その懐中に抱いていた。

歓迎するナタリーとの挨拶もそこそこに、アルベリクは早速話を切り出した。

「これを譲ってもらったことを、嬉しく思う。これは、本当に良い品だ」

アルベリクはおもむろに懐から化粧箱を取り出し、その蓋を開いた。

箱の中に収められた茨の指輪を見て、ナタリーはにっこりと微笑《ほほえ》む。

「お気に召されたようで、なによりです」

「掛け値なしに、そう言っているんだぞ。この俺の、本心からだ。わかっているか？」

「ええ、もちろん、わかっています。とても、とても、嬉しいですよ。創ったかいがありました」

彼女の満面に広がった笑みは、優しく、情に溢《あふ》れていた。柔らかく豊かな声からは、彼女の内にある限りない慈愛を、容易に汲《く》み取ることができた。

アルベリクのみぞおちの奥に、じんわりと熱い感覚が広がってゆく。彼女をその腕の中に抱きしめたいという衝動が、不意に意識を占め始める。

皇后と同じく、彼女にも人たらしの才覚があるようだ。ただし、その性質はどちらかといえば、異性に対して特段効果のありそうな類《たぐい》のものだが。

暴力的な欲求をどうにか抑えつけ、アルベリクは己に対する照れ隠しとばかりに、咳払《せきばら》いをひとつ放った。

それから彼は、何食わぬ顔でこう切り出した。

「三個、指輪を作ってくれると言ったな。その……二個目は、ちゃんと、この指に嵌《は》められるもののなのか？」

「はい。貴方が望むのなら」

真摯な表情で、ナタリーは頷《うなず》く。

「そうか……では、急《せ》かすようで悪いが、二個目を作り始めてくれないか。金はいくらでも出す」

金、という言葉がアルベリクの口から溢《こぼ》れた途端、ナタリーの顔に苦笑が浮かび上がった。流石《さすが》の彼女も、金ずくで物事を解決しようとするこの男の性質を、心得つつあるらしい。

我が子を諭《さと》すような口ぶりで、彼女は答えた。

「指輪のお代は、お金では務まりませんよ」

「なに？」

「貴方にお譲りする三つの指輪の中でも、二つ目の指輪は特に、本当に特別なものなのです。それこそ、世界で一つだけの……。決して、金銭で値を付けられるようなものではありません」

持って回った言い方に、アルベリクは焦《じ》れて身を揺《ゆ》する。

「では、対価はなんだ。何がほしい？」

「貴方の人生を、いただけますか」

突拍子のない答えに、アルベリクは思わず喉をつまらせ、閉口してしまった。想像だにしていなかった言葉だった。

彼が言葉の意味を測りかねてまごつく様を、ナタリーはしばらくの間、楽しそうに目を細めて眺めていた。その言葉に含まれる意味を全て理解しながら、敢えて意地悪をしているのは明白だった。

しかしふいに、その頬から笑顔が引いた。ナタリーは居住まいを正し、アルベリクをまっすぐに見据え、静かに語りだした。

「貴方のこれまでの人生を、洗いざらい私に教えてください。それが、お代です。生まれてからこれまで、貴方は何を見て、何を知り、何に感動しましたか？　今まで何を望み、何を諦め、そして今、何に苦しんでいるのでしょうか。誰よりも深く貴方を知ることが出来たなら——それこそ、貴方の親よりも、貴方の友よりも、貴方の恋人よりも、貴方の妻よりも、誰よりも深く貴方のことを知れたなら、その時点で、二個目の制作にとりかかります」

彼女の長口上を、アルベリクは呆然とした表情のまま聞くともなしに聞いていた。やがて我に返った彼は、ナタリーの言葉を胸の中で冷静に咀嚼し、そして一笑に付した。

「……莫迦げている。そんなことが、できるはずなかろう」

「そうでしょうか？　幸い、私たちの間には、仕事という絆があります。それはときに、肉親よりも濃い理解と、深い信頼を醸成するものです」

ナタリーは目を細め、悪戯っぽい笑みを見せる。

「ねえ、烏さん。お金で何もかも手に入ると思ったら、大間違いですよ。自分自身の魂を購うには、世界中の富をかき集めたって足りないのです」

アルベリクは、その言に思わず顔をしかめる。

314

「君は、見た目と違って、随分と底意地の悪い女だな」

「私のことを理解していただけたようで、嬉しいです」

いけしゃあしゃあと言ってのけ、ナタリーはにっこりと笑った。

アルベリクは大仰にため息をつくと、椅子の背もたれにその身を預けた。

彼には、自らの過去を語るつもりなど、つゆほどもなかった。積極的に語りたいと思えるような記憶が、何一つとしてなかったからだ。

時間をかけて辛抱強く説得を重ね、彼女をその気にさせるしかない。——幸いにして、クラヴィエール公の案件によって、時間と機会は最大限に用意されている。

彼はがばりと身を起こし、向かいに座るナタリーを見やる。彼女はその澄んだ碧色《へきしょく》の目で、まっすぐにアルベリクを見据え、答えを待っていた。

「仕事という絆か……。なるほど、丁度よい。うってつけの仕事を持ってきたところだ。きっと君も気に入ることだろう」

アルベリクはその瞳から目を逸《そ》らすことなく、不敵に笑った。

◇

皇紀二八六年末、ブランシャール宝石店は宝飾ブランド『リアーヌ』を立ち上げる。皇都の社交界に彗星《すいせい》の如く現れたこのブランドは、それまでの宝飾品の常識を次々と覆し、一世を風靡《ふうび》することとなった。

彼らの流行の嚆矢《こうし》となったのが、先に記したクラヴィエール公からの依頼であった。

しかし、このたった一つの依頼が、後に半島全土を揺るがす大騒動に発展してゆくことになるのである。

あとがき

宮之森大悟と申します。

この作品は、Ｗｅｂ上に掲載した同名の小説を書籍化したものになります。主人公である冷徹な宝石商と、ヒロインである業深い宝飾技師が、互いに支え合いながら懸命に生きる物語です。

この巻では二人の出会いから、最初の仕事が終わるまでが描かれています。主人公のアルベリクがいかなる人物であるか、この巻でおおよそ理解していただけるかと思います。

次巻以降、作中最大の仕事であるクラヴィエール公の案件を通して、主人公のアルベリクはナタリーとの絆《きずな》を深めてゆくことになります。

生きているだけで罪を重ねる二人が、いかにして互いの生に折り合いをつけてゆくのか。読者の皆様に見届けていただきたく思います。

末筆になりますが、この作品を見出《みいだ》していただいた読者の方々、また、書籍化を打診してくださった編集の方、それを快く了承くださった編集部の皆様、書籍展開にご尽力いただいた関係各位には、改めて感謝の想《おも》いを伝えさせていただきます。この作品は、皆様の手によって育まれたものと思っています。

それでは、次巻にてまた。

作品のご感想、ファンレターをお待ちしています

あて先

〒141-0031　東京都品川区西五反田 8-1-5 五反田光和ビル4階
ライトノベル編集部
「宮之森大悟」先生係／「星らすく」先生係

スマホ、PCからWEBアンケートにご協力ください

アンケートにご協力いただいた方には、下記スペシャルコンテンツをプレゼントします。
★本書イラストの「無料壁紙」　★毎月10名様に抽選で「図書カード（1000円分）」

公式HPもしくは左記の二次元コードまたはURLよりアクセスしてください。
▶ **https://over-lap.co.jp/824011183**
※スマートフォンとPCからのアクセスにのみ対応しております。
※サイトへのアクセスや登録時に発生する通信費等はご負担ください。

オーバーラップノベルス公式HP ▶ **https://over-lap.co.jp/lnv/**

マルブールの赤目鳥と滅びの宝飾師 1
～天才宝飾師と平民出身強欲商人の成り上がり傾国譚～

発行　2025年3月25日　初版第一刷発行

著者　宮之森大悟
イラスト　星らすく
発行者　永田勝治
発行所　株式会社オーバーラップ
〒141-0031
東京都品川区西五反田 8-1-5
校正・DTP　株式会社鷗来堂
印刷・製本　大日本印刷株式会社

ISBN 978-4-8240-1118-3 C0093

【オーバーラップ　カスタマーサポート】
電話　03-6219-0850
受付時間　10時～18時（土日祝日をのぞく）

OVERLAP NOVELS
悪の令嬢と十二の瞳
～最強従者たちと伝説の悪女、人生二度目の華麗なる無双録～
駄犬
イラスト saino
やり直しの裏に
隠された秘密とは――
ひょんなことから二度目の人生を歩む公爵令嬢セリーナは【今度こそ完璧に聖女エレノアたちを殺す】ために『なんでも言うことを聞く有能な部下』を育て上げる!?
倫理観ぶっ飛びヒロインが征く、ちょっぴりおかしな逆行転生×悪党×勘違い英雄譚！